**Daniela Kappel** wurde 1988 in Wien geboren und lebt derzeit mit ihrem Mann und den beiden Söhnen in Niederösterreich. Neben ihrem Beruf als Krankenschwester nutzt sie das kreative Schreiben als Ausgleich und Ruhequell im oftmals stressigen Alltag: „Die Liebe zu Geschichten brachte mich dazu selbst zu schreiben.“

DANIELA KAPPEL

Alice Stafford ermittelt

# Vorwort

Meiner Meinung nach ist die Individualität eines unserer stärksten Attribute. Sie gehört gelebt, gefeiert und hervorgehoben.

Das spiegelt sich auch in meinen Büchern wider. Wenn ihr mich fragt, brauchen Geschichten keine stereotypen Charaktere. Im Gegenteil. Es ist die Abbildung der Wirklichkeit, die der Fantasie Leben einhaucht. Die Kunst, echte Menschen in all ihren Facetten darzustellen, fördert für mich den Reiz beim Schreiben ebenso wie beim Lesen.

Auf Grund dessen findet in dieser Geschichte alles Platz, was das Leben bunt macht. Überspringende Gefühle, abwegige Gedanken, unausgereifte Pläne, jede Menge Pleiten, Pech und Pannen genauso wie Mut, Enthusiasmus und der Wille, ans Ziel zu kommen.

In diesem Sinne darf ich euch Alice Stafford vorstellen. Schrill, schräg und alles andere als perfekt schlittert unsere Heldin durch den Alltag. Sie entdeckt sich in jeder Herausforderung, die ihr gestellt wird, neu und vergisst darüber hinaus nie den Wert von Freundschaft und Gerechtigkeit. So steht sie sogar für ihre alte Vermieterin Mrs Cunningham ein, obwohl diese Zeit ihres Lebens keine Gelegenheit ausgelassen hat, Alice zuzusetzen.

Viel mehr will ich an dieser Stelle gar nicht von Alice
Geschichte vorwegnehmen, euch jedoch noch eines
mitgeben:

Es ist das Beschreiten der steinigen Wege, das es uns er-
möglicht, über uns hinauszuwachsen. Unseren Hori-
zont zu erweitern, Dinge zu erleben, zu fühlen und zu
erfahren, die wir nicht für möglich gehalten hätten.
Wie in Alices Fall manchmal auch auf die harte Tour,
dafür aber mit einer Menge Charme und Herz.

# Leichensack und Nachttopf

Jeden Donnerstagabend genehmigte ich mir ein Glas Wein. Warum ich das tat? Ganz einfach, weil ich jeden Donnerstagabend mit meiner mich liebenden Mutter telefonierte. Danach konnte ich zwar gelegentlich sogar etwas Stärkeres als vergorenen Traubensaft gebrauchen, aber da ich am nächsten Tag immer zur Arbeit musste, beschränkte ich mich lieber auf Wein.

Gestern waren es allerdings zwei Gläser gewesen, weshalb ich heute Morgen nur unter äußerster Anstrengung aus dem Bett gekommen war. Diesen überaus ärgerlichen Umstand verdankte ich zu siebzig Prozent meiner Mutter, die mich bei unserem gestrigen Telefonat wieder einmal mit der Enkelkindleier traktiert hatte.

„Warum findest du keinen Mann, Alice? Alle meine Freundinnen haben schon Enkelkinder. Ich hasse es, wenn sie sich über die süßen Kleinen auslassen und ich nicht mitreden kann."

Und so weiter und so fort.

Ja, ich war dreiunddreißig und noch Single. Nein, ich hatte keine Aussicht auf eine vielversprechende Beziehung, die irgendwann in naher Zukunft in Enkelkinder für meine Mutter würde gipfeln können. Mich störte das nicht. Zumindest nicht der Teil mit den Enkelkindern. Ich liebte mein Leben, wie es war. Ich liebte meinen Job in der Crayford Library, meine Unabhängigkeit und mein kleines, schnuckeliges Zweizimmerapartment. Die Einzige, die mir neben meiner Mutter das Leben regelmäßig madig machte, war meine Vermieterin, Mrs Margaret Cunningham. Womit wir bei den übrigen dreißig Prozent angelangt wären, die mich gestern Abend dazu getrieben hatten, mir ein zweites Glas Chardonnay zu genehmigen.

Es ging mir partout nicht in den Kopf, wie eine dermaßen zarte, runzelige Frau in der Lage war zu brüllen, als wäre sie der Graurücken eines Gorillarudels. Na ja, eigentlich lebten Gorillas ja nicht in Rudeln, sondern in Haremsgruppen, was ich, nebenbei bemerkt, für ziemlich sexistisch von diesen Primaten hielt. Jedenfalls war gestern gegen elf Uhr nachts offenbar Mrs Cunninghams Sohn George in Ungnade bei seiner Königin Mutter gefallen. Da meine Wohnung im obersten Geschoss und genau gegenüber der von Mrs Cunningham lag, hatte ich ihre Schreie hautnah miterleben können. Dass ihr Unmut ausnahmsweise einmal nicht meiner Person gegolten hatte, war um diese Uhrzeit und nach dem überproportional erschöpfenden Gespräch mit meiner Mum nur geringfügig tröstend gewesen.

Als Resultat meiner kurzen, weingeschwängerten Nacht begann der Morgen außerplanmäßig holprig. Zu meinem Leidwesen war ich generell ein recht schusseliger, tollpatschiger Mensch. In Kombination mit einem müden Geist verleitete mich diese Grundkonstitution zu dem ein oder anderen Missgeschick. Wie zum

Beispiel einen Zipfel meines Morgenmantels beim ersten frühmorgendlichen Toilettengang in die Schüssel hängen zu lassen oder die Dusche kalt statt warm aufzudrehen. Immerhin rüttelten mich diese Zwischenfälle ordentlich wach, denn mein Kaffee war mit Salz anstelle von Zucker ungenießbar.

Ein Paar beigefarbene Stilettos – ein Weihnachtsgeschenk von meiner Mutter – und Mrs Cunningham setzten meinem missratenen Morgen dann die Krone auf. Es war mein schlechtes Gewissen wegen der fehlenden Enkelkinder, das mich dazu veranlasste, mir trotz der ohnehin ungünstigen Ausgangsbedingungen diese Mördertreter anzuziehen. Obwohl ich darin nicht besonders gut laufen konnte, war meine Mutter felsenfest davon überzeugt, dass ich mir damit den Mann fürs Leben an Land ziehen könnte. Also stakste ich – ganz die dämliche, pardon, pflichtschuldige Tochter – mit diesen Killermaschinen an den sofort schmerzenden Füßen aus meiner Wohnung. Ich war exakt bis zur Hälfte des obersten Absatzes gekommen, da schrillte auch schon Mrs Cunninghams Stimme durchs Treppenhaus.

„Trampel hier nicht so durch die Gegend, Mädchen, du bringst noch das ganze Haus zum Einsturz!“

Eigentlich hätte ich ja damit rechnen müssen, erschrak aber derart, dass ich die nächsten zweieinhalb Stockwerke um ein Haar im Sturzflug genommen hätte.

Der restliche Tag in der Bibliothek lief im Gegensatz zum Morgen glücklicherweise verhältnismäßig problemlos ab. Nur mein angeknackster Knöchel und der fehlende Kaffee erinnerten mich an den grauenvollen Start in den Freitag.

Jetzt, um zwanzig nach fünf am Nachmittag, war ich allerdings mehr als reif fürs Wochenende. Ich brachte die letzten Yards bis zum Mehrparteienhaus, in dem mein Apartment lag, trotz meiner von Blasen übersäten Füße ohne lautstarke Schmerzensbekundungen hinter mich und erstarrte bei dem Anblick, der sich mir dort bot.

Vor dem Eingang des Hauses parkten eine Ambulanz, ein Streifenwagen, eine schwarze Limousine und ein dunkelgrauer Vauxhall. Zwei Beamte in langen dunklen Mänteln und mit glänzenden Marken an den Reversen hatten die Köpfe zusammengesteckt. Das ungleiche Paar, einer älteren Semesters, rundgesichtig, fassbäuchig und kahl, der andere groß gewachsen, mit verboten dichtem Haar und einer athletischen Figur, unterhielt sich in gesenktem Tonfall. Die beiden machten Platz, als schwarz gekleidete Männer eine Bahre aus der engen Haustür manövrierten.

Unwillkürlich reckte ich den Hals, um einen Blick auf die tote Person zu erhaschen. Doch ich sah niemanden, lediglich einen schwarzen, unförmigen Sack. Mein Herz rutschte mir in die Hose oder, besser gesagt, in den Trumpet Skirt, und ich war unfähig, mich auch nur einen Inch von der Stelle zu rühren, während der Leichensack in die Limousine geladen wurde.

Im Kopf ging ich die einzelnen Hausbewohner durch, überlegte fieberhaft, welche arme Seele es erwischt haben mochte. Dann trat George Cunningham aus der Eingangstür und sprach mit den Cops in Zivil. Sein Gesicht wirkte verkniffen, was allerdings nicht viel zu bedeuten haben musste, denn George sah immer so aus, als hätte er gerade eine bittere Pille geschluckt.

Ich musste wissen, wer das Zeitliche gesegnet hatte, also schüttelte ich meine Betroffenheit ab und setzte mich in Bewegung.

„Mein Beileid zum Verlust Ihrer Mutter, Mister Cunningham", hörte ich den älteren der beiden Polizisten sagen, als ich nah genug dran war. Seine Stimme war neutral, enthielt keine Spur von echter Anteilnahme.

George schien das nicht zu kümmern. Er nickte bloß und wandte sich an einen, der schwarz gekleideten Männer, die offenbar zum Bestattungsunternehmen gehörten. Die Szene wirkte vollkommen absurd und unwirklich auf mich. Margaret Cunningham sollte tot sein? Verstorben? Vom Sensenmann geholt? Bis auf ihr Alter, ich konnte nicht einmal sagen, wie alt meine *ehemalige* – bei diesem Gedanken musste ich schwer schlucken – Vermieterin tatsächlich gewesen war, hatte sie sich meines Wissens nach bester Gesundheit erfreut. Gestern noch war sie, über die abgesprungenen Fliesen im Treppenhaus zeternd, die drei Stockwerke zu ihrer Wohnung hinaufgestiegen. Ihr Ableben kam, zumindest für mich, reichlich unerwartet.

Unschlüssig, was ich machen sollte, drückte ich mich einige Schritte entfernt neben dem Eingang herum und beobachtete, wie George mit dem Mitarbeiter des Beerdigungsunternehmens sprach. Gesprächsfetzen drangen an meine Ohren, aber ich hatte wenig Interesse an ihrer Unterhaltung. Ich wollte wissen, was Mrs

Cunningham zugestoßen war. Darum trat ich schließlich an die Cops heran, die sich allem Anschein nach gerade zum Gehen wandten.

„Entschuldigen Sie!", rief ich vor Anspannung etwas zu laut und rückte meine Brille zurecht.

Die beiden drehten sich zu mir um. Wahrscheinlich bildete ich mir den Argwohn in ihren Blicken nur ein, oder es war der natürliche Gesichtsausdruck von Polizisten, trotzdem blieben mir unter der intensiven Musterung die Worte im Hals stecken. Oh, in diesem Moment verfluchte ich meine elende Neugier.

„Gehen Sie weiter. Hier gibt es nichts zu sehen", brummte mir der ältere Cop entgegen.

Hier gab es sehr wohl etwas zu sehen!, korrigierte ich ihn im Geiste. Eine alte Frau, die wider Erwarten von dieser Welt geschieden war. Um eine selbstbewusste Haltung bemüht, straffte ich die Schultern, was ich nur äußerst selten tat, weil dadurch meine Oberweite hervorstach und mir das Gefühl gab, wie Pamela Anderson auszusehen. Na ja, also wenigstens diese Körperregion betreffend.

„Ich wohne hier", brachte ich piepsig hervor, was meinen Plan, souverän auf die beiden Männer zu wirken, augenblicklich wieder zunichtemachte, und deutete auf die Haustür.

Meiner Unbeholfenheit zum Trotz, wirkten die Polizisten nun ein wenig interessierter an mir.

„Dann kannten Sie Mrs Cunningham", stellte der jüngere fest, während sein grobschlächtiger Kollege auf die Armbanduhr blickte und sich über den ausladenden Bauch rieb. Anscheinend hatte er doch nicht vor, mir länger seine Aufmerksamkeit zu schenken.

„Sie war meine Vermieterin." Und die bissigste Person, die ich kannte, äh, gekannt hatte.

Eine Pause entstand, in der ich fieberhaft nach den richtigen Worten suchte, um die Frage zu stellen, die mir auf der Zunge lag. Die zwei wirkten jedoch nicht so, als würden sie länger denn unbedingt nötig bleiben wollen. Mr Bierbauch nickte mir kurz zu und watschelte ohne eine Erwiderung zum Vauxhall.

Jetzt oder nie, Alice!, dachte ich und verpasste mir einen gedanklichen Tritt in den Allerwertesten.

„Was ist ihr denn zugestoßen?"

„Nun, ich schätze, das Alter."

Meine Schultern sackten ein Stück nach unten, währenddessen sich auch der zweite Cop verabschiedete und mich auf der Straße stehen ließ. Ich war ordentlich durcheinander und irgendwie – traurig. Konnte man das fassen? Mrs Cunningham hatte nie ein gutes Haar an mir gelassen, mich regelmäßig in den Wahnsinn getrieben und mir das Leben schwer gemacht. Trotzdem war ich erschüttert von ihrem Tod.

Ich warf einen letzten Blick auf die schwarze Limousine der Bestatter und verzog mich nach oben in meine Wohnung. Die Absätze meiner Schuhe klackten bei jedem Schritt auf den zartgelben Fliesen. Das Geräusch erinnerte mich an die Blasen, die mir mein Rückschritt in der Emanzipation eingebracht hatte, und – was in diesem Fall wesentlich schwerer wog als unbequemes Schuhwerk – es machte mir erst richtig bewusst, dass Mrs Cunningham unwiederbringlich fort war. Niemand würde in den nächsten Sekunden seinen Kopf aus der Tür stecken und mich tadeln, weil ich im Treppenhaus Lärm machte. Genauso wenig würde mich

Sonntagmorgen ein vehementes Klopfen aus dem Schlaf reißen, weil ich wieder einmal vergessen hatte, der Hausordnung gemäß schon am Samstagabend den Müll runterzubringen. Es war mir bis heute ein Rätsel, woher die alte Lady immer gewusst hatte, dass gerade *mein* Müllsack im großen Container fehlte. Aber sie hatte es stets gewusst. Nichts, was in diesem Haus vor sich ging, war Mrs Cunningham jemals verborgen geblieben.

Gedankenverloren kramte ich meinen Schlüsselbund aus der Handtasche und vermied dabei, einen Blick über die Schulter zu werfen. Hinter der Wohnungstür in meinem Rücken stand definitiv niemand und linste durch den Spion.

Mit einem leisen Klicken entriegelte sich das Schloss, nachdem ich den Schlüssel zweimal herumgedreht hatte, und ich betrat mein Apartment. Auf dem Läufer im Flur erwartete mich ein Stapel Briefe, die der Postbote durch den Schlitz geschoben hatte. Ich ignorierte sie, streifte mir stattdessen die Stilettos von den schmerzenden Füßen und wäre beinah der Länge nach hingekracht. In letzter Sekunde krallte ich mich an der Kommode fest, konnte jedoch nicht verhindern, dass mir bei meinem halben Spagat die Strumpfhose im Schritt riss. Wenig ladylike hievte ich mich wieder in eine aufrechte Position. Unter meinen linken Fuß war etwas Rutschiges geraten. Wahrscheinlich einer der Briefumschläge, der sich meiner Missachtung wegen an mir hatte rächen wollen. Garstige Rechnungen!

Beim Versuch aufzutreten, bemerkte ich, dass dieses vermaledeite Etwas anhänglich war. Es klebte nach wie vor an meiner Sohle, jedem Schütteln meines Fußes zum Trotz. Unwillig blies ich mir eine verirrte Haarsträhne aus dem Gesicht und langte nach dem Übeltäter. Es war ein kleiner gelber Klebezettel. Gänsehaut kroch mir den Rücken hinauf, während ich den Zettel anstarrte, auf dessen Kleberand sich Staub gesetzt hatte. Dieses quadratische Stückchen Papier stammte zweifelsohne von Mrs Cunningham. Sie musste es vor ihrem Hinscheiden durch den Briefschlitz gesteckt haben.

Im Prinzip sollte mich die Nachricht an und für sich nicht verwundern. Immerhin war sie bei Weitem nicht die erste ihrer Art, die ich zu Gesicht bekam. Mrs Cunningham hatte es gepflegt, die Dinger überall und ständig irgendwohin zu kleben. An Postkästen, aus denen auch nur eine winzige Ecke einer Zeitung oder eines Magazins herausstand, mit der Anweisung, sie auszuräumen. An Fahrräder im Hausflur, die unerlaubterweise dort abgestellt wurden, mit der Drohung, die Luft aus den Reifen zu lassen, wenn derlei noch einmal vorkommen würde. Und sogar auf schmutzige Fliesen im Treppenhaus, mit der Frage, welcher Dreckspatz dafür verantwortlich sei, oder der Aufforderung an ihren Sohn George, die Sauerei zu beseitigen. Ja, und natürlich hatte sie sich ebenso wenig davor gescheut, ihre verdammten Zettel regelmäßig an meine Apartmenttür zu kleben, um mich wegen irgendetwas zu tadeln, das ihr nicht gefiel, sei es Kochgeruch, dass ich zu lange geduscht oder das Licht im Hausflur angelassen hatte.

Ein Aspekt an diesem speziellen Klebezettel, der mich gerade fast zu Fall gebracht hätte, war allerdings ungewöhnlich. Noch nie zuvor hatte sie einen durch meinen

Briefschlitz gesteckt. Denn bisher hatte es Mrs Cunningham nicht gestört, ihre Nachrichten öffentlich zu platzieren.

Argwöhnisch drehte ich das Stückchen Papier um. Es war unverkennbar die krakelige Handschrift der alten Lady, die ein einzelnes Wort bildete. *Nachttopf.* Zweimal unterstrichen, wohlgemerkt.

Wie ein Esel starrte ich auf die Buchstaben, stütze mich dabei immer noch in der gleichen Pose mit einer Hand an der Kommode ab, den Fuß, von dem ich den gelben Zettel gezupft hatte, leicht erhoben.

*N-a-c-h-t-t-o-p-f,* las ich Buchstabe für Buchstabe, ohne dadurch schlauer zu werden.

Mrs Cunningham hatte mich in der Vergangenheit schon vieles genannt. „Trampeltier", „Auerochse", „Brillenschlange" oder gut und gerne auch „Vierauge". Aber eine Bezeichnung wie „Nachttopf" hatte sie mir niemals angedeihen lassen.

Stirnrunzelnd und etwas getroffen, gab ich die unbequeme Haltung auf, in der ich verharrt war, und ging ins Wohnzimmer. Den heimtückischen Klebezettel verbannte ich in den Mülleimer.

Warum sollte ich mir länger Gedanken darüber machen? Der alte Drache war nicht mehr. Nachttopfzettel hin oder her.

Leider sah der analytische Teil meines Gehirns, der das geschriebene Wort verehrte, sogar wenn es „Nachttopf" lautete, die Sache anders. Es verurteilte mich dazu, den restlichen Abend über die Botschaft nachzugrübeln. Beim Abendessen, beim Duschen und lange noch, nachdem ich ins Bett gegangen war. Ich wälzte mich in den Laken unruhig und gelegentlich murrend hin und her, weil mich dieser verfluchte Klebezettel einfach nicht losließ. Mir war, als würde er mit der kratzigen Stimme von Mrs Cunningham aus dem Mülleimer in der Küche nach mir rufen. Wie ein gelbes, quadratisches Gespenst.

„Das darf doch nicht wahr sein!", rief ich in die Dunkelheit meines Schlafzimmers hinein und schlug die Bettdecke zurück.

Nun war es amtlich. Ich musste in die Irrenanstalt eingewiesen werden. Denn was ich im Begriff war zu tun, hatte nichts mehr mit gesundem Menschenverstand zu tun.

Mittlerweile war ich mir sicher, dass „Nachttopf" kein kompromittierender Kosename für mich sein sollte, sondern eine Botschaft, der ich auf den Grund gehen würde. Ich stieg aus dem Bett, verhedderte mich mit dem kleinen Zeh in den Fransen meines Bettvorlegers und hätte meine verrückte mitternächtliche Aktion um ein Haar mit einer Bruchlandung gestartet.

„Verflixtes Ding!", schimpfte ich, strampelte den Teppich zur Seite und schaltete die Nachttischlampe ein.

Mit ziemlicher Sicherheit wäre das genau der richtige Zeitpunkt gewesen, um meinen abenteuerlichen und zugegebenermaßen dezent illegalen Plan in den Wind zu schießen und zurück ins Bett zu krabbeln. Aber ich musste wissen, was es mit diesem Klebezettel auf sich hatte. Darum warf ich mich rasch in Jogginghose und Morgenmantel und ging in die Küche. Aus dem Mülleimer unter der Spüle holte ich besagten Klebezettel wieder hervor, befreite ihn von einer fettigen Nudel vom vorgestrigen Abendessen und pinnte ihn anschließend auf die Korktafel an der Wand. Jetzt brauchte ich nur noch einen Schraubenzieher, dann konnte es losgehen. In der Abstellkammer wurde ich fündig. Dort stand der pinkfarbene Werkzeugkoffer, den meine beste Freundin Chelsea Gover mir vor zwei Jahren zum Weltfrauentag geschenkt hatte. Im Gegensatz zu meiner Mutter hielt Chelsea etwas von Emanzipation, wofür ich ihr noch nie so dankbar gewesen war wie in diesem Augenblick.

„Ha!" Da war er, der kleine Schlingel.

Ich schloss die Finger um den passend zur Metallbox in Pink gehaltenen Plastikgriff des Schraubenziehers, der zum ersten Mal in seinem Leben zum Einsatz kommen würde. Mit meinen weichen Frotteeslippern an den Füßen öffnete ich möglichst geräuschlos die Wohnungstür und spähte hinaus in den finsteren Gang. Alles war ruhig, von dem rhythmischen Trommeln der Regentropfen vor dem Fenster einmal abgesehen. Silbernes Licht drang durch das hohe Fenster im Zwischengeschoss ins Treppenhaus und projizierte lange Schatten auf den Fliesenboden.

Los jetzt!, sagte ich mir selbst und schlich mit dem Schraubenzieher bewaffnet ans andere Ende des Flurs. Insgeheim hatte ich die Tatsache belächelt, dass Mrs Cunninghams Sohn George mit seinen knapp fünfzig Jahren immer noch im Haus seiner Mutter lebte.

„Er hat die Wohnung im Erdgeschoss nur deshalb bezogen, um nicht als komplettes Muttersöhnchen dazustehen", hatte ich des Öfteren zu Chelsea gesagt.

Nun war ich heilfroh, dass George tatsächlich nicht im Apartment seiner verstorbenen Mutter lebte, ansonsten hätte ich mir das hier sofort wieder abschminken können.

Ich war bestimmt keine professionelle Einbrecherin, aber wie man Türen, im Speziellen diejenigen in diesem Haus, aufbekam, wusste ich. Mindestens einmal im Monat vergaß ich nämlich, meine Schlüssel beim Verlassen der Wohnung mitzunehmen, darum hatte ich bereits eine gewisse Übung darin, Schlösser aufzuhebeln. Was mit einer Kreditkarte funktionierte, musste mit dem richtigen Werkzeug ein Klacks sein.

Ich kam mir ungemein verwegen vor und, ehrlich gesagt, auch ein klein wenig morbid, als ich den Schraubenzieher ansetzte und gleichzeitig am Türknauf ruckte. Mit einem Klicken ging die Apartmenttür auf und knarrte dermaßen gespenstisch, dass ich beinah den Schraubenzieher fallen gelassen und Reißaus genommen hätte.

Ganz ruhig, Alice, denk an den Nachttopf, versuchte ich mich zu beruhigen und unterdrückte ein hysterisches Kichern. Nie im Leben hätte ich gedacht, dass ich einmal mitten in der Nacht in Mrs Cunninghams Wohnung einsteigen würde, um ihren Nachttopf zu suchen.

Beim Eintreten empfing mich ein strenger Geruch nach alten Leuten. Eine muffige Mischung aus Haarfestiger, Hühneraugensalbe und Mottenkugeln. Ich rümpfte die Nase und fragte mich abermals, welcher Teufel mich eigentlich ritt.

Es war düster, und meine Füße sanken tief in den weichen Teppichboden ein, als ich mich durch den Flur ins Wohnzimmer begab. Linker Hand stand eine Tür offen. Da ich meine aberwitzige Suche ja irgendwo beginnen musste und nicht glaubte, im Wohnzimmer auf den heiligen Gral zu stoßen, betrat ich den kleinen Raum.

Hier drinnen war es stockdunkel, darum tastete ich neben dem Türrahmen nach einem Lichtschalter. Meine Hand fuhr über kühle Fliesen und tappte anschließend auf etwas Weiches, Feuchtes. Ein erstickter Laut entfuhr mir, und ich bereute es, keine Taschenlampe mitgebracht zu haben.

Schaudernd tastete ich weiter und fand endlich den Lichtschalter. Das plötzlich grelle Licht in dem beengten Bad blendete mich, und es dauerte einige Sekunden, bis sich meine Augen daran gewöhnt hatten. Als Erstes entdeckte ich den nassen Schuft, in den ich versehentlich gegriffen hatte, eine weiße Unterhose mit Rüschenbesatz, die Mrs Cunningham neben der Tür an einem Haken zum Trocknen aufgehängt hatte. Ohne weiter darüber nachdenken zu wollen, ließ ich den Blick über die Duschwanne schweifen, in der ein einsames Seifenstück lag, über den mit Plüsch überzogenen Toilettendeckel und weiter zum Waschbecken, das ebenso unspektakulär war wie der Rest.

Nachttopf – Fehlanzeige.

Seufzend schaltete ich das Licht wieder aus und setzte meine Suche im angrenzenden Schlafzimmer fort. In dem mit Kleidung und Zeitungsstapeln vollgerammelten Raum bekam ich stetig wachsende Beklemmungserscheinungen. Zu gern hätte ich auch hier das Licht angemacht, da der Raum aber im Gegensatz zum Bad ein Fenster zur Straße hin hatte, hielt ich das für keine gute Idee. Wenigstens erhellte das hereinscheinende Licht der Laternen die Szene, sodass ich mehr von meiner Umgebung erkennen konnte als im finsteren Flur.

Wenn ich ein Nachttopf wäre, wo würde ich mich dann verstecken?, überlegte ich angestrengt, während ich mir einen Weg durch den Raum zum Bett hin bahnte. Ich musste rational denken. Ein Nachttopf wurde, dem Namen nach, in der Nacht verwendet, um sein Geschäft zu verrichten, damit sich faule alte Faltenpopos nicht auf die Toilette schleppen mussten. Also war es naheliegend, genau hier zu suchen, am schmalen Bett von Mrs Cunningham. Doch rund um das Schlaflager konnte ich nichts außer weitere Zeitschriften und Handtuchberge ausmachen. Blieb nur eines. Ich wollte das wahrlich nicht, ich war jedoch schon zu weit gekommen und würde vor dem nächsten logischen Schritt nicht zurückschrecken.

Also ging ich auf alle viere, um unter das Bett zu sehen. Die Tagesdecke hing bis zum Boden hinunter, was wenig hilfreich bei dem Unterfangen war. Ich hätte sie einfach zurückschlagen können, doch die Masse an Zierkissen mit gruselig niedlichen Katzenporträts darauf hinderte mich daran. Schlussendlich musste ich mich auf den Bauch legen und den Kopf unter den Wall aus Tagesdecke stecken.

Gott im Himmel, steh mir bei!

Staub kitzelte mich in der Nase, und ein stechender Geruch nach abgestandenem Urin trieb mir Tränen in die Augen. Allerdings verhieß der Gestank, bei dem ich in jeder anderen Lage definitiv auf der Stelle kreischend davongelaufen wäre, dass ich auf der richtigen Spur war. Zähne zusammenbeißen und durch, lautete die Devise.

Das Bett war derart niedrig, dass ich mir zweimal den Hinterkopf am Lattenrost anstieß. Den bestialischen

Geruch würde ich bestimmt nicht mehr lange aushalten, darum kniff ich die Augen zusammen und tastete abermals blind in der Dunkelheit umher.

Vorhin im Bad hatte ich bereits eine Unterhose von Mrs Cunningham zwischen den Fingern, etwas Schlimmeres kann mich wohl kaum erwarten, redete ich mir selbst gut zu, um mir Mut zu machen. Sekunden später stieß ich auf ein glattes, kühles Teil, das einen Henkel hatte.

Jackpot!

Wenn es sich dabei nicht um eine überdimensionale Kaffeetasse handelte, hatte ich gefunden, wonach ich suchte. Mit angehaltenem Atmen zog ich mich rasch aus der stinkenden Höhle unter dem Bett zurück und beförderte den verdächtig schweren Nachttopf zutage. Es schwappte darin, und mir war danach, den Kopf in den Nacken zu legen und loszuschreien.

Da war er nun, der Nachttopf. Und jetzt? Vor meinem geistigen Auge sah ich Mr Cunningham auf einer Wolke sitzen und sich über mich schlapplachen. Würgend rappelte ich mich auf und hob die volle Schüssel mit dem schief sitzenden Deckel vorsichtig hoch. Bitte, bitte lass mich einmal in meinem Leben nicht ungeschickt sein und diese Büchse der Pandora versehentlich ausleeren!, flehte ich und kehrte mit meiner heiklen Fracht zurück ins Bad. Dort stellte ich den Topf neben die Seife in die Duschwanne, unschlüssig, was ich als Nächstes tun sollte.

Das kalte Licht der Neonröhre über dem Waschbecken flackerte, während ich den Ekel verdrängte und beherzt nach dem Deckel des Nachttopfs griff. Eins, zwei, drei, zählte ich an und lüftete den Inhalt. Der Geruch nach altem Urin verstärkte sich, ansonsten passierte rein gar nichts. Die Schüssel war mit einer trüben gelborangen Flüssigkeit gefüllt. Ende.

Frustriert murrend setzte ich den Deckel wieder auf den Topf und fragte mich, was ich eigentlich erwartet hatte. Warum hatte ich der mysteriösen Nachricht von Mrs Cunningham auch unbedingt auf die Spur kommen müssen?

Über meine eigene Neugierde und die daraus resultierende Dummheit den Kopf schüttelnd, griff ich erneut nach dem Nachttopf, um ihn an seinen angestammten Platz unter dem Bett zurückzubringen. Sollte George doch die Freude haben, ihn auszuleeren. Als ich das Teil mit verdrossener Miene und verzogenem Mund anhob, raschelte es leise. Etwas blieb in der Duschwanne zurück. Mit dem widerwärtigen Nachttopf in der Hand, starrte ich auf einen weiteren gelben Klebezettel. Mein Herz machte einen Satz. Am liebsten wäre ich jubelnd im Kreis herumgehüpft. Zuerst musste ich allerdings den übelriechenden Pott loswerden.

Nachdem ich ihn wieder unters Bett geschoben hatte, schlich ich zurück ins Bad und pickte mit spitzen Fingern den Klebezettel aus der Wanne. Er war an einer Ecke feucht geworden. Das hinderte mich glücklicherweise nicht daran, das Wort darauf zu entziffern. *Attic.* Ich runzelte die Stirn. Attic – Dachboden. Mrs Cunningham hatte offenbar gewollt, dass ich den Zettel fand. Weiß Gott, warum sie mir nicht von Anfang an diese Nachricht durch den Briefschlitz gesteckt hatte. Die Antwort darauf war so simpel wie ärgerlich: Mrs Cunningham war eine alte, fiese Schrulle gewesen.

Sie hatte mir jedoch ein Rätsel hinterlassen, und ich konnte nicht anders, als dem auf den Grund zu gehen.

# Staub und Spinnweben

„Ist nicht wahr!"

Chelseas sensationshungrige Empörung war Balsam für meine arme, nachttopfgeschundene Seele. Ich hatte es mir nicht verkneifen können, sie anzurufen, um ihr von Mrs Cunninghams überraschendem Abgang und meinen darauffolgenden abenteuerlichen Erlebnissen der gestrigen Nacht zu berichten.

„Doch, jedes Wort."

„Und was machst du jetzt?"

„Na, auf den Dachboden steigen. Irgendetwas hat es mit diesen Klebezetteln auf sich, und ich werde herausfinden, was."

Mochte sein, dass ich nicht die besten Qualifikationen für diese Aufgabe hatte, als Bibliothekarin lagen mir jedoch zwei Dinge im Blut: Ordnungsliebe und analytisches Denken. Ersteres war die grundlegende Motivation für dieses Unterfangen. Ich konnte es auf den Tod nicht ausstehen, wenn irgendetwas nicht zusammenpasste. Seien es Bücher in einem Regal, seien es Zierkissen auf dem Sofa oder die Länge der Bleistifte auf meinem Schreibtisch. Und hier stimmte etwas ganz und gar nicht. Ich fühlte es so deutlich, dass sich mir die Nackenhaare aufstellten. Keine Ahnung, warum, aber Mrs Cunninghams plötzliches Dahinscheiden erschien mir schlichtweg unplausibel.

„Diesmal solltest du dich ein wenig besser vorbereiten, Indiana Jane“, meinte Chelsea.

„An was genau denkst du da?“ Analytische Fähigkeiten gut und schön, praktisch veranlagt war ich zu meinem Nachteil nicht sonderlich.

„Also mindestens eine Taschenlampe, besser wäre so ein Stirnteil, wie es die Männer im Bergwerk tragen, Handschuhe, ein Fotoapparat, kleine Plastikbeutel und ein Cuttermesser“, zählte Chelsea voller Enthusiasmus auf.

Meine Augen wurden immer größer. „Wofür brauche ich denn, bitte schön, ein Cuttermesser?“

„Na, um Blut oder Schießpulver von den Wänden zu kratzen. Spurensicherung!“, antwortete sie voller Ernst.

„Du siehst eindeutig zu viele Krimiserien, und ich kann mir nicht vorstellen, Blut oder Schmauchspuren auf dem Dachboden zu entdecken.“

„Man kann nie wissen. Was erwartest du eigentlich auf dem Dachboden zu finden?“

Tja. Das war eine gute Frage.

***

Drei Stunden und einen Besuch in der *Toolstation* später erklomm ich die zahllosen Stufen bis zu meinem Apartment. In Ermangelung von ausreichendem Erholungsschlaf schnaufte ich beinah so laut, wie Mrs Cunningham es stets getan hatte. Ich sollte beileibe mehr Sport treiben. Oder überhaupt mal welchen. Wenn schon nicht der Figur wegen, dann wenigstens, damit ich mich nicht mit einer Rentnerin vergleichen musste.

„Alice!"

O nein. Nicht jetzt. Ich war gerade überhaupt nicht in der Stimmung für …

„Steve!" Meine Stimme hob sich beim Vokal, was nicht im Ansatz ausdrückte, wie wenig Lust ich im Augenblick hatte, mit Steve Vanderbank, meinem nerdigen Nachbarn, zu sprechen.

Er war Buchhalter, ungefähr zehn Jahre jünger als ich, schlaksig, pickelig und hatte immer klebrige Finger und eine belegte Zunge, mit der er sich ständig über die Lippen fuhr. In meinen Augen sah er aus wie eine schleimige Amphibie. Jedenfalls passte seine quäkige Stimme perfekt zu der eines Wirbeltiers. Zu allem Überfluss war Steve bis über beide abstehenden Ohren in mich verliebt und versuchte mich bereits, seit er hier eingezogen war, davon zu überzeugen, mit ihm auf ein Date zu gehen.

Die Hand auf dem Geländer, hielt ich inne, obwohl ich viel lieber einen Sprint bis ins Obergeschoss eingelegt hätte, und drehte mich zu ihm um.

„Na", meinte ich, um die unbehagliche Stille zu füllen, während der er mich durch seine dicken Brillengläser eingehend musterte.

Um genau zu sein, starrte er meinen Busen an, was bestimmt nicht nur daran lag, dass er einige Stufen unter mir stand. Bäh, am liebsten würde ich ihm …

Sein Blick löste sich vom oberen Drittel meiner cremefarbenen Bluse, die über und über mit kleinen niedlichen Flamingos bedruckt war, und traf auf die Einkaufstüte in meiner Hand.

„Ich hätte dich gar nicht für eine Heimwerkerin gehalten. Brauchst du Hilfe? Ich könnte …"

„Nein!", unterbrach ich ihn und zwang mich zu einem, wie ich hoffte, freundlichen, aber bestimmten Tonfall. „Schon gut, ich komme zurecht und muss jetzt auch weiter."

„Dann lass mich dir wenigstens die schwere Tüte ins Apartment tragen." Steve streckte bereits seine Finger nach der Einkaufstasche aus.

Rasch brachte ich sie außer Reichweite. „Das ist überhaupt nicht nötig. Wir sehen uns."

Mit diesen Worten machte ich kehrt, sah zu, dass ich verschwand, und schickte ein Stoßgebet gen Himmel, dass unser Wiedersehen nicht allzu bald stattfinden würde. Steve rief mir etwas hinterher, das allerdings vom Rascheln der Papiertüte und meinen hastigen Schritten übertönt wurde.

Zurück in meiner Wohnung warf ich die Tür hinter mir zu und atmete tief durch. Tausendmal lieber würde ich den stinkenden Nachttopf von Mrs Cunningham in meine Wohnung holen, als Steve hereinzulassen. Ich schüttelte mich und trug die Einkäufe in die Küche.

Nacheinander packte ich alles aus, holte aus dem Kleiderschrank die kleine Bauchtasche, die Mum mir fürs Joggen – ha, Witz des Jahres – besorgt hatte, und bestückte sie. Nun hieß es warten, bis alle schliefen, und dann ab auf den Dachboden.

***

Vermutlich wäre es klug gewesen, früh ins Bett zu gehen und mir einen Wecker zu stellen. Die Aufregung über meine bevorstehende Spurensuche machte mich allerdings derart hibbelig, dass ich nie und nimmer hätte einschlafen können. Darum hatte ich es mir auf der Couch mit einem Buch gemütlich gemacht. Normalerweise war Lesen eine Tätigkeit, mit der ich mich stundenlang beschäftigen konnte. Diesmal schaute ich aber mehr auf die Uhr als auf die gedruckten Buchstaben. Die Zeit kroch dahin wie eine Schnecke, die versuchte, auf einer Wasserrutsche nach oben zu gelangen, und trotz meiner Aufregung fielen mir bald immer wieder die Augen zu.

Ein lautes Poltern ließ mich hochfahren. Mit einem erstickten Laut kippte ich von der Couch und stieß mir den Ellenbogen am Tischrand. Wenigstens auf dem weichen Teppich zu landen, wäre schön gewesen. Bei meinem Glück war es das heruntergefallene Buch, das meinen Hintern am Boden in Empfang nahm. Verflixt und zugenäht, tat das weh!

Murrend rappelte ich mich hoch und rieb mir die schmerzenden Stellen. Als mein Blick auf die Wanduhr fiel, hielt ich inne. Es war Viertel nach zwei. Action!

Ich schnallte mir die Bauchtasche mit meinem Equipment um die Hüften und setzte die Stirnlampe auf. Im Flur betrachtete ich kurz mein Spiegelbild. Natürlich sah ich vollkommen lächerlich aus, da ich jedoch ohnehin nicht vorhatte, mich erwischen zu lassen, quittierte ich den Anblick mit einem Schulterzucken.

Es war totenstill im Treppenhaus. Die Lampe an meiner Stirn zuckte unruhig über die Wände und heftete sich schließlich auf einen Haken, um den eine Kordel geschlungen war. An einem Ende der Schnur baumelte eine kleine Plastikkugel, das andere führte zur Einstiegsluke in der Decke.

Ich wickelte die Schnur vom Haken und zog vorsichtig daran, nachdem ich sie gelöst hatte.

Ein gespenstisches Knarren erklang von der sich senkenden Luke, bei dem es mir kalt den Rücken hinunterlief. Ich war kein ängstlicher Mensch, glaubte nicht an Geister oder irgendeinen anderen übernatürlichen Quatsch. Eigentlich. Trotzdem machte mich das Geräusch unruhiger, als ich ohnehin war.

Staub rieselte von oben auf mich herab und tanzte im Lichtkegel meiner Lampe. Ich straffte die Schultern, ließ von der Kordel ab und griff nach der breiten Stofflasche, die an der untersten Sprosse der metallenen Klappleiter in der Luke befestigt war. Das Knarzen von Holz wurde durch das Quietschen des Metalls abgelöst. Ich hatte das Gefühl, meine Zehennägel würden sich unter diesem fürchterlichen Geräusch aufrollen. Langsam und mit Bedacht senkte ich die Leiter, deren Gelenke hörbar einrasteten.

Stille legte sich über mich, und mein Herz schlug unnatürlich laut in der Brust. Ich hob den Kopf, und der Schein der Stirnlampe verlor sich in dem dunklen Einstiegsloch über mir. Na gut. Jetzt hatte ich nur zwei Möglichkeiten: kneifen oder da hinaufsteigen. Ich schluckte, legte die Finger um den kühlen Handlauf der Klappleiter und setzte einen Fuß auf die erste Sprosse. Bei jedem weiteren Schritt ächzte es leise unter mir. Als ich nach gefühlten zweihundert Sprossen endlich oben angekommen war, atmete ich tief durch.

Die abgestandene, staubdurchsetzte Luft kratzte im Hals und ließ mich husten. Ich entfernte mich ein

Stück von der Luke und drehte mich einmal um die eigene Achse. Der Schein meiner Stirnlampe glitt über Dachschrägen, Kartons und mit Tüchern abgedeckte Gegenstände. Ich hatte keine Ahnung, wonach genau ich suchte. Der Dachboden wirkte riesig und war gerammelt voll bis unter die Decke. Bestimmt würde es mich Tage kosten, alles durchzusehen. Seufzend rieb ich mir über die Nase und setzte mich in Bewegung. Nach wenigen Schritten stieß ich mir den Fuß an einer Kiste, fluchte leise und senkte den Kopf, um den Boden vor mir auszuleuchten. Ein großer Fehler, denn kurz darauf lief ich in ein Spinnennetz. Die feinen, klebrigen Fäden kitzelten auf meiner Haut, und ich machte einen Satz zur Seite, knallte dabei mit dem Kopf gegen die Dachschräge.

„Verdammt noch mal!", murmelte ich und fuhr mir hektisch über Gesicht und Haare, um die Spinnfäden loszuwerden.

Ganz ruhig, Alice!, sagte ich mir selbst und beschloss, mit der Kiste zu meinen Füßen zu beginnen, bevor ich mir hier oben noch den Hals brach.

Die alten, staubbedeckten Holzdielen knarrten, als ich mich vor den Karton kniete und versuchte, das brüchig gewordene Klebeband abzuziehen. Keine Chance! Im Geiste dankte ich Chelsea und ihrem Hang zu Krimiserien, holte das Cuttermesser aus der Bauchtasche und schlitze damit die zugeklebte Kante der Kiste auf.

Ein muffiger Geruch stieg mir in die Nase. Mit angehaltenem Atem durchsuchte ich den Inhalt der Kiste, die voller alter Kleider war. In der nächsten erwarteten mich ein angelaufenes Teeservice und allerhand anderes Geschirr. Eine hölzerne Truhe war vollgestopft mit

Kochbüchern und Schundromanen. Danach erwischte ich drei Kartons mit Handtüchern und Bettwäsche. Alles wertlos. Nichts, das mir unterkam, hatte augenscheinlich irgendetwas mit Mrs Cunninghams Tod zu tun. Ich rappelte mich hoch, klopfte mir den Staub von der Hose und unterdrückte ein Gähnen.

Mein Blick schweifte zurück Richtung Luke, und ich war drauf und dran, diese hoffnungslose Suchaktion abzubrechen, da traf der Schein meiner Stirnlampe auf etwas Reflektierendes, das von der Decke hing. War das etwa eine Glühbirne? Tatsächlich!

War ja so was von klar, dass mir dieses wesentliche Detail entgangen war. Ich musste zig Male daran vorbeigelaufen sein. Mein Seufzen wurde zu einem ausgiebigen Gähnen. Obwohl ich von oben bis unten mit Staub paniert und hundemüde war, griff ich beherzt nach der Schnur, die an der Lampenfassung angebracht war. Es klickte, als ich daran zog, und das plötzliche Licht brannte in meinen müden Augen. Ich blinzelte, nur um zu begreifen, dass direkt vor meinem Gesicht eine riesige schwarze Spinne in ihrem Netz saß. Ein viel zu lautes Quieken entfuhr mir, und ich taumelte nach hinten. Dieses Exemplar war monströs! Eines von der Sorte, das dir in deinen schlimmsten Albträumen begegnet.

Mein Puls raste, und ich versuchte mein Bestes, die Panik wieder in den Griff zu bekommen. Warum tat ich mir das eigentlich an? Ich riss den Blick von dem tellergroßen Achtbeiner los und sah mich auf dem nun um einiges besser beleuchteten Dachboden um. Über die dicke Staubschicht am Boden zogen sich diffuse Spuren, die nur an wenigen Stellen als Fußabdrücke zu identifizieren waren. Sie zeugten davon, wie planlos ich durch die Gegend gelaufen war.

Eine der Spuren führte von der Luke weg in eine Ecke des großen Raums, in der ich meinte, noch nicht gewesen zu sein. Sie wirkte weniger frisch, machte einen Bogen um einen alten Kleiderständer, dessen Füße unter dem Tuch hervorguckten, das schlampig darüber geworfen war, und verschwand im Schatten dahinter. Mein Herz klopfte vor Aufregung schneller. Ich umrundete das Reich der Spinne mit einem respektablen Abstand und kreuzte die Spur neben einem Stapel Zeitungen. Auf einer unscheinbaren Kiste, die wesentlich neuer erschien als der staubige Rest, erwartete mich ein kleiner gelber Klebezettel.

Yes!

Plötzlich war mir alles egal. Meine Müdigkeit, der Schmutz und sogar die Spinnweben samt ihrer Bewohner. Ich war nicht umsonst mitten in der Nacht hier hochgestiegen. Auf dem Zettel war ein verheißungsvolles *X*. Ich zupfte ihn vom Karton, steckte ihn in die Bauchtasche und öffnete voller Zuversicht die markierte Kiste. Diesmal traf ich nicht auf alte Kleidungsstücke voller Stockflecke und Mottennester. Im ersten Moment glaubte ich sogar, die Kiste wäre leer. Dann entdeckte ich eine in dunkles Leder gebundene Mappe – oder war es ein Buch?

Ich hob sie an und klappte ohne Umschweife den Deckel auf. Auf der ersten Seite erwartete mich ein Foto. Eine jüngere Version von Mrs Cunningham schaute mir ernst entgegen. Es war absurd, diese Frau, die ich nur mit faltigem Gesicht kannte, in ihren jungen Jahren zu sehen. Sie war hübsch gewesen. Eine richtige

Schönheit, um genau zu sein. Ich blätterte weiter, das Trennpapier zwischen den steifen Seiten raschelte leise unter meinen Fingern. Als Nächstes fiel mir ein Bild von der jungen Mrs Cunningham und einem Mann ins Auge. Die beiden trugen festliche Kleidung, da die Aufnahme jedoch in Schwarz-Weiß gehalten war, erkannte ich erst auf den zweiten Blick, dass es sich um ein Hochzeitsfoto handeln musste. Es folgten Bilder von einer schwangeren Mrs Cunningham, deren Bauch von Aufnahme zu Aufnahme stetig wuchs. Der nächste Schnappschuss zeigte sie mit einem winzigen, runzeligen Säugling auf dem Arm. Das musste George sein. Ich überblätterte die folgenden Seiten, auf denen man den kleinen George aufwachsen sah. Der Mann vom Hochzeitsfoto tauchte allerdings nicht mehr auf. Was war bloß mit ihm passiert? Hatte er Frau und Kind verlassen, oder war er vielleicht sogar gestorben?

Betreten klappte ich das Fotoalbum zu. Es war zwar interessant gewesen, hatte mich nur kein Stück weitergebracht. Warum hatte Mrs Cunningham gerade diese Kiste markiert, wenn mich darin nur alte Fotografien erwarteten? Enttäuscht klemmte ich mir das Album unter den Arm und trat den Rückzug an. Mittlerweile drang Morgenlicht durch die Ritzen zwischen den Dachbalken. Höchste Zeit zu verschwinden.

***

Ich legte die Hand auf den Türknauf, und das Vibrieren des Summers brachte meine ohnehin schon blank liegenden Nerven zusätzlich zum Flattern. Mir war von vorneherein klar, dass das, was ich im Begriff war zu tun, nur blamabel enden konnte. Abgesehen davon, dass ich dafür meine montägliche Mittagspause opferte. Aber ich musste es einfach versuchen. Diese Klebezettelsache rund um Mrs Cunninghams plötzlichen Tod ließ mir keine Ruhe. Meine Suche auf dem Dachboden war zwar im Sand verlaufen, trotzdem, irgendetwas an dieser Angelegenheit stank zum Himmel. Und das war bestimmt nicht Mrs Cunninghams alter Nachttopf.

Ich hatte zu lange gezögert, das Summen des Türöffners hatte aufgehört, und so musste ich erneut läuten. Diesmal zögerte ich keine Sekunde und drückte kräftig an der schweren Tür der Police Station. Als sich das Gewicht auf einmal verringerte, kam ich ins Schwanken und stolperte nach vorn. Starke Arme fingen mich auf, bevor ich nähere Bekanntschaft mit dem Steinboden im Eingangsbereich der Polizeistation machen konnte.

„Hoppla. Eigentlich wollte ich nur sehen, wer sich nicht zu uns hereintraut", sagte eine tiefe Männerstimme. Der amüsierte Unterton und sein angenehm holziger Duft trieben mir die Röte auf die Wangen.

„Und ich hatte eigentlich nicht vor, so hereinzuplatzen." Ich versuchte mich an einem Lächeln, schließlich war ich diese Art von peinlichen Situationen gewohnt. Sie gehörten zu mir wie der kleine Leberfleck unter meinem linken Ohr.

„Ich kenne Sie doch von irgendwoher", meinte der junge Mann, den ich sofort als einen der beiden Cops erkannt hatte, die bei der Abholung von Mrs Cunninghams Leichnam vor dem Haus gestanden hatte.

„Alice Stafford", stellte ich mich vor, nachdem ich wieder sicher auf meinen eigenen zwei Beinen stand.

Der Polizist musterte mich mit einem durchdringenden Blick, offensichtlich bemüht, sich im Detail an meine Wenigkeit zu erinnern.

„Ich bin eine ... war eine Mieterin von Mrs Margaret Cunningham", half ich ihm auf die Sprünge, bevor es richtig unangenehm wurde.

Nun wusste er, wo er mich einzuordnen hatte, das sah ich ihm deutlich an. Allerdings verfinsterte sich sein Gesichtsausdruck. Warum, stand in den Sternen. Ich hoffte inständig, dass es nichts mit mir persönlich zu tun hatte. Diese Angelegenheit würde auch ohne einen holprigen Start knifflig werden.

„Was kann ich für Sie tun, Miss Stafford?" Er führte mich einige Schritte vom Eingang weg und blieb im Foyer stehen. Kein guter Ort, um das anzusprechen, was ich zu sagen hatte.

„Ähm, ich würde das lieber in einer etwas ungestörteren Umgebung bereden, Detective ...", setzte ich mit einem möglichst einnehmenden Lächeln an und musste den Satz in der Luft hängen lassen, weil ich meinerseits keine Ahnung hatte, wie mein Gegenüber eigentlich hieß und welchen Dienstgrad er hatte.

„Detective Inspector West." Ein wölfisches Grinsen vertrieb die Angespanntheit aus seinem attraktiven Gesicht und ließ mich schlucken. „Folgen Sie mir, Miss Stafford", ergänzte er nach einer bedeutungsschweren Pause, ging mir voran durch den Wartebereich und weiter in ein Büro am Ende des Flurs.

Dabei beschlich mich das ungute Gefühl, dass Detective Inspector West meine Bitte missinterpretiert hatte.

Fieberhaft überlegte ich, ob es in seinen Ohren womöglich anrüchig oder wie eine billige Anmache geklungen haben könnte.

„Also, Miss Stafford, was haben Sie mir mitzuteilen, das lieber unter uns bleiben sollte?" Seine Stimme klang sachlich, und doch schwang darin etwas mit, das meine Härchen im Nacken in Habachtstellung brachte.

Oh my goodness! Ich musste mich zusammenreißen. Ich war hier, um meinen wahnwitzigen Verdacht in Bezug auf Mrs Cunninghams Ableben zu erörtern und nicht, um mit einem heißen Cop zu flirten. Wenn er denn überhaupt mit mir ...

„Miss Stafford?" West riss mich aus meinem wirren inneren Monolog, zog einen Stuhl vor dem Schreibtisch für mich zurück und setzte sich dahinter.

Jetzt musterte er mich nicht mehr mit diesem koketten Lächeln, sondern eher so, als hätte er Sorge um meine geistige Gesundheit. Ganz große Klasse. Ich machte mich schon lächerlich, bevor ich überhaupt zur Sache gekommen war.

Nach einem ausgiebigen Räuspern nahm ich ihm gegenüber Platz und versuchte, meine wild durcheinanderwirbelnden Gedanken zu ordnen. „Nun, ich habe vor ihrem Tod eine Nachricht von Mrs Cunningham erhalten. Also, eigentlich erst nachdem sie ... na ja, sie hat sie mit ziemlicher Sicherheit verfasst, als sie noch am Leben war, aber erreicht ... das heißt, gefunden habe ich die Nachricht erst nachdem ..." Kopfschüttelnd brach ich ab.

Das konnte ja heiter werden, wenn ich nicht einmal einen geraden Satz herausbrachte. Ich wollte den Blick heben, um zu sehen, wie der Detective Inspector mein unzusammenhängendes Gestammel aufnahm, da öffnete sich hinter mir die Zimmertür.

„Detective Chief Inspector Peins", rief West und katapultierte sich förmlich aus dem Bürostuhl.

Sein Partner, der gut einen Kopf kleiner, dafür dreimal so dick wie Detective Inspector West war, trat ein. Er grunzte eine Antwort, schob seinen beleibten Körper hinter seinen Schreibtisch und kratzte sich an der Glatze, während der Stuhl unter seinem Gewicht jämmerlich ächzte.

„Was macht die Frau hier, West?"

Ich zuckte unter dem schroffen Ton des älteren Cops zusammen. Ach, dann hatte er mich also bemerkt. Im ersten Moment war mir gewesen, als wäre ich bloß Luft für ihn.

West straffte die Schultern, was sein Partner nicht sehen konnte, weil er zu sehr mit irgendwelchen Papieren beschäftigt war.

„Miss Stafford ist hier, um uns etwas zum Cunningham-Fall zu berichten."

Ein weiteres Grunzen von Peins folgte. „Es gibt keinen Fall. Die Akte ist geschlossen, Junge", erwiderte er dann etwas wortreicher. Es war unübersehbar, wer hier die Hosen anhatte. West stand glasklar unter Peins' Fuchtel.

„Mrs Cunningham hat mir vor ihrem Tod eine verschlüsselte Botschaft zukommen lassen. Ich bin der Ansicht, dass sie geahnt hat, bald zu sterben", platzte es aus mir heraus.

Na, ging doch. Ein wunderschöner, grammatikalisch und inhaltlich gesehen, perfekter Satz.

Mein selbstzufriedenes Lächeln gefror, als Peins mich ansah. Der Blick aus seinen von Falten und Altersflecken eingerahmten Augen teilte mir unmissverständlich mit, wie wenig er von meiner Anwesenheit hielt.

„Soso, eine Botschaft. Die da lautet?", wollte er wissen und rieb sich seinen dichten grauen Schnauzbart.

Jetzt folgte der schwierige Teil.

„Nachttopf", nuschelte ich.

„Was?", kam es von West und Peins wie aus einem Mund.

Come on, Alice, nicht nachlassen!, feuerte ich mich selbst an.

„Nachttopf", wiederholte ich lauter und sprach schnell weiter, bevor sie mich auslachen oder hochkant aus der Police Station werfen konnten. „Sie hat mir diesen Hinweis auf einem kleinen gelben Klebezettel durch den Briefschlitz gesteckt. Das hat sie nie zuvor getan. Also das mit den Klebezetteln schon, allerdings niemals durch den Briefschlitz. Jedenfalls habe ich den Nachttopf gefunden und", ich hatte mich richtig in Fahrt geredet, und mein Enthusiasmus kehrte langsam, aber sicher zurück, sodass ich bedeutungsschwer den Zeigefinger hob, „da hat mich eine weitere Nachricht erwartet, die mich wiederum auf den Dachboden des Hauses geführt hat. Mrs Cunningham wollte, dass ich irgendetwas Bestimmtes finde, und ich glaube, nein, ich spüre, dass es mit ihrem plötzlichen Dahinscheiden zusammenhängt. Ich meine, wenn sie davon ausgegangen wäre, zum Zeitpunkt, zu dem ich ihre erste Nachricht gefunden habe, noch am Leben zu sein, ergäbe das alles doch gar keinen Sinn. Außerdem muss sie sich schon viele Stunden, wenn nicht gar Tage davor auf den Fall der Fälle vorbereitet haben. Ich bin mir sicher, sie wusste, dass ihr Lebensende kurz bevorsteht. Nur warum, ist die Frage."

Nach meiner kleinen Ansprache, die ich wie ein Maschinengewehr im Schleudergang runtergerattert hatte, war ich ziemlich außer Atem. Dafür aber umso glücklicher, es hinter mich gebracht zu haben. Mein Blick pendelte zwischen den beiden Cops hin und her. Keiner sagte etwas. West hatte eine Hand ans Kinn gelegt und grinste zwischen seinen Fingern hervor. Es wirkte keineswegs, als würde er sich über mich lustig machen, trotzdem machte es mich nervös. Ebenso wie der starre Ausdruck von Detective Chief Inspector Peins. Null Reaktion, wenn man von den vorgeschobenen Lippen einmal absah.

„Haben Sie die Nachrichten hier?", fragte Detective Inspector West und durchbrach damit die zunehmend unangenehmer werdende Stille in dem schmalen, fensterlosen Gemeinschaftsbüro.

Abrupt erhob sich Peins aus seinem Schreibtischsessel und gebot seinem Partner mit erhobener Hand Einhalt. „Ich denke nicht, dass es nötig sein wird, sich irgendwelche Klebezettel von einer verwirrten alten Frau anzusehen. Der Fall ist abgeschlossen und trotz ihres *Gefühls*", er betonte jede Silbe, als wäre es das Lächerlichste, was er je im Leben gehört hätte, „sehe ich keinen Anlass, ihn wiederaufzurollen. Wenn Sie mich entschuldigen würden, Miss Staffinger." Ohne mich eines Blickes zu würdigen, watschelte er an mir vorbei und verließ das Büro.

„Stafford", korrigierte ich ihn tonlos.

Gleichwohl die Enttäuschung, die mich nun durchströmte, vorprogrammiert gewesen war, tat die Kälte weh, mit der dieser bärbeißige, alte Cop meine Überlegungen abgeschmettert hatte.

„Aber Mrs Cunningham war nicht verwirrt. Ich bin überzeugt, dass etwas dahintersteckt", versuchte ich einen letzten kläglichen Anlauf bei West, den ich für zugänglicher hielt.

Er schüttelte allerdings nur den Kopf. Wieder lag da dieser harte Zug um seinen Mund. Wortlos und mit gesenktem Kopf ließ ich mich von ihm hinausbegleiten.

„Miss Stafford." Detective Inspector West stand im Türrahmen zum Eingang der Police Station und hielt mir etwas entgegen. Ich wollte danach greifen, doch West zog seine Hand zurück und suchte meinen Blick. „Sollte Ihnen etwas Stichhaltigeres auffallen oder sollten Sie sonst irgendetwas benötigen, zögern Sie nicht, mich anzurufen." Nun blitzte ein Lächeln in seinem Mundwinkel auf, das ich zögerlich erwiderte.

„Danke", brachte ich heraus, griff nach der Visitenkarte, dann verschwand er in der Polizeistation.

# Schwanengesang und Schokoküsse

„Aber", sagte Chelsea mit unerschütterlichem Nachdruck und einem bedeutungsschweren Augenaufschlag, als wir Freitagabend ins *One Bell* eingekehrt waren, „du hast die Telefonnummer des heißesten Detective Inspector von ganz Crayford in der Tasche!"

Der heißeste Detective Inspector von ganz Crayford? Stimmte schon, Jack West war gut aussehend, mir schien jedoch, Chelsea würzte meine Erzählung mit einer ordentlichen Prise Übertreibung. Und außerdem tat sie ja gerade so, als würde da irgendetwas zwischen uns laufen.

„Ja, seine Dienstnummer", murmelte ich und nippte geknickt an meinem Sex on the Beach.

Chelsea war im Normalfall die beste Anlaufstelle, wenn es darum ging, mich aufzubauen. Nur eben diesmal nicht. Ich seufzte schwer. Meine Hoffnung war gewesen, dass mich ein cremiger Cocktail und Chelseas Gesellschaft endlich von dem undefinierbaren Drang abbringen würden, Mrs Cunninghams Tod weiterhin zu hinterfragen. Aber das klappte nicht.

„Was soll ich jetzt machen?", fragte ich meine beste Freundin theatralisch und zupfte meine kirschrote Bluse zurecht.

„Ruf ihn an. Sag ihm, du hast einen Notfall bei dir zu Hause und dass er ...“

„Ich meine, in Bezug auf die Tote-Vermieterin-ominöse-Klebezettel-Sache!“, fuhr ich dazwischen.

Bei dem Gedanken daran, wie Chelseas Satz womöglich geendet hätte, wurde mir warm, und meine Wangen nahmen vermutlich den gleichen Farbton an wie mein Oberteil.

Sie schaute überaus unzufrieden aus, weil ich ihre versauten Träumereien ausgebremst hatte. Trotzdem schien sie ernsthaft über meine Frage nachzudenken.

„Weißt du, woran die alte Schachtel gestorben ist, Alice?“

„Nope.“

Chelsea atmete tief ein. „Also, ich würde mit einer Befragungsrunde weitermachen.“

Befragungsrunde? Wie, Befragungsrunde?

Sie musste mir meine Verwirrung angesehen haben, denn sie lachte nachsichtig und setzte dann ein geschäftiges Gesicht auf. „Du musst herausfinden, ob irgendjemand im Haus etwas mitbekommen hat. Schon der kleinste Hinweis könnte dich weiterbringen.“

Ah ja. Da war es wieder. Chelseas durch Fernsehen gebildetes kriminalistisches Wissen. Immerhin war es ein Anfang, zumal ich selbst keinen Plan hatte.

„Gut. Irgendwelche Tipps?“

Zweifellos hatte Chelsea die. In den nächsten Minuten erklärte sie mir, wie ich unauffällig Informationen aus Leuten herausbekommen könnte, während wir uns einen Cocktail nach dem anderen genehmigten.

***

Mochte sein, dass mir ein ausgelassener Abend mit Chelsea, Drinks und vielversprechend klingenden Ermittlungsideen gutgetan hatte, der Brummschädel, den ich diesem feuchtfröhlichen Spektakel verdankte, war dagegen alles andere als gut. Verschlafen und leicht verkatert schlurfte ich am nächsten Morgen ins Bad. Meine müden Augen waren verklebt, weil ich am Abend nicht mehr in der Verfassung gewesen war mich abzuschminken. Mit verschleierter Sicht tastete ich nach meinem Gesichtswasser, das, dem Himmel sei Dank, in einer Sprühflasche daherkam. In freudiger Erwartung, von Rosenwasser eingehüllt zu werden, pumpte ich mir zwei kräftige Sprühstöße ins Gesicht und rang gleich darauf nach Atem.

„Mist, verdammter!", schimpfte ich, pfefferte die Haarsprayflasche, die ich fälschlicherweise anstelle meines Gesichtswassers erwischt hatte, neben mich in die Badewanne und bediente blind den Wasserhahn. Natürlich drehte ich ihn in meiner Panik zu weit auf, und kaltes Wasser spritzte mir aufs Nachthemd. Ich schrie erschrocken und riss unwillkürlich die Augen auf. Ein großer Fehler, denn das Haarspray, das mir im Gesicht klebte, brannte sofort höllisch, was mich, gepaart mit dem widerlichen Geschmack in meinem Mund, beinah ausknockte.

Eine gute Stunde und eine halbe Flasche Mundwasser später hatte ich den Haarsprayodem endlich abgeschüttelt und roch wie eine Kanne Pfefferminztee. Allerdings nahmen mir meine Augen dieses kleine – na gut, große – Missgeschick reichlich übel. Ich sah aus, als hätte ich eine Bindehautentzündung oder als hätte ich mir die halbe Nacht die Augen ausgeweint oder als hätte ich eine Monatsration Cannabis geraucht. Sie waren rot, tränten und brannten immer noch wie die Hölle.

Trotzdem konnte dieser suboptimale Zustand meine Aufregung und den daraus resultierenden Tatendrang nicht dämpfen. Ich war nach wie vor wild entschlossen, den Plan, den Chelsea und ich gestern ausgeklügelt hatten, in die Tat umzusetzen.

Es kostete mich eine weitere halbe Stunde, bis ich meinen alten Minnie-Mouse-Walkman aus den Untiefen meines Kleiderschranks geborgen und zum Laufen gebracht hatte. Selbstverständlich hätte ich auch die Aufnahmefunktion meines Smartphones verwenden können, allerdings traute ich dieser Sorte Technik nicht. Der Walkman mochte alt sein und in die Kategorien „nostalgisch" und „überholt" gehören, aber bei meinem Glück rief mich auf dem Handy jemand mitten in der Aufnahme an, oder es machte irgendein Update oder sonst irgendetwas lief schief. Nein, ich würde mich lieber auf Altbewährtes verlassen.

Ich drückte die Aufnahmetaste und steckte den Walkman in die Bauchtasche, die neuerdings zu einem unverzichtbaren Accessoire für Hobbydetektive aufgestiegen war.

„Eins, zwei, Test", sagte ich laut und deutlich.

Ich hatte vor, meine Befragungen aufzunehmen, damit ich mir die Details, die mir im Eifer des Gefechts womöglich entgingen, später in Ruhe zu Gemüte führen könnte. Analyse der Forensik sozusagen.

Nachdem ich die Testaufnahme abgehört und festgestellt hatte, dass meine Stimme überraschend gut zu verstehen war, machte ich einen weiteren Versuchslauf. Um möglichst realitätsnahe Verhältnisse zu simulieren, ging ich in die Küche, drehte den Wasserhahn in der Spüle auf und stellte einen leeren Topf samt Deckel bereit.

Erneut drückte ich die Aufnahmetaste, verstaute den Walkman in der Bauchtasche und begann mit dem vorbereiteten Geschirr zu scheppern.

„Oh, es ist einfach unglaublich, dass dir der heißeste Polizist Crayfords gleich beim ersten Treffen seine Telefonnummer gegeben hat", imitierte ich Chelseas Stimme in Ermangelung anderer Ideen für ein nachgestelltes Gespräch.

„Ja, er ist meinem Charme sofort erlegen", antwortete ich mir selbst und musste kichern, weil das alles so albern klang.

Nie und nimmer würde ich dergleichen von mir geben, aber für den Zweck des Equipmenttests war es durchaus unterhaltsam. Gut, genug der Albernheiten. Ich hörte die Kassette ab und klopfte mir selbst auf die Schulter. Was ich da produziert hatte, war durchaus annehmbar. Es konnte also losgehen.

Ausgerüstet mit meiner kleinen Abhöranlage, schnappte ich mir eine Packung Cranberrycookies von der Anrichte und machte mich auf den Weg zu Gloria, deren Apartment genau unter meinem lag. Als Lehrerin für lateinamerikanische Tänze hatte sie Feuer im Blut und außerdem den ulkigsten Modegeschmack, den ich mir vorstellen konnte. Der einzige Haken daran, mit Gloria Petruso im selben Haus zu wohnen, war ihre Obsession für Opern oder, genauer gesagt, ihre unumstößliche Ansicht, eine wahre Primadonna zu sein. Auch jetzt hallte ihre hohe Stimme durchs Treppenhaus und begrüßte mich, als sie die Wohnungstür öffnete.

„Hallo, Alice, meine Liebe, schön, dass du mich besuchst. Ich übe mich gerade an Carmens *Habanera*, eine wundervolle Arie, wenn auch etwas anspruchsvoll.“

Anspruchsvoll, ja, das hatte ich gehört.

Gloria grinste breit, sodass sich Grübchen auf ihren von Sommersprossen übersäten Wangen bildeten. Schwungvoll warf sie sich das bauschige Ende ihres blutroten Schals über die Schulter. Nun kam die paillettenbesetzte Tunika, die sie über einer giftgrünen Yogahose trug, erst richtig zur Geltung.

„Lust auf Cranberrycookies?“ Ich wedelte mit der Packung vor ihrem Gesicht herum, was den geplanten Effekt erzielte.

„Ich werde meinen Stimmbändern ein Päuschen und eine gute Tasse Tee gönnen“, verkündete Gloria und fixierte die Cookies. „Komm doch herein, und leiste mir ein wenig Gesellschaft.“

Glorias Apartment hatte den gleichen Grundriss wie meines, dennoch trennten die beiden Wohnungen Welten. In ihren vier Wänden dominierten tropische Pflanzen, dicke Perserteppiche, jede Menge Skulpturen und Gemälde, die allesamt Akte zeigten, und bunte Tücher, wohin man hinsah. Sie hingen an den Wänden, vor den Fenstern und über den Stehlampen und verbreiteten zusammen mit dem Duft nach Moschus und Jasmin, der die Luft schwängerte, ein durchweg esoterisches Flair.

„Nimm Platz, nimm Platz, ich setze nur rasch unseren Tee auf, und dann können wir uns ausgelassener Plauderei und diesen fantastischen Leckereien widmen, die du mitgebracht hast."

Ich folgte dankend Glorias Aufforderung und ließ mich in die weichen Sofakissen plumpsen. Nur einen Sekundenbruchteil später hätte ich um ein Haar einen Herzinfarkt erlitten, weil genau neben mir laut miauend eine rot getigerte Katze zwischen den dicken Polstern hervorschoss und wie eine Rakete durch den Raum jagte.

„Du liebe Güte", keuchte ich und fasste mir an die Brust. Mein Herz pochte derart heftig, dass ich es bis in die letzte Faser meines Körpers fühlen konnte.

„Mit oder ohne Schuss?", ertönte Glorias Stimme aus der angrenzenden Küche.

Kurz überlegte ich, ob ich meinen Schreck mit einem Schlückchen Rum im Tee besänftigen sollte, da mir aber noch der Kater von gestern Nacht in den Knochen steckte, lehnte ich vernünftigerweise ab.

„Also, jetzt erzähl der alten Gloria, was dich so bedrückt", forderte sie mich auf, nachdem sie den Tee serviert und sich einen Cranberrycookie geschnappt hatte.

Verwundert blinzelte ich sie an. Wahrscheinlich hatte ich den besorgten Ausdruck in ihrem Gesicht meinen roten Augen zu verdanken. Na wunderbar. Dann sah ich also so verheult aus, wie ich angenommen hatte. Hastig nahm ich einen Schluck Tee, um meinen Unmut herunterzuspülen und musste feststellen, dass er noch viel zu heiß war. Mit brennender Zunge schnappte ich nach Luft, während mir Tränen in die Augen stiegen.

„Aber, aber", sagte Gloria in fürsorglichem Tonfall und tätschelte mir die Schulter.

Sie schien sich in ihrer Annahme, irgendetwas würde mir auf dem Herzen liegen, offenbar bestätigt zu fühlen. Na gut, warum nicht? Immerhin konnte ich das nutzen, um auf diesem Weg vielleicht an Informationen zu kommen.

„Es ist nur …", begann ich schniefend und merkte, wie mir die Brillengläser beschlugen. „Ich kann einfach nicht glauben, dass Mrs Cunningham von uns gegangen ist."

Gloria legte den Kopf schief und musterte mich verhalten.

„Wirklich!", setzte ich rasch und betont wehmütig nach. „Ich hätte nie gedacht, dass mir die alte Schachtel so fehlen könnte, doch das tut sie. Ihr Tod kam so plötzlich, so unerwartet …"

Als Draufgabe legte ich die Hände übers Gesicht und blinzelte zwischen den Fingern hindurch, um Glorias Reaktion nicht zu verpassen. Ich war eine grottenschlechte Schauspielerin, wie ich gerade mit wachsendem Unbehagen einsehen musste. Da in meinem letzten Satz zumindest ein wenig Wahrheit mitschwang, stieg Gloria darauf ein.

Obwohl sie eher irritiert als betroffen wirkte, meinte sie: „Ja, ich hätte nicht so bald mit ihrem Dahinscheiden gerechnet."

„Nicht?" Vermutlich viel zu schnell ließ ich die Hände und gleichzeitig die traurige Fassade sinken. „Dann kommt dir das auch seltsam vor?"

Gloria lachte auf, und ich ohrfeigte mich in Gedanken für meine miesen Ermittlungsmethoden.

„I-ich meine, sie war alt und", versuchte ich mich stammelnd zu retten, „na ja, ich finde es trotzdem eigenartig. Hattest du den Eindruck, dass sie in den letzten Tagen irgendwie kränklich ausgesehen hat?"

Die aufgesetzte Unschuld troff mir aus jeder Pore, wenigstens davon schien Gloria nichts zu bemerken.

„Schätzchen, alte Menschen sterben nun einmal. Mir ist keine Veränderung an Mrs Cunningham aufgefallen. Im Gegenteil empfand ich sie an diesem Tag als besonders ..." Gloria hielt inne und vollführte eine rasche Handbewegung, die ein imaginäres Kreuz vor ihrer Stirn beschrieb, bevor sie dreimal „T, t, t", machte. Erst nach einem entschuldigen Blick gen tuchverhangener Zimmerdecke sprach sie den begonnen Satz zu Ende. „... nervtötend." Damit nickte sie, als wäre alles Nötige zu dem Thema gesagt worden.

„Wieso denn?"

Ich versuchte, betont gleichmütig zu klingen, als würde mir nicht viel an ihrer Antwort liegen. Was es selbstverständlich doch tat. Ich war ja nicht da gewesen, während Mrs Cunningham ihr Leben ausgehaucht hatte, Gloria, die ihre Tanzschüler immer nur nachmittags und abends im Studio um die Ecke unterrichtete, schon.

Sie beugte sich nach vorne und senkte die Stimme, was meine Aufregung erneut hochkochen ließ. „Ich habe die alte Frau noch nie so laut schreien gehört. Ich meine damit, ich habe mich gerade an der *Caro Nome* versucht und sie trotzdem bemerkt!" Das Trotzdem hatte Gloria in einer Art und Weise betont, die deutlich machte, welche Lautstärke dafür notwendig gewesen war.

„Und hast du mitgekriegt, was oder mit wem sie geschrien hat?“, hakte ich atemlos nach.

Vorbei war es mit meiner hart erkämpften Gleichgültigkeit. Gloria störte sich allerdings nicht an meinem unverkennbaren Interesse. Sie liebte Klatsch und Tratsch mindestens genauso sehr wie Chelsea, was die Boulevardmagazine auf ihrem Couchtisch unterstrichen.

Zu meiner Enttäuschung lehnte sie sich auf die Frage hin zurück und schüttelte den Kopf. „Ich war zu vertieft in meinen Gesang, und als ich mit dem Stück durch war, stand schon die Polizei vor der Tür“, schloss sie ihren unbefriedigenden Kurzbericht ab.

***

Nachdem wir uns die gesamte Packung Cranberrycookies einverleibt hatten und ich einem winzigen Schlückchen Rum im Tee doch noch meine Zustimmung gegeben hatte, setzte Gloria mich vor die Tür, um weiter ihre Arie üben zu können. Ihr gedämpfter Gesang hallte durchs Treppenhaus, kaum dass die Wohnungstür hinter mir geschlossen war, und ich verzichtete darauf, die Aufnahme zu kontrollieren, um dem Getöne schnellstmöglich zu entrinnen. Rasch drehte ich die Kassette um, startete die Aufnahme von Neuem und klopfte an Gios Tür, dessen Apartment im zweiten Stock unter dem von Mrs Cunningham lag.

Giovanni Barbieri war mir neben Chelsea der liebste Mensch auf Erden und abgesehen davon der beste Damenfriseur, den ich kannte. Privat kämmte er zwar lieber Männerhaare, aber das machte ihn in meinen Augen nur noch liebenswerter, hauptsächlich weil er zu sich und seinen Affären stand, was in Crayford keine Selbstverständlichkeit war.

*„Ciao, bella*, schön dich zu sehen!" Gio öffnete einladend die Tür, und sein süßliches Parfüm in Verbindung mit dem Geruch nach Haarspray empfing mich beim Eintreten.

Wie immer wenn ich bei Gio zu Gast war, wurde mein Blick von den zahlreichen Fotos angezogen, die ihn auf den Reisen in seine Heimat Italien zeigten. Warum ein solch –sagen wir mal gelinde – rassiger Südländer auch nur einen Fuß in den regnerischen und ganz und gar nicht temperamentvollen London Borough of Bexley gesetzt hatte, war mir bis heute ein Rätsel. Doch ich wollte mich über Giovannis Anwesenheit sicher nicht beschweren.

„Was verschafft mir das Vergnügen? Sollen wir …?" Er streckte zwei Finger aus und ließ sie wie die Schneiden einer Schere zusammenklappen.

„Wenn du Zeit hättest?" Ich klimperte mit den Wimpern, was Gio dazu veranlasste, gönnerhaft seine Arme auszubreiten.

„Natürlich, *mia bella*!" Mit seinen großen Händen auf meinen Schultern manövrierte Gio mich ins Schneidezimmer und drückte mich sanft auf den Frisierstuhl.

Binnen weniger Sekunden hatte er mir einen Umhang übergeworfen und die Haare mit seiner Wasserspritzflasche befeuchtet. Der großzinkige Kamm in seiner Hand fuhr in gleichmäßigen Bewegungen durch mein Haar, und ehe ich A sagen konnte, schnitt er die ersten Spitzen.

„Erzähl mir, *principessa*, welchem Mann hast du jetzt wieder den Kopf verdreht?"

Ich kannte diesen Satz nur zu gut. Er diente als Einleitung für Gio, von seinen eigenen Bettgeschichten zu berichten, denn bei mir war im Schlafzimmer wie immer tote Hose. Und wie immer antwortete ich, ohne zu zögern, auf seine Frage.

„Was du wieder denkst! Gar keinem!"

„Du musst mehr rangehen, *pupetta*. Von allein verirren sich die *cioccolatini* nicht zwischen deine Kissen!", tadelte er mich.

Ähm, wenn man es genau betrachtete, fand ich beim Aufräumen und Staubsaugen schon regelmäßig verschüttgegangene Pralinen oder gerne auch mal Chips in den Sofaritzen. Aber das würde ich ihm bestimmt nicht auf die Nase binden, zumal sein Satz dermaßen mehrdeutig ausgelegt werden konnte, dass meine Ohrenspitzen heiß wurden. Ob ihm das bewusst war? Immerhin war Englisch nicht seine Muttersprache, selbst wenn er fast akzentfrei sprach. Ein Blick in sein Gesicht reichte mir als Antwort.

„Und was ist mit dir?", wollte ich ihn von meinem nicht vorhandenen Liebesleben ablenken. „Wie viele Herzen hast du letzte Woche gebrochen?"

Am meisten interessierte mich dabei, was genau er vorletzten Freitag getrieben hatte. Also, nein. Natürlich interessierte mich nicht, was oder mit wem er es … Ungehalten von meinen eigenen Gedanken, konzentrierte ich mich mit besonderem Eifer auf Gios Bericht, der in einem Schwall auf mich einprasselte.

Montag war seit Längerem wieder einmal der schnuckelige Blumenverkäufer von *Regency Flowers* bei ihm auf einen Latte gewesen. Nach dem Kaffee küsste Gio ihm, laut eigener Angabe, voller Genuss den Milchschaum von der Oberlippe. Den Rest durfte ich mir glücklicherweise denken. Dienstag war er mit Dimitri, seinem Aufriss aus einem Szenelokal Londons, bis in die Morgenstunden unterwegs. Der Abend fand seinen Abschluss in Dimitris Wohngemeinschaft, wo Gio ein weiterer russischer Leckerbissen erwartete. Mittwoch ließ er die Männer Männer sein und vertrieb sich die Zeit mit Schönheitspflege, was ihm am Donnerstag eine heiße Nacht mit einem Rucksacktouristen eingebracht hatte, dessen Namen ihm entfallen war.

„Gestern hat sich Filu bei mir gemeldet", berichtete Giovanni bedeutungsschwer.

Für einen kurzen Moment vergaß ich, warum ich hergekommen war und was ich eigentlich von ihm hatte hören wollen.

„Ist nicht wahr!", stieß ich ungläubig hervor und schüttelte den Kopf, während Gio gleichzeitig nickte.

Filu, der eigentlich ganz anders hieß, aber einen unaussprechlichen altmarokkanischen Namen hatte, weshalb wir ihn nach der ersten Nacht, die Gio mit ihm verbracht hatte, auf eben jenen Namen getauft hatten, war einer der wenigen Männer, die meinem armen Freund tatsächlich das Herz gebrochen hatten. Er war rattenscharf und mindestens so umtriebig wie Giovanni selbst, mit dem Unterschied, dass Filu keinen Unterschied machte, ob er mit Männern oder Frauen ins Bett ging. Was ja an und für sich nichts Verwerfliches gewesen wäre, wenn er Gio nicht wochenlang unter Druck gesetzt hätte, mit ihm und einer Frau eine Dreiecksbeziehung zu führen. Gio hatte sehr unter der Situation und vor allem der Manipulativität dieses Typen gelitten und einige Zeit gebraucht, bis er tatsächlich einen Schlussstrich unter die Beziehung mit Filu hatte setzen können. Noch länger hatte es gedauert, bis sich Gio von diesem Dilemma einer Affäre erholt hatte und wieder der alte freudestrahlende, die Hüften schwingende Mann gewesen war, den ich kannte und liebte. Dunkle Zeiten waren das gewesen, fürwahr. Und nun maßte sich dieser Dreckskerl an, wieder Kontakt zu Giovanni zu suchen?

„Und was hast du ihm gesagt?"

Gio schwieg auf meine Frage hin und griff zum Föhn, um meine frisch gekürzten Haare zurechtzumachen. Nicht sein Ernst! Dieses Schweigen konnte nur eines bedeuten.

„Gio", sagte ich lang gezogen in meiner drohendsten Stimme. „Sag mir jetzt bloß nicht, dass du mit diesem Idioten wieder in der Kiste warst!"

Entschuldigend hob er beide Arme, in der einen Hand den Föhn, in der anderen die Rundbürste, und flehte mich mit seinem Dackelblick an, ihm zu verzeihen, bevor er verzweifelt meinte: „Aber *micina*, er ist ein sexy *idiota*!"

Ein paar Sekunden lang ließ ich ihn noch unter meinem tadelnden Blick schmoren, dann zog ich einen Mundwinkel hoch und verdrehte die Augen. „Du bist einfach unverbesserlich, *casanova*."

In der kommenden halben Stunde bekam ich alle Details der wiederaufgeflammten Liaison mit Filu zu hören. Es war heiß, es war schmutzig, und ich kam gar nicht dazu, Giovanni auf die Woche anzusprechen, in der Mrs Cunningham gestorben war. Damit hatte ich keinerlei Anhaltspunkte, die mich in meinen Ermittlungen weitergebracht hätten. Dafür hatte ich nun, da Gio mich fertig geföhnt, frisiert und herausgeputzt hatte, endlose Bilder von nackten, verschwitzten Männerkörpern im Kopf. Nur eben nicht so, wie ich mir das eigentlich gewünscht hätte. Man konnte eben nicht alles im Leben haben.

Im Gedanken noch immer bei Gio und seiner definitiv erneut zum Scheitern verurteilten Affäre mit Filu, stieg ich ein Stockwerk tiefer und checkte im Gehen mein Equipment.

***

Die nächste Person auf meiner Befragungsliste führte mich in den ersten Stock. Cindy Young war eine alleinerziehende Mutter, die Teilzeit in einem Immobilienbüro jobbte. Cindy war nett, allerdings war es fast unmöglich, sich normal mit ihr zu unterhalten, und das lag vorrangig an …

„Eddie!", sagte ich freundlich und setzte ein, wie ich fand, einnehmendes Lächeln auf, als mir Cindys kleiner Sohn nach meinem Klopfen die Wohnungstür öffnete.

Er sah keineswegs so aus, als würde er sich über mein Erscheinen freuen, sondern eher, als stünde einer seiner fürchterlichen Wutausbrüche kurz bevor. Dieses

Kind konnte mindestens genauso laut brüllen, wie Mrs Cunningham es draufgehabt hatte, und sein Jähzorn stand dem der alten Lady ebenfalls in nichts nach.

„Hast du Schokoküsse?", wollte er in herausfordern-den Tonfall wissen und schaute mich derart intensiv an, dass es mir kalt den Rücken hinunterlief.

Eddie war nicht nur unerzogen und tyrannisch, er hatte auch etwas Gruseliges an sich. Immer wenn er mich so bösartig anstarrte wie jetzt, kam mir das Bild von dem angsteinflößenden Mädchen aus *The Ring* in den Sinn.

„Äh, leider nicht", erwiderte ich lahm und lugte an ihm vorbei ins Apartment, in der Hoffnung, Cindy würde jeden Moment hinter ihm auftauchen.

Eddie indes kniff die Augen zusammen und wollte mir glatt die Tür vor der Nase zuknallen, doch ich hielt rasch dagegen und erntete für meinen Widerstand einen überaus schmerzhaften Tritt gegen das Schienbein. Dieser kleine Teufelsbraten! Stöhnend rieb ich mir das Bein, während Eddie lauthals lachend auf mich zeigte.

„Eddie, wer ist denn da?", schallte Cindys Stimme aus dem Hintergrund. Sekunden später stand sie vor mir. „Alice, schön dich zu sehen. Was hast du denn?"

Sie sah von meinem schmerzerfüllten Gesicht hinunter auf mein Schienbein, das ich immer noch mit der Hand bedeckte. Als Nächstes flog ihr Blick zu Eddie, der ihr mit einem dermaßen unschuldigen Gesichtsausdruck begegnete, dass ich ihm beinah selbst glaubte. Cindy kannte ihren Sohn jedoch offenbar gut genug.

„Hast du Alice getreten?" Sie wartete gar keine Antwort ab. „Was haben wir zum Thema ‚Treten, Boxen, Spucken und Beißen' besprochen, junger Mann?"

Bei ihrer Aufzählung wurde ich blass um die Nase und bedankte mich bei meinem Schutzengel, dass es nur ein Tritt gewesen war, den ich abgekriegt hatte. Offensichtlich hätte es wesentlich schlimmer kommen können.

„Aber sie hat keine Schokoküsse!", verteidigte Eddie seine Reaktion und zeigte anklagend auf mich, als hätte ich eine Sünde begangen, die jedweden Übergriff voll und ganz rechtfertigte.

„Deine Schokoküsse stehen in der Küche, du Spinner", erwiderte Cindy mit einem nun etwas nachsichtigeren Lächeln.

Was? Das war es jetzt? Dieser Stinker trat mir gegen das Schienbein und erhielt dafür Schokoküsse? Die Welt war ungerecht.

Eddie streckte mir zum Abschied die Zunge raus und flitzte dann zurück ins Apartment.

„Was kann ich für dich tun?", fragte Cindy und zuckte zusammen, kaum dass sie ihre Frage beendet hatte, weil aus der Wohnung ein klirrendes Geräusch zu hören war. „Entschuldige mich. Bitte komm doch herein."

Während sie mich einlud, machte Cindy auf dem Absatz kehrt und sammelte in eiligem Schritt Spielsachen und Kindersocken auf dem Weg durch den Flur ein. Zögerlich schob ich mich durch die Tür, die sich nicht vollständig öffnen ließ, weil dahinter Eddies Fahrrad geparkt war. Ich war mir nicht im Klaren, ob ich eintreten wollte, aber Cindy im Treppenhaus in ein Gespräch über Mrs Cunningham zu verwickeln, schien mir wenig aussichtsreich. Also ergab ich mich in mein Schicksal, streifte meine hellblauen Ballerinas ab und betete, dass das kleine Monster Eddie mit seinen Schokoküssen besänftigt worden war.

In Cindys Apartment sah es noch genauso aus, wie ich es von meinem letzten Besuch, der schon keine Ahnung wie lange zurücklag, in Erinnerung hatte. Die Wände waren mit Tapsern und nur geringfügig künstlerischen Kleinkindzeichnungen übersäht. Auf dem Boden lagen Sammelfiguren, Murmeln, Stifte, Wäsche und Krümel herum.

„Ich will Saaaaaaft!“, hörte ich Eddie aus der Küche brüllen, als ich gerade einen Fuß ins Wohnzimmer und damit treffsicher auf einen Baustein gesetzt hatte.

„Au!“, jaulte ich und rieb mir die schmerzende Fußsohle.

„Alles okay, Alice?“, erklang Cindys Stimme über Eddies Saftklagelaute hinweg.

„Jaja, alles gut“, rief ich zurück und setzte meinen Weg mit äußerster Achtsamkeit fort.

„Saft! Saft! Saft!“ Eddies Schreie wurden immer schriller.

„Zuerst müssen wir die Scherben wegräumen“, entgegnete Cindy seelenruhig.

Ich hatte mittlerweile die Couch ohne weitere Schikanen erreicht, setzte mich und sprang sofort wieder auf, weil ich mich auf irgendetwas höllisch Spitzem niedergelassen hatte.

„Verflucht noch mal!“, zischte ich und förderte eine kleine Batman-Figur zwischen den Sofakissen zutage.

Wahnsinn, das war ja ein richtiges Minenfeld. Ich wünschte mich in meine eigenen gemütlichen und spielzeugfreien vier Wände zurück, das musste allerdings warten. Apropos warten. Es dauerte eine gefühlte Ewigkeit, bis Cindy das Drama in der Küche beendet hatte und neben mir Platz nahm. Ich hatte die komplette Diskussion mitverfolgt und realitätsnah erlebt, wie schwierig es sein konnte, einem Vierjährigen den passenden Saft zuzubereiten. Eddie hatte sich zweimal von Apfel zu Orange und wieder zurück entschieden. Dann hatte er ihn mit Wasser verdünnt gewollt, schließlich war es zu viel Wasser gewesen, und er hatte lieber Zitronenlimonade gewollt, jedoch nicht in dem, sondern in einem anderen Glas und nicht mit einem gelben, sondern mit einem blauen Trinkhalm.

„So, jetzt sollte ich dir ein paar Minuten widmen können", meinte Cindy und sah fürchterlich abgekämpft aus.

Ich hatte direkt ein schlechtes Gewissen, weil ich ihr die wahrscheinlich einzigen fünf Minuten Ruhe am Tag stahl. Außerdem wusste ich gerade nicht, wie ich das Gespräch am besten angehen sollte.

„Ich bewundere deine Geduld. Wäre die gute alte Mrs Cunningham nur auch ein wenig geduldiger gewesen, hätten wir es alle ein Stück leichter mit ihr gehabt, nicht wahr?"

Mir war nur allzu bewusst, dass Mrs Cunningham Cindy wegen Eddies Eskapaden mindestens genauso sehr auf dem Kieker gehabt hatte wie mich.

Ich hatte es eigentlich nett gemeint, gleichwohl meine Bemerkung ein wenig respektlos gegenüber Mrs Cunningham war, aber, hey, ich zollte ihr wohl mehr als genug Respekt, indem ich diese seltsame Spur verfolgte, die sie mir hinterlassen hatte. Cindy wurde bleich um die Nase und sah plötzlich so betroffen aus, dass ich nicht wusste, was ich als Nächstes sagen sollte. Hatte sie die alte Beißzange wider Erwarten doch gemocht?

„Ja, das stimmt", erwiderte Cindy mit gehöriger Verspätung.

„Tut mir leid, wenn ich dir zu nahegetreten bin. Ich hätte nicht gedacht, dass du über Mrs Cunninghams Ende traurig sein würdest."

„Bin ich nicht!" Diesmal kam ihre Antwort wie aus der Pistole geschossen. Sofort schlug sie sich die Hand vor den Mund und sah noch um einiges betroffener aus als zuvor.

Was, zur Hölle? Ich musterte Cindy mit eindringlichem Blick. Irgendetwas verschwieg sie mir!

„Was hast du denn? Liegt dir etwas auf dem Herzen?" Ich versuchte, eine gesunde Mischung aus Einfühlsamkeit und Ernst in meine Stimme zu legen, und war überrascht, wie gut es mir gelang.

„Sie hat mir die Kündigung ausgesprochen, Anfang vorletzter Woche. Ich habe jeden Tag mit dem Schreiben gerechnet. Es kam jedoch nicht, und dann ist Mrs Cunningham …" Cindy senkte den Kopf und atmete tief durch. „Bin ich ein schrecklicher Mensch, wenn ich erleichtert bin, dass sie nicht mehr dazu gekommen ist? Immerhin kann ich mit Eddie jetzt hier wohnen bleiben und …" Erneut brach sie ab, statt ihren Satz wiederaufzunehmen, schaute sie mich nur flehentlich an.

Ich blies die Wangen auf und zog die Schultern hoch. Was, zum Teufel, sollte ich ihr darauf sagen? Fand ich es verwerflich, dass sie froh darüber war, sich nicht nach einer neuen Bleibe umsehen zu müssen? Nein, definitiv nicht. Aber klar, die ganze Situation hatte einen Beigeschmack.

„Es ist ja nicht so, dass du dich über ihren Tod freust, sondern nur über die Tatsache, nicht gekündigt zu werden. Mach dir deshalb keinen Kopf, Cindy. Es ist doch ...“

Ein schriller Schrei erklang, gefolgt von laut trampelnden Schritten und einem völlig mit Zuckerschaum und Schokolade verschmierten Eddie, der grölend mit einem Schokokuss in jeder Hand ins Zimmer gestürmt kam.

Cindy sah mich entschuldigend an. „Zuckerschock.“

Das war mein Stichwort. Ich hatte wenig Lust, womöglich etwas von den Schokoküssen abzubekommen, außerdem erwartete ich nicht, hier auf nennenswerte Informationen zu Mrs Cunninghams Tod zu stoßen. Ebenso wenig hielt ich Cindy für verdächtig. Mochte sein, dass sie in der Erwartung der Wohnungskündigung ein Motiv gehabt hätte, doch wann, bitte schön, sollte diese Frau die Zeit und Gelegenheit gehabt haben, einen Mord zu begehen? Cindy sprach ja schon von Glück, wenn sie sich zweimal in der Woche in Ruhe die Haare waschen konnte.

„Äh, ich muss dann mal“, sagte ich, während sich Eddie einen Schokokuss in den Mund stopfte und den anderen auf seinem Kopf balancierte.

Cindy war bereits aufgesprungen und hechtete ihm entgegen, um den wackelnden Schokokuss aufzufangen, bevor er auf den Boden … Ach, zu spät.

„Eddie!“, schimpfte sie, woraufhin der Kleine lachend auf den herabgefallenen Schokokuss trat.

Begleitet von herzerwärmendem Kinderlachen und Cindys wütenden Eddie-Schreien nahm ich erst meine Ballerinas und dann die Beine in die Hand. Die Wohnungstür fiel hinter mir ins Schloss, und ich atmete erleichtert auf, weil ich dem Schokokussmassaker entkommen war. Damit war aber auch der angenehme Teil meiner Befragungsrunde vorbei, denn die beiden letzten zu Befragenden auf meiner Agenda gehörten nicht zu meinen Lieblingsmenschen. Ich hatte nun die Wahl zwischen Steve mit den klebrigen Fingern und dem widerwärtigen Lächeln oder George Cunningham, der griesgrämig, ungepflegt und mindestens genauso wenig umgänglich war wie seine Mutter.

***

Seufzend richtete ich den Minnie-Mouse-Walkman. Steve oder George, Steve oder George, Steve oder …? Pfeif drauf, ich kam um beide nicht herum. Rasch stieg ich in die Schuhe und zog mein Shirt zurecht, damit man ja nicht zu viel Haut in meinem Ausschnitt sah. Ich durchquerte den Hausflur und klopfte an Steves Tür.

Einige Herzschläge später öffnete er und blinzelte mich aus tränenden Augen an. Ich hatte Steve noch nie ohne seine aschenbecherdicken Brillengläser gesehen und war erstaunt, wie klein seine Augen in Wirklichkeit waren.

„Alice? Bist du das?" Steve blinzelte noch heftiger und riss seine Maulwurfaugen weit auf.

„Höchstselbst", bestätigte ich, damit er ja nicht auf die Idee kam, seine schmierigen Hände nach mir auszustrecken, um sich zu vergewissern, dass ich es auch leibhaftig war.

„Du klopfst an meine Tür? Kann ich dir mit etwas behilflich sein?" Ungläubigkeit und eine furchterregende Begeisterung schlugen mir entgegen.

Ja. Nein! Vielleicht? Gab es auf diese Frage eine richtige Antwort? Ich versetzte mir einen gedanklichen Klaps und trug ein gezwungenes Lächeln zur Schau, das Steve brillenlos, wie er gerade war, vermutlich ohnehin nicht einwandfrei erkennen konnte.

„Nun, ich wollte dich etwas fragen und ..."

„Ich gehe liebend gern mit dir aus!", fuhr Steve mir dazwischen, ohne abzuwarten, wie die eigentliche Frage überhaupt lautete.

Du meine Güte! Na, das konnte ja heiter werden!

„Das wollte ich gar nicht fragen, aber kann ich vielleicht ..."

„Möchtest du reinkommen?" Wieder unterbrach er mich und schaute so träumerisch in meine Richtung – fokussieren konnte er mich nicht, und wo, verdammt, war eigentlich seine Brille? –, dass mir langsam übel wurde.

Allein deshalb wollte ich im Grunde sofort kehrtmachen. Nicht dass er am Ende noch glaubte, Chancen bei mir zu haben.

Trotzdem bejahte ich zähneknirschend und folgte ihm in sein Apartment. Es roch nach Sportsocken, obwohl ich mein Leben darauf verwettet hätte, dass Steve keinen Sport trieb. Im Wohnzimmer erwartete mich ein riesiger Flachbildfernseher vor dem ein – war das ein Autositz? Skeptisch beäugte ich das Teil, das tatsächlich wie der Sitz eines Rennwagens anmutete. Bei genauerer Betrachtung entdeckte ich sogar ein lederbezogenes Lenkrad, na ja, nicht Lenkrad, sondern eher eine Art Steuerhorn, wie es sie in Flugzeugen gab.

„Gefällt dir mein Prachtstück?“

Bitte was? Steves Stimme erklang dicht hinter meinem Ohr, und ich fuhr wie von der Tarantel gestochen herum. Dabei versetzte ich ihm unbeabsichtigt einen Schlag mit dem Ellenbogen in die Magengegend, der ihn in sich zusammensacken ließ. Upsi. Ungeplant, aber allemal verdient.

„Was soll das genau sein?“, fragte ich und ignorierte sein schmerzverzerrtes Gesicht, das nun endlich wieder mit seiner Brille bestückt war.

„Nur eine kleine Spielerei.“ Steve klang erstickt, weshalb der vermutlich lässig gemeinte Spruch armselig rüberkam.

Eigentlich wollte ich nicht länger als unbedingt nötig hier verweilen, darum räusperte ich mich und legte los.

„Was hast du denn vorletzten Freitag so gemacht?“

„Buchhaltung. Warum?“

Ich überging seine Frage. „Hier, bei dir zu Hause?“

Er sah mich verwundert an. „Ja, natürlich. Du weißt doch, dass ich im Homeoffice arbeite. Ich bin freischaffender Sachbearbeiter.“

Nun hörte er sich etwas verschnupft an. Konnte es sein, dass er mir in einem unserer bisherigen Gespräche bereits erzählt hatte, dass er selbstständig war? Jap, sehr wahrscheinlich. Nur war ich, wann immer ich mit ihm sprach, hauptsächlich damit beschäftigt, einen beträchtlichen Abstand zwischen uns zu bringen oder die Unterhaltung überhaupt möglichst bald zu einem Ende zu führen.

„Ja, stimmt, ja!", stieß ich hervor, als würde ich mich gerade wieder daran erinnern. „Und war irgendetwas Spezielles an diesem Tag?"

Steve hob die schwitzigen Finger an sein spitzes Kinn und kratzte über den kläglichen Bartschatten. „Nee, ich glaube nicht. Alles wie immer, wenn man davon absieht, dass unsere Vermieterin am Nachmittag tot aufgefunden wurde", sagte er lapidar.

Mir schien, auch Steve war nicht sonderlich mitgenommen von Mrs Cunninghams Verscheiden. Eigentlich kein Wunder. Der alte Besen hatte allen in seinem Herrschaftsbereich das Leben schwer gemacht, das schloss ohne Zweifel Steve mit ein.

„Und davor, da hast du nichts gehört – oder gesehen?"

Das war die heikelste Frage von allen, zumal Steve auf meine allererste mit einem „Warum?" reagiert hatte. Er war es nicht gewohnt, dass ich freiwillig und dann noch so ergiebig mit ihm plauderte. Zu Recht, aber das brachte mir wiederum seine Skepsis ein.

Schon kniff er die Augen zusammen, und ich konnte ihm ansehen, dass er sich spätestens jetzt über meine Fragerei wunderte, also ging ich langsam und mit Bedacht zu seinem eigenartigen Gamingstuhl und strich mit den Fingerspitzen über das glänzende Leder.

„Puh, ganz schön heiß hier drinnen", setzte ich nach und zog am Kragen meines Oberteils.

Innerlich wand ich mich. Erstens weil mir dieses aufgesetzte Gehabe überhaupt nicht lag, und zweitens weil es ausgerechnet Steve war, vor dem ich mich so benahm. Ich wollte ja wirklich, wirklich wissen, was es mit Mrs Cunninghams Tod und ihren geheimnisvollen Klebezetteln auf sich hatte, doch ich war nicht bereit, dafür zum Äußersten zu gehen. Zumindest nicht in Bezug auf Steve.

Glücklicherweise wirkte meine annähernd laszive Geste, und Steve glotzte mich an, als würde vor ihm ein Porno ablaufen. Am liebsten hätte ich mich geschüttelt, konnte es mir jedoch gerade so verkneifen.

„Und hast du was gesehen oder gehört?" Die Hüfte zur Seite geschoben, lehnte ich mich an die Lehne seines „Prachtstücks" und klimperte mit den Wimpern.

Bitte, spuck's endlich aus, damit ich aufhören kann, mich bei dir anzubiedern, flehte ich im Geiste.

„Nun ja", begann er und trat gleichzeitig auf mich zu. Er leckte sich über die Lippen.

O nein, mein Freundchen! Schnell gab ich meine Pose auf und umrundete den Gamingthron, damit er zwischen uns stand.

„Gegen neun hat George vor meiner Wohnungstür eine Tasse Tee fallen lassen. Ich war mit der Monatsabrechnung eines Klienten beschäftigt und habe mich ziemlich geärgert, weil mich der Lärm aus meiner Konzentration gerissen hat." Steve folgte langsam meinem Weg. Einem Raubtier auf Beutefang nicht unähnlich, schlich er um den Stuhl herum, während ich Richtung Fernseher zurückwich.

„Und weiter?" Es klang in meinen Ohren so, als wäre er mit seiner Erzählung noch nicht am Ende.

„Ich habe durch den Türspion gelinst und beobachtet, wie er die Scherben zusammengekehrt hat. Dann hat er eine neue Tasse aus seinem Apartment geholt und sie neben der Kanne auf ein Tablett gestellt, mit dem er die Treppen hinauf verschwunden ist."

George hatte seiner Mutter also nur wenige Stunden vor ihrem Tod Tee gebracht. Das war nichts Ungewöhnliches. Mrs Cunningham hatte sich immer von ihrem Sohn bedienen lassen.

„Das war's?", bohrte ich nach.

Steve nickte und kam mir immer näher. „Das war's. Willst du dich mal draufsetzen?"

Puh, jetzt ging er aber ran.

„Was?" Meine Stimme war schrill, und ich sah bestimmt aus wie das berühmte Reh im Scheinwerferlicht.

Zweifellos hätte das eine unschuldige Einladung sein können. Nur wusste ich, dass der gute Steve mehr mit mir im Sinn hatte, als Computerspiele zu zocken. Er hatte zahllose Male versucht, sich mit mir zu verabreden, und allein die Art, mit der er mich in diesem Moment beäugte, machte mir klar, dass er sich die schmutzigsten Dinge mit mir auf diesem Stuhl ausmalte. Pfui Teufel! Ich musste schleunigst verschwinden.

„Oh, schon so spät!", merkte ich mit einem Blick auf die digitale Wanduhr an. „Ich muss los."

„Bleib doch noch ein wenig, Alice", erwiderte Steve und schob die Unterlippe vor, die von seinem Speichel glänzte.

Nein danke!

„Ein andermal vielleicht …“

Dieses vage Zugeständnis musste ich ihm fatalerweise machen, ansonsten würde ich aus der Nummer nicht mehr herauskommen. Ich schaltete den Turbo ein.

„Danke für den Plausch. Mach's gut!“, rief ich an der Tür, dann war ich auch schon draußen.

***

Fluchtartig hechtete ich ein halbes Stockwerk hoch, um mir eine Verschnaufpause zu gönnen. Pah! Hoffentlich bildete sich Steve jetzt nicht ein, dass er mich mit genügend Einsatz rumkriegen könnte. Wenn ich nur daran dachte, wie er seine schwitzigen, klebrigen Finger … Ich schüttelte mich endlich, nachdem ich in den letzten Minuten darauf verzichtet hatte, und zog eine Grimasse, bei der das Herausstrecken meiner Zunge eine wesentliche Rolle spielte. Außerdem presste ich die Augen so fest zusammen, dass ich Sternchen sah, als ich sie wieder öffnete. Sternchen und George. Er stand einige Treppenstufen über mir, eine Schachtel in den Händen, und schaute mich irritiert an.

„Da war eine Spinne?“, bemühte ich mich, mein Verhalten zu erklären, und war mir selbst unsicher, ob es das tatsächlich tat, weshalb mein Satz wie eine Frage klang.

George schenkte mir einen skeptischen Blick, zuckte dann aber mit den Schultern und stapfte weiter treppabwärts.

War das etwa eine Schachtel vom Dachboden?

„Mein Beileid!", platzte ich mit dem Ersten heraus, das mir in den Sinn kam.

Er war schon einige Schritte an mir vorbei und hielt inne, drehte sich allerdings nicht zu mir um. Ich bekam keine Antwort, was angesichts Georges gewohnter Schweigsamkeit jedoch nicht verwunderlich war.

„Es muss schwer für dich sein, deine Mutter verloren zu haben."

Das war doch ein ganz passabler Satz, den man durchaus zu jemanden sagen konnte, dessen Familienmitglied gestorben war. Nur dass George es ohne seine herrische Mutter fortan vermutlich leichter hatte, wie wir anderen auch. Egal, was immer er von meiner Beileidsbekundung halten mochte, George ließ sich zu keiner Regung oder gar einer Erwiderung herab. Harter Knochen.

„Ein unerwarteter Verlust ist immer schwer", setzte ich nach, doch er blieb weiterhin starr mit dem Rücken zu mir stehen.

Aus George etwas rauszukriegen, konnte ich schlichtweg vergessen, ich wollte jedoch wissen, was in dieser Schachtel war.

Sag was, Alice, am besten irgendetwas, das ihn dazu bewegt, dich in sein Apartment mitzunehmen, trieb ich mich selbst an. Aber wollte ich das? In Georges Apartment eingeladen werden? Die Antwort lautete wohl: ungefähr genauso gern, wie mit Steve eine Runde auf seinem Gamingstuhl zu drehen.

„Ich möchte mit dir etwas in Bezug auf den Mietvertrag besprechen, jetzt wo deine Mutter ..."

Ich ließ den Satz unbeendet und kniff erneut die Augen zusammen. Was für eine grauenvolle Überleitung.

George sah das offenbar ähnlich. Er drehte sich endlich zu mir um und grunzte etwas, das wie „Na, dann komm mit" klang. Mit klopfendem Herzen folgte ich ihm.

Beim Betreten seines Apartments, in dem ich nie zuvor gewesen war, empfing mich ein penetranter Knoblauchgestank.

Meine Güte, George, hast du gekocht, oder willst du eine Horde Vampire abschrecken?

Er verschwand mit der Kiste in einen anderen Raum, während ich unschlüssig im Vorzimmer stehen blieb. In den Ecken des Zimmers fing sich der Staub, und auch die Kommode neben mir war von einem grauen Film bedeckt. Hier war mindestens genauso lange nicht mehr gefegt worden wie oben auf dem Dachboden. Würde das ganze Haus bald so ausschauen? Nachdem Mrs Cunningham ihrem Sohnemann nicht mehr mit Reinigungsanweisungen im Nacken saß?

„Und?"

Während ich noch immer vertieft darin gewesen war, mir die dreckige Umgebung anzusehen, war George lautlos neben mir aufgetaucht. Ich erschrak dermaßen, dass ich einen außerplanmäßigen Wechselschritt zur Seite machte und mir die Hüfte an der staubigen Kommode stieß.

„Ich ...ähm ...", stammelte ich vor mich hin. „Könnten wir uns vielleicht setzen?"

George war der Missmut über meinen Vorschlag mehr als deutlich anzumerken, trotzdem nickte er, und ich wechselte mit ihm in die angrenzende Küche. Wortlos zog er einen Stuhl unter dem abgenutzten Tisch hervor und setzte sich auf das zweite Exemplar daneben.

Hier war der Knoblauchduft bestialisch intensiv. Die Quelle dieser olfaktorischen Hölle schien ein bräunlicher Eintopf zu sein, der auf dem fleckigen Herd vor sich hin blubberte. Die Vermutung lag nahe, dass George zum ersten Mal in seinem Leben für sich selbst kochen musste. Anders war dieser Anblick nicht zu erklären.

Bleiben und riskieren, dass sich dieser Geruch in meine Haut brannte und ich fortan stank wie die Pest, oder gehen und eine Chance vertun, womöglich ein wenig Licht in die Nachttopf-Akte zu bringen? Ich unterdrückte ein Seufzen – nein, ich vermied das Atmen im Allgemeinen, soweit es mein Lebenserhaltungstrieb zuließ – und ließ mich auf dem angebotenen Platz nieder.

„Wie stehst du zu Haustieren?"

Die Frage, die sich auf die angekündigte Unterredung in Bezug auf die vertraglich festgelegten Mietrechte bezog, hatte ich mir trotz Knoblauchvergiftung einfallen lassen und war deshalb unglaublich stolz auf mich.

George legte die Stirn in Falten. „Ist mir egal", sagte er schließlich.

Okay, das war einfach.

„Und Partys?" Nun überlegte er schon etwas länger, und ich nutzte die Gelegenheit, ohne zu zögern. „Ich verstehe, dass du dir diesen heiklen Punkt erst durch den Kopf gehen lassen musst. Du denkst in Ruhe nach, und ich gehe in der Zwischenzeit für kleine Mädchen."

Bevor George auch nur „Widerspruch" buchstabieren konnte, war ich aufgesprungen und in den Flur zurückgeeilt. Von hier aus führte eine Tür zum Treppenhaus hinaus, eine mit ziemlicher Sicherheit ins Bad und eine weitere in jenen Raum, in den George die Schachtel gebracht hatte. Rasch vergewisserte ich mich, dass er mir nicht gefolgt war, und huschte hinein.

Wie insgeheim vermutet, handelte es sich um sein Schlafzimmer. Auf dem ungemachten Bett vor mir stand die Kiste. Mit zwei großen Schritten war ich dort und klappte entschlossen die Kartonflügel hoch. Auf den ersten Blick sah ich nur Handtücher, aber zwischen zwei vergilbten Schichten Frottee lugte der Zipfel einer Plastiktüte hervor. Es raschelte und klimperte leise, als ich daran zog. Schlüssel. In der Tüte war eine ganze Menge alter Schlüssel in den unterschiedlichsten Größen. Was wollte George damit?

Das Scharren eines Stuhls ließ mich zusammenfahren, und ich stopfte in Windeseile die Tüte zurück zwischen die Handtücher. Ich schaffte es gerade aus Georges Schlafzimmer und ins Bad, bevor seine schweren Schritte erklangen. Außer Atem und mit glühenden Wangen tastete ich in der Dunkelheit nach dem Lichtschalter und war heilfroh, dass George nicht die gleiche ekelerregende Angewohnheit hatte wie seine Mutter, Unterwäsche in der Nähe von Lichtschaltern aufzuhängen. Dann betätigte ich die Toilettenspülung und den Wasserhahn. Nachdem ich ein paarmal tief durchgeatmet hatte, trat ich zurück in den Flur, wo George mich schon mit finsterer Miene erwartete.

„Ach, weißt du was? Von mir aus können wir den Punkt mit den Partys auch ein andermal besprechen." Damit machte ich mich davon.

# Scones und Margaritas

„Heilige Scheiße, Gio ist unverbesserlich! Bestimmt haben die beiden …“ Der Rest von Chelseas Satz ging in meinem Husten unter.

Ich hatte ein wenig zu herzhaft in meinen Scone gebissen, und die fruchtige Geleefüllung hatte sich daraufhin in meinen Ausschnitt ergossen, weshalb ich mich an einem Krümel verschluckt hatte und nun um mein Leben hustete.

„Sag mal, Alice, krepierst du gerade?“

Chelsea traf den Nagel zwar auf den Kopf, allerdings klang ihre Stimme dabei nicht mehr annähernd so interessiert, wie sie es bei der Debatte um Gios Liebesleben getan hatte. Na, vielen Dank auch!

„Alles … okay“, würgte ich hervor und musste mich noch einige Male räuspern, bevor ich wieder vernünftig atmen konnte.

Dass ein exzessiver Süßgebäckkonsum einen früher oder später ins Grab brachte, war bekannt, aber ich hatte auf keinen Fall vor, an einem Scone zu ersticken. Sofort wanderten meine Gedanken wieder zum Nachttopf. Also, besser gesagt, zu Mrs Cunningham und ihren ominösen Botschaften. Sie mussten einfach mit ihrem Tod zusammenhängen. Meine ehemalige Vermieterin musste gewusst haben, dass sie sterben würde, oder hatte es wenigstens befürchtet. Sonst hätte sie mir niemals diese Zettel hinterlassen. Nur weshalb? Was hatte es damit auf sich? Und warum, zum Geier, hatte ich es zu meinem Problem gemacht?

„Alice? Bist du noch da?" Jetzt klang Chelsea besorgt.

„Ja, bin ich. Ich versuche nur zu verstehen, wie du dich, nachdem ich dir alle Details meiner frustrierenden Befragungsaktion geschildert habe, ausgerechnet für das Liebesleben meines Friseurs interessierst."

„Weil es das einzig Interessante daran ist", erwiderte sie eiskalt.

Ich liebte Chelsea, aber manchmal konnte sie ein Biest sein.

„Meine Mittagspause ist vorbei. Ich muss dann mal wieder", beendete ich unser Gespräch, das mich kein bisschen aufgeheitert, sondern im Gegenteil nur noch tiefer ins Selbstmitleid getrieben hatte.

Ich sollte endlich damit aufhören, etwas herausfinden zu wollen, das mir im Grunde einerlei sein konnte. Ich schuldete der alten Schachtel Mrs Cunningham rein gar nichts.

Beim Aufstehen von der Parkbank, die neben dem Eingang der Crayford Library zum Verweilen einlud und meine tägliche Sitzgelegenheit beim Verputzen meines Lunches war, fiel mir auf, dass ich das Gelee des Scones nicht nur zwischen den Brüsten, sondern auch auf meiner lachsfarbenen Baumwollbluse kleben hatte. Mist, was für ein beschissener Start in die Woche!

Jetzt hatte ich die Wahl, ob ich den Rest des Tages mit dem Fleck auf dem Oberteil herumlaufen oder meine Strickjacke bis oben hin zuknöpfen wollte, was mindestens genauso bescheuert aussehen würde, weil die

Knöpfe nur unter Spannung zugingen. Ich entschied mich dafür, mein Missgeschick hinter einem Buch zu verstecken. Ein Accessoire, das bei einer Bibliothekarin völlig unauffällig wirkte und gleichzeitig meine fleckige Bluse perfekt kaschierte, weil ich es, wann immer jemand zum Schalter trat, aufgeschlagen gegen meinen Oberkörper kippen lassen konnte.

Nur bei der Wahl der Titel ließ ich einen lästigen, hartnäckigen Teil meiner Selbst gewinnen. Meine Neugierde. Es war faszinierend, wie viele Werke über Forensik, Viktimologie und dergleichen in der Crayford Library vorhanden waren. Als ich Schluss machte, war meine Tasche voll mit Büchern, darunter *Anatomie des Verbrechens – Meilensteine der Forensik*, *Mordmethoden* und *Menschen lesen – Ein FBI-Agent erklärt, wie man Körpersprache entschlüsselt*. Eigentlich wusste ich es besser. Ich wusste, dass ich weder eine Kriminalbiologin noch eine FBI-Agentin war, und vermutlich noch so viele Bücher lesen konnte, wie ich wollte, es würde mich nicht dazu machen.

Aber, hey, wenn ich eines war, dann belesen. Und seit ich einen halben Spagat auf Mrs Cunninghams Nachttopf-Klebezettel geschlagen hatte, war eine neue Eigenschaft aus meinem Inneren entsprungen. Verbissenheit. Der gute, alte Friedemann Schulz von Thun hätte wohl seine helle Freude mit mir gehabt, denn Team Alice hatte ein weiteres Mitglied bekommen. Ich taufte sie liebevoll „die Schnüfflerin" und war mir sicher, dass sie nicht aufgeben würde, egal für wie irrational sie alle anderen hielten. Also hatte ich ihr schlussendlich nachgegeben und machte es mir mit meiner Buchbeute aus der Bibliothek auf der Couch gemütlich.

Und das war genau die Art, wie ich meine Feierabende in den nächsten Tagen verbrachte. Lesend. Recherchierend. Indizien sammelnd und sie auf die große Pinnwand in der Küche heftend. Langsam, aber sicher an alldem verzweifelnd. Zumindest bis Donnerstag, denn an diesem Tag war Mrs Cunninghams Begräbnis, an dem, wie nicht anders zu erwarten gewesen war, nicht gerade viele Trauergäste teilnahmen.

Um präzise zu sein, waren neben mir nur der Pfarrer und George Cunningham anwesend. Traurig, aber wahr. Und bestimmt nicht unverdient. Zu meiner Schande musste ich gestehen, dass ich wohl auch nicht zur Beerdigung erschienen wäre, hätte sie mir nicht diese vermaledeiten Klebezettel hinterlassen. Trotzdem bewegte mich die Zeremonie.

Klar, Mrs Cunningham, wie ich sie gekannt hatte, war fürchterlich gewesen, ein Trampel, eine zickige alte Schreckschraube, wie sie im Buche stand. Um solch unangenehme Zeitgenossen schert sich im Tod niemand. Dennoch war sie ebenso ein atmender, fühlender Mensch gewesen, wenngleich der Kern ihrer Emotionen auf Wut und Raserei basiert hatte. Daher empfand ich es als wirklich und wahrhaftig schmerzlich, dass ihr Ableben niemanden zu interessieren schien. Dieser Umstand hinterließ einen bitteren Nachgeschmack auf meiner seelischen Zunge, bedrückte mich und verfolgte mich in gewisser Weise.

So konstituiert, war das allwöchentliche Gespräch mit meiner Mutter schon im Vorhinein zum Scheitern verurteilt. Ich schüttete meiner Mutter mein wehmütiges, dummes Herz aus und erntete nichts als Unverständnis. Mum konnte überhaupt nicht nachvollziehen, wie gerade ich auf die Idee kam, meine Nase in Dinge zu stecken, die mich rein gar nichts angingen. Es kam, wie es kommen musste – weil ich mir etwas Derartiges nicht gern sagen ließ –, und endete in einem Streit desaströsen Ausmaßes.

Ein Glas Wein reichte da nicht mehr. Auch nicht zwei oder drei oder eine ganze Flasche. Gleichgültig wie müde, ausgelaugt und neben der Spur ich ohnehin war, an diesem Donnerstag musste etwas Besseres als Wein auf den Tisch. Zum Glück war Chelsea in diesen Dingen die Verlässlichkeit in Person. Für Ausgehen und Drinks war sie zu jeder Tages- und Nachtzeit zu haben. Also verabredeten wir uns kurzfristig im *One Bell*, unserem Stammlokal, um diesen lausigen Tag mit Chips und Margaritas ausklingen zu lassen. Zwar fand Chelsea die faktisch nicht vorhandenen Ergebnisse meiner Befragungsaktion weiterhin nicht sonderlich spannend – was ich ihr dummerweise nicht länger verübeln konnte, weil sie schlichtweg recht hatte –, aber immerhin zollte sie mir echte Anteilnahme und Verständnis dafür, nicht aufgeben zu wollen.

Viel zu spät und viel zu beduselt kam ich nach Hause zurück und erklomm die Stufen hinauf zu meinem Apartment. Vor der Tür blieb ich stehen, kehrte ihr, anstatt sofort aufzuschließen und ins Bett zu fallen, den Rücken und starrte mit finsterer Miene die Türmatte meiner ehemaligen Vermieterin an. Hatte ich durch den Alkohol einen Knick in der Optik, oder lag dieser Fußabtreter schief?

Ich sollte das Licht im Treppenhaus ausschalten und endlich in meine Wohnung verschwinden, meinen Damenrausch ausschlafen und die Fußmatte aus meinem Geist verbannen. Jedenfalls jetzt. Insgeheim hatte mein Hirn beim Durchforsten der Ermittlungsliteratur in den letzten Tagen schon einen bestimmten Gedanken geformt. Ein Punkt war hängen geblieben wie Sand auf einem Eis am Stiel. Ich musste noch einmal zurück zum Anfang. Musste dort suchen, wo alles begonnen hatte, und sehen, ob mir nicht etwas entgangen war. Also hatte ich bereits vor, ein weiteres Mal in Mrs Cunninghams Apartment einzusteigen, nur umfasste mein Plan keinen Alkohol im Blut.

Ach, sagte ich zu mir selbst, entschloss mich, dem Impuls, zur anderen Wohnungstür hinüberzugehen, nicht nachzugeben, und drehte mich zu meiner eigenen um. Nur machte mir meine Neugierde, wie so oft seit Mrs Cunninghams Tod, einen Strich durch die Rechnung. Noch in der Bewegung entschied ich mich um und drehte mich weiter. Keine besonders glorreiche Idee, wenn man meinen Zustand bedachte.

Schwindel erfasste mich, und so drehte ich eine Pirouette, die es in sich hatte und mich mit der Schulter gegen den Türstock prallen ließ. Verärgert über mein geringes Maß an Selbstbeherrschung und schmerzgeplagt, stapfte ich zu dieser elenden Türmatte, rückte sie gerade und wollte dem innerlichen Drängen nach Antworten für diese Nacht endgültig einen Riegel vorschieben. Allerdings lag da halb unterm Türschlitz ein Stück Papier. Vor Ergebenheit seufzend, bückte ich mich nach dem Blatt und musste mich abstützen, um nicht erneut nähere Bekanntschaft mit dem Türstock zu machen.

Blinzelnd versuchte ich zu entziffern, was da geschrieben stand. Es handelte sich um einen Einzahlungsbeleg, der gut zehn Jahre alt war. Er bezeugte, dass Mrs Cunningham stolze fünfundzwanzig Pfund auf ein Sparbuch eingezahlt hatte. Augenscheinlich hatte dieses Stückchen Papier keinerlei Bedeutung, trotzdem befeuerte es mich weiterzumachen.

Also ging ich endlich in meine Wohnung, nicht um mich vernünftigerweise schlafen zu legen, sondern um den Schraubenzieher zu holen. Auf die Stirnlampe und den anderen Schnickschnack verzichtete ich. Beflügelt von den Margaritas, hatte ich nämlich vor, einfach Licht in Mrs Cunninghams Apartment zu machen. Niemand hatte sich um ihr Begräbnis geschert, warum also sollte es irgendjemanden interessieren, ob in ihrer Wohnung um zwei Uhr nachts Licht brannte – so mein logischer Promillegedanke.

Schon beim letzten Mal war der Geruch in Mrs Cunninghams Apartment nicht gerade nasenschmeichelnd gewesen, jetzt erschlug mich die muffige Luft jedoch. Allerdings rückte das miese Odeur bei dem Anblick, der sich mir im Wohnzimmer bot, in den Hintergrund. Der Boden war übersät mit Papieren und allerlei Kleinkram. Schubladen und Schränke standen offen. Alles sah zerwühlt aus. Es war unverkennbar jemand hier gewesen und hatte Mrs Cunninghams Sachen durchsucht. Aber wer?

War es George gewesen, der ja uneingeschränkten Zugang zur Wohnung hatte? Oder jemand anders, der sich, so wie ich, auf anderem Weg Eintritt verschafft hatte? Und die wesentlich wichtigere Frage war, was hatte dieser Jemand gesucht? Und hatte er es gefunden? Und stand das in Verbindung mit Mrs Cunninghams Tod? Oder hatte nur irgendwer die Gelegenheit ihrer fortwährenden Abwesenheit ausgenutzt?

Fragen über Fragen fluteten meinen Verstand und ließen mich mit offenem Mund auf das Chaos glotzend mitten im Raum stehen. Irgendwann löste ich mich aus meiner Schreckstarre und begann meinerseits, Mrs Cunninghams Hausrat zu durchforsten.

Anfangs schien nichts, das mir unter die Finger kam, auch nur in irgendeiner Form relevant zu sein, bis mir etwas Eigenartiges ins Auge stach. Neben einer schief stehenden Kommode, deren unterste Schublade herausgerissen davorlag, stieß ich auf ein Heftchen. Es war aufgeschlagen, die Seiten geknickt, doch das Auffälligste daran war ein schmutziger Fußabdruck, also die Spur eines Schuhprofils, das sich auf dem Papier abzeichnete. Obwohl es genauso gut sein konnte, dass jemand achtlos darauf getreten war, hatte ich sofort die Vorstellung im Kopf, wie dieser Jemand wütend und mit voller Absicht darauf herumgetrampelt war. Ich hob es hoch, und bei genauerer Betrachtung stellte es sich als ein Sparbuch heraus. Wie nicht anders zu erwarten gewesen war, lief es auf Mrs Cunningham.

Jahrelang hatte sie regelmäßig kleinere Geldbeträge eingezahlt, bis sich schließlich eine ordentliche Summe zusammengeläppert hatte. Meine Augen wurden groß und immer größer, als ich den Endbetrag las. Fast hunderttausend Pfund. Wow, nicht schlecht. Was noch wesentlich erstaunlicher an der Sache war, Mrs Cunningham hatte sich die volle Summe nur wenige

Tage vor ihrem Dahinscheiden auszahlen lassen. Hunderttausend Pfund.

Wie eine perfekte Idiotin sah ich mich in dem völlig verwüsteten Zimmer um, als würde dieser riesige Batzen Geld zufälligerweise irgendwo herumliegen. Tat er selbstverständlich nicht. Die Preisfrage lautete also: Wo war die Kohle?

Diese Überlegung setzte eine ganze Kaskade weiterer Fragen in Gang. Hatte der Eindringling nach dem Geld gesucht? Hatte er es gefunden? Oder hatte Mrs Cunningham es irgendwo anders versteckt? Warum hatte sie es abgehoben, wenn es doch auf dem Sparbuch theoretisch sicher gewesen war? War der Zeitpunkt schlichtweg ein Zufall? Oder standen die Geldbehebung und Mrs Cunninghams Tod miteinander in Verbindung?

Allmählich begann mein benebelter Kopf unter all den Überlegungen zu pochen. Es fiel mir immer schwerer, einen klaren Gedanken zu fassen. Wenn Mrs Cunningham das Geld nicht abgehoben hätte, wäre es in ihren Nachlass geflossen, und damit hätte George es als ihr alleiniger Erbe erhalten. Hatte sie es deshalb abgehoben? Damit George es nicht bekam? Und war er es, der danach gesucht und dabei das Apartment seiner Mutter vollkommen verwüstet hatte? Natürlich. So musste es sein. Es war die einzig logische Erklärung. Gleichwohl mir immer noch nicht aufging, was das mit Mrs Cunninghams Ende zu tun hatte. War sie doch krank gewesen und hatte diesen Umstand ebenso verheimlicht wie ihren Reichtum? Aber warum hätte sie ihrem einzigen Sohn das Erbe vorenthalten wollen?

Grummelnd beendete ich meine Durchsuchung und kehrte mit dem wertlos gewordenen Sparbuch in meine eigenen vier Wände zurück. Obwohl ich der Meinung war, dass mich all die Fragen und Überlegungen nicht zur Ruhe würden kommen lassen, schlief ich in dem Moment ein, in dem mein Kopf das Kissen berührte.

Am nächsten Morgen schwor ich mir, wie schon so oft, nie wieder zu trinken. Ich war müde, ich war verkatert, unkoordiniert und total neben der Spur. Ein Wunder eigentlich, dass ich es rechtzeitig, voll bekleidet und ohne zu kotzen zur Arbeit schaffte. Dafür zog sich der Tag in der Bibliothek wie Kaugummi, und ich war noch nie so froh gewesen, das Wochenende einläuten zu dürfen. Dabei liebte ich meine Arbeit. Seit Mrs Cunninghams Ableben hatte sich jedoch irgendetwas in mir verändert. Mein Fokus, meine Gedankenwelt, ja sogar mein Alltag. Ich war so erpicht darauf herauszufinden, was es mit all diesen Merkwürdigkeiten auf sich hatte, dass mir die normalsten Dinge plötzlich absurd oder langweilig vorkamen. Sogar noch aus dem Grab heraus schaffte es Mrs Cunningham, mich auf Trab zu halten. Unglaublich ärgerlich, aber wahr. Ich konnte und wollte nicht aufhören, nach Antworten zu suchen, auch wenn es scheinbar keine gab. Zumindest nicht in diesem Haus.

# Vorschlaghammer und
# Panikattacke

Am Samstag darauf klappte ich frustriert das Buch auf meinem Schoß zu und fuhr mir übers Gesicht. Zurzeit gab es eine ellenlange Liste an Dingen, die mir den letzten Nerv raubten. Ganz oben standen die unzähligen Fragen rund um Mrs Cunninghams Tod, die mich wie ein lästiger Schwarm Fliegen verfolgten. Tag und Nacht spukten die unterschiedlichsten Denkansätze durch meinen Verstand und ließen sich mit nichts zum Verstummen bringen. Ohne Unterlass wälzte ich Bücher, die mich allesamt nicht weiterbrachten. Mittlerweile wusste ich so einiges über Ermittlungsmethoden, Spurensicherung und sogar, wie man eine Leiche sezierte – also selbstverständlich rein in der Theorie. Das änderte allerdings gar nichts an der Tatsache, dass mir nicht im Geringsten klar war, warum Mrs Cunningham mir diese verdammten Klebezettel hinterlassen hatte. Zwar nistete sich in meinem Kopf langsam, aber sicher der furchtbare Gedanke ein, dass George irgendetwas mit dem Ableben seiner Mutter zu tun hatte, doch gab es diesbezüglich keine ausreichenden Indizien. Nicht einmal, um mich davon zu überzeugen. Und nur weil ich glaubte, dass etwas an der Geschichte faul war, hieß das gar nichts. Ich brauchte Antworten. Ich brauchte stichhaltige Beweise. Und ich brauchte Ruhe von diesem andauernden Lärm.

Seit Mitte letzter Woche war George dabei, das Apartment seiner Mutter zu renovieren. Wobei ich mir unter „renovieren" etwas anderes vorstellte. Natürlich war ich neugierig, was er da drüben trieb – immerhin konnte man tagein, tagaus Poltern und Hämmern aus der Wohnung vernehmen –, also war ich ein weiteres Mal nachts ins Apartment eingestiegen, um nachzusehen. Mehr als Schutt und einen dicken Vorschlaghammer, der neben einem klaffenden Loch an der Wand lehnte, hatte ich jedoch nicht entdeckt. Selbst die überall auf dem Boden verstreuten Habseligkeiten seiner Mutter hatte er vorher nicht weggeräumt. Das war eine seltsame Art des Renovierens. Allerdings war George nicht unbedingt die hellste Kerze auf der Torte.

In diesem Moment hatte ich genug von Büchern – dass ich das jemals sagen würde! –, genug von meiner Couch – es ging eindeutig bergab mit mir – und genug davon, Fragen zu wälzen, deren Antworten durchaus aufzutreiben wären, wenn … Ja. Wenn. Wenn ich bereit dazu wäre, einen Schritt weiterzugehen. Mit „weiter" meinte ich konkret: weiter als Hausfriedensbruch. Und ich war so was von bereit.

Kurz entschlossen marschierte ich über den Hausflur zur Tür von Mrs Cunninghams Apartment, hinter der es kontinuierlich lärmte, als würde ein wütender Riese darin Fußball spielen. Beherzt drückte ich die Klingel. Es dauerte gut fünf Minuten und brauchte viele weitere Betätigungen der Klingel sowie energisches Klopfen an die Tür, bevor George öffnete. Er war über und über mit hellgrauem Staub bedeckt, nur die Falten rund um seine Augen waren vom Dreck verschont geblieben. So sah er jetzt, da er die Brauen hochzog, aus, als hätte er Kiemen. Leider machte der witzige Anblick seines Gesichts den wütenden Ausdruck darauf nicht wett. Er brauchte es nicht einmal laut auszusprechen, ich wusste, was er dachte. Was willst du schon wieder?

„Kannst du mir deinen Hausarzt empfehlen?"

Als ich den Plan, möglichst unauffällig an den Namen von Mrs Cunninghams Hausarzt zu kommen, vorhin ausgeklügelt hatte, hatte diese scheinbar unschuldige Frage nicht so aus der Luft gegriffen geklungen.

George beäugte mich von oben bis unten. „Was hast du denn?", wollte er dann brummig wissen.

Äh, tja. Sollte ich zu husten oder schniefen beginnen? Nein, das würde er mir niemals abkaufen. Durchfall! Lieber nicht – wie peinlich war das denn?

„Ich habe einen schlimmen Ausschlag, an einer unsäglichen Stelle, willst du mal sehen?"

Ach du Schreck! Wo kam das jetzt her? Da wäre der Durchfall ja weniger lächerlich gewesen.

„Nein." Mit einem angewiderten Blick, den ich George nicht übel nehmen konnte, schwang er langsam die Wohnungstür zu.

„Warte!" Rasch schob ich einen Fuß dazwischen. „Zu welchem Arzt ist deine Mutter denn immer gegangen?"

Seine Miene, die nie nur ein Fünkchen Freundlichkeit ausstrahlte, verfinsterte sich bei meiner hastigen Frage dermaßen, dass mir flau in der Magengegend wurde.

„Ich meine, sie war eine alte Frau mit sicherlich allerhand Wehwehchen. Steinalt sogar! Und wenn ihr Arzt es geschafft hat, sie so lange gesund und am Leben zu erhalten, muss er eine hervorragende Wahl sein, oder nicht? Ich brauche dringend einen guten Arzt. Du weißt schon, für meinen Ausschlag."

Hilfe, was stammelte ich da für eigenartiges Zeug?

George fragte sich bestimmt das Gleiche, doch wenigstens nannte er mir den Namen. Wahrscheinlich hätte er mir nahezu alles verraten, nur um mich loszuwerden. Ein Sieg auf ganzer Linie. Zumindest wenn man ausklammerte, dass mein Vermieter mich nun mit ziemlicher Sicherheit für völlig durchgeknallt hielt und obendrein glaubte, dass ich einen widerlichen Ausschlag am Hintern hatte. Sei's drum, ich hatte, was ich wollte. Der Zweck heiligte die Mittel. Das musste mein neues Mantra werden, wenn ich das, was ich als Nächstes vorhatte, durchziehen wollte.

***

Am darauffolgenden Tag fuhr ich zu Chelsea, die nur einige Blocks weiter wohnte, und stand mit einer großen Schachtel Schokopralinen in den Händen vor ihrer Wohnungstür.

„Wow! Hab ich Geburtstag? Oder hast du was ausgefressen?"

Ich lachte verlegen, weil Chelsea beim Anblick der Schokolade sofort wusste, dass etwas im Busch war.

„Noch nicht. Aber ich wollte fragen, ob du dich mit mir auf eine Mission begibst, die nicht ganz legal ist."

„Ich dachte schon, du würdest nie fragen!" Sie packte mich am Arm und zog mich in ihr Apartment. „Also, was gehen wir an? Bitte sag mir, dass wir ins Haus von

Liam Gallagher einbrechen!" Aufgeregt hüpfte sie auf und ab und präsentierte ihr bestes und absolut manisches Celebrityjägergrinsen.

„Ähm, vielleicht nächstes Mal. Ich dachte eher daran, dem Hausarzt von Mrs Cunningham einen Besuch abzustatten und dort in ihrer Krankengeschichte herumzustöbern. Ich muss wissen, ob sie krank war oder ob sie der Sensenmann tatsächlich aus heiterem Himmel heimgesucht hat, so wie es den Anschein macht. Wenn dort steht, dass sie schwer herzkrank war und zusätzlich eine beginnende Demenz hatte, die ihre eigenartigen Nachrichten an mich erklären könnte, wäre alles in Butter. Vielleicht kann ich dann endlich mit dem Thema abschließen."

„Und wenn nicht?" Chelsea hatte die Arme vor der Brust verschränkt und schmollte, weil es nicht der schnuckelige Oasis-Sänger war, bei dem ich einbrechen wollte.

„Dann muss ich umso mehr daran glauben, dass etwas anderes dahintersteckt."

„Was genau meinst du mit ,etwas anderes'?" Meine Freundin hatte ihre Enttäuschung überwunden und schien nun wieder mehr Feuer und Flamme für diese spezielle Thematik zu sein.

Sollte ich ihr meine Eindrücke, meine Überlegungen erzählen? Wahrscheinlich klang das alles sehr an den Haaren herbeigezogen.

„Komm schon, Alice, raus damit! Spann mich nicht länger auf die Folter", verlangte Chelsea.

Na gut.

„Ich denke, Mrs Cunningham hat mir ihre Klebezettel zukommen lassen, weil sie gewusst hat, dass ihr etwas zustoßen wird. Also war sie entweder sterbenskrank, oder aber sie hatte Sorge oder, nein, vielmehr die Gewissheit, dass ihr jemand etwas antun würde. Der Dunstkreis der möglichen Verdächtigen ist relativ klein. Um genau zu sein, beschränkt er sich auf die Hausparteien. Keiner hat die alte Schreckschraube besonders gemocht, allerdings ist das noch lange kein Grund, sie umzubringen. In ihrem Apartment habe ich Hinweise darauf gefunden, dass sie eine riesige Summe Geld gehortet hat. Gier ist ein viel besseres Motiv. Nur wer wusste von dem Geld? Der Einzige, der infrage kommt, ist George."

Chelsea nickte stumm.

„Mrs Cunninghams Wohnung wurde durchsucht, ja, regelrecht auf den Kopf gestellt, und ich frage mich, wer außer George Interesse daran haben sollte, ihre Sachen durchzusehen? Obendrein ist er seit Tagen dabei, das Apartment in seine Einzelteile zu zerlegen. Ich bin mir unsicher, ob ich ihm die Geschichte mit der Renovierung abkaufen soll. Ich meine, komm schon! George und renovieren? Der hat doch nie auch nur einen Handgriff mehr getan, als ihm seine Mutter aufgezwungen hat. Und jetzt legt er plötzlich einen Eifer an den Tag, der so gar nicht zu ihm passt. Tja, und wenn ich meine Gedanken zum Anfang zurückverfolge, bin ich wieder bei den Klebezetteln angelangt und muss mich fragen, was, zum Geier, sie mir mit diesen Nachrichten eigentlich sagen wollte", schloss ich und wurde für meine Ausführungen mit einem breiten Grinsen und leuchtenden Augen von Chelsea belohnt.

„Ach, es ist alles so aufregend, so rätselhaft! Und du, meine liebe Alice, entpuppst dich als wahre Meisterdetektivin!" Begeistert klatschte sie in die Hände und sah dabei aus wie ein Kolibri mit Startschwierigkeiten. „Ich bin so was von dabei! Wir sind Holmes und Watson! Legen wir los!"

***

Der gute Dr Mansfield ordinierte in einem schnuckeligen Häuschen abseits des Crayforder Zentrums. Bereits der Eingangsbereich wirkte so, als würden sich die älteren Semester hier pudelwohl fühlen. Alles verströmte einen altehrwürdigen Chic, und ich zweifelte keine Sekunde daran, dass auch Mrs Cunningham gern zu diesem Arzt gegangen war. Sofern man eben gern zum Arzt ging. Was Dr Mansfields Patienten offenbar taten, denn das Wartezimmer war an diesem Dienstag gut gefüllt, und das, obwohl wir uns nach der Arbeit hatten beeilen müssen, um unseren Plan noch vor dem Ende der Sprechstunde in die Tat umzusetzen.

„Bist du bereit?", wisperte ich Chelsea zu, als wir den gepflasterten Weg betraten, der in sanften Biegungen zur Eingangstür der Praxis führte.

„Klar", gab sie ebenso leise zurück.

Wir erreichten den Eingang, und die Glasscheibe, die im oberen Drittel eingelassen war, spielte uns in die Hände. Man konnte einen Großteil des Wartebereichs einsehen und hatte sowohl die Rezeption als auch die Tür mit der Aufschrift *Doktor* im Blick. Perfekte Voraussetzungen. Das würde womöglich leichter werden, als ich gedacht hatte. Nun mussten wir nur noch warten, bis ...

In diesem Moment schwang die Tür zum Arztzimmer
von Dr Mansfield auf, und eine untersetzte ältere Lady
marschierte heraus.

„Go!" Ich griff beherzt nach der Klinke und winkte
Chelsea hinein.

Ohne zu zögern, trat sie hindurch und begann, wie abgesprochen, sofort mit dem Ablenkungsmanöver, bevor der Arzt Gelegenheit hatte, den nächsten Patienten
zu sich hereinzurufen. Keuchend und stöhnend
schwankte sie vorwärts, raufte sich die Haare und murmelte dazwischen immer wieder unverständliche
Dinge.

Ich hielt die Tür einen Spaltbreit offen, damit ich besser verfolgen konnte, was drinnen vor sich ging. Die Patienten im Warteraum starrten Chelsea entgeistert an,
während die Arzthelferin pflichtschuldig, wenn auch
ebenso überrascht aufsprang und hinter dem Pult hervoreilte.

„Um Gottes willen, was haben Sie denn?", rief sie, offenkundig unsicher, was sie mit Chelsea anfangen
sollte.

Meine beste Freundin antwortete mit einem tiefen
Heulen. „Mein Herz, meine Seele, seht mich an! Ich
kann es nicht ertragen! Helfen Sie mir, bitte helfen Sie
mir!"

Ihre schrille Stimme schallte durch den Raum, und
alle Augen waren auf sie gerichtet. Die Arzthelferin
konnte einem wirklich leidtun. Sie redete beruhigend
auf Chelsea ein und wollte sie dazu bewegen sich zu set-

zen, hatte aber wenig Glück. Immer hysterischer fuchtelte meine Komplizin herum, taumelte nach links und rechts und sah tatsächlich so aus, als wäre sie aus der Irrenanstalt entflohen. Mir schien, an Chelsea war ein Schauspieltalent verloren gegangen.

Nun rief die Assistentin endlich nach Dr Mansfield, weil sie sich offensichtlich nicht mehr mit Chelsea zu helfen wusste. Kein Wunder, wenn man bedachte, dass die mittlerweile ohne Unterlass schrie.

„Nein! Nein! Fassen Sie mich nicht an! Nicht anfassen!"

Tatsächlich kam der Arzt nur wenige Herzschläge später aus seinem Zimmer gestürzt und staunte nicht schlecht.

„Ich bitte alle Patienten, die Praxis zu verlassen, wir holen sie wieder herein, sobald dieser jungen Lady geholfen werden konnte", bat Dr Mansfield die Anwesenden, ganz Herr der Lage.

Rasch verdrückte ich mich aus dem Eingangsbereich und huschte hinters Haus. Die Patienten strömten aus der Tür, sichtlich froh, den Tumult hinter sich gelassen zu haben. Sie sammelten sich zu meinem Glück vorne an der Straßenecke, und ich schlich zurück zu meinem Aussichtsposten an der Eingangstür. Die kurze Zeit hatte ausgereicht, dass der Doc mittlerweile nicht mehr ganz so sattelfest ausschaute. Seine gerunzelte Stirn konnte ich sogar bis zur Tür erkennen, und jetzt hörte er sich zunehmend verunsichert an.

„Wollen Sie sich nicht erst einmal setzen, und wir ...?"

„Nein", schrie Chelsea, ohne Dr Mansfield den Satz beenden zu lassen.

Das war mein Startsignal. Der Arzt und seine Sprechstundenhilfe waren vollauf mit der tobenden Psychose beschäftigt, die in ihrem Warteraum wütete, also drückte ich die Tür leise auf und tappte hinein. Chelsea sah mich kommen und drehte noch ein wenig mehr auf. Es war oscarreif, wie sie die Irre spielte.

Staunend ließ ich mich von ihrem Gebaren ablenken und knallte mit dem Ellenbogen gegen den Empfangstresen. Himmel, tat das weh! Chelseas Augen wurden groß, was ihr einen wilden Ausdruck verlieh, aber ich wusste, dass ihr böser Blick mir galt. Entschuldigend hob ich die Hände und durchquerte mucksmäuschenstill, dafür im Eiltempo den Raum.

So, nun hieß es ranklotzen. Keine Ahnung, wie lange meine Freundin ihren Auftritt fortsetzen konnte, ohne dass der Doc auf die Idee kam, die Polizei oder einen Krankenwagen zu rufen. Im Arztzimmer visierte ich zielstrebig einen von zwei hohen Aktenschränken hinter dem Schreibtisch an. Ich öffnete eine Schublade nach der anderen, stieß jedoch nur auf steril verpackte Spritzen, Blutabnahmekanülen, Spatel und anderen medizinischen Kram. In der untersten Lade des Schranks erwarteten mich endlich Papiere, allerdings keine Krankenakten.

Ach du meine Güte!

Anscheinend operierte Dr Mansfield in seinem Behandlungszimmer nicht nur an Patienten herum, sondern auch an sich selbst. Rasch stopfte ich die abgegriffene Zeitschrift, von deren Cover mir eine nackte Blondine eine Kusshand zuwarf, zurück in die Schmuddellade und widmete mich dem zweiten Aktenschrank.

Bingo!

Hier waren säuberlich gereihte und alphabetisch sortierte Patientenakten verstaut. Ich blätterte die Register durch. Callon, Cheam, Clover, Cooper, Cunningham! Da war sie.

Aus dem Warteraum hörte ich, wie Chelsea überaus laut rief: „Nein, ich kann nicht mehr! Bitte bleiben Sie bei mir! Gehen Sie nicht weg!"

Ihre Stimme wirkte gehetzt, und ich war überzeugt, dass dies nicht mit ihrem Schauspiel zusammenhing. Mist, ich musste einen Zahn zulegen. Mit fliegenden Fingern öffnete ich die Krankenakte von Mrs Cunningham und las die paar Zeilen, die dort auf dem Übersichtsblatt geschrieben standen.

Es waren kaum Besuche bei Dr Mansfield vermerkt. Wie es aussah, war Mrs Cunningham selten krank und auch sonst überraschend gesund für ihr Alter gewesen. Wenn man dem Glauben schenken wollte, was hier dokumentiert war, hatte sie nicht einmal Medikamente genommen, abgesehen von irgendwelchen Calciumkautabletten für die Knochen. Sofort begann mein Hirn, die Informationen zu verarbeiten und weitere Schlüsse daraus zu ziehen, wurde allerdings jäh unterbrochen, weil nun Dr Mansfields Stimme zu hören war.

„Ich hole Ihnen schnell eine Arznei. Versprochen, danach geht es Ihnen viel besser."

Ohne darauf zu achten, ob ich die Kartei an den richtigen Platz steckte, bugsierte ich sie zurück und duckte mich im selben Moment unter den Schreibtisch, in dem der Arzt ins Zimmer trat. Während er den Selbigen umrundete und beherzt nach der Schublade mit den Spritzenutensilien griff, kroch ich in Deckung zur Tür und spähte durch den Spalt.

Chelsea stand allein inmitten des Warteraums und sah augenscheinlich mitgenommen aus. Als sie mich entdeckte, winkte sie aufgeregt und deutete mit dem Kopf zum Empfangstresen. Ich krabbelte los, verborgen durch die hohe Theke, und hörte, wie die Sprechstundenhilfe irgendjemanden herbestellte. Einen Rettungswagen vermutlich. Oder vielleicht sogar einen Irrenarzt. Egal wer es sein mochte und welche Art von Injektion Dr Mansfield da für Chelsea vorbereitete, wir mussten schleunigst verschwinden.

Ich kroch auf allen vieren weiter, so schnell wie ein Baby auf Ecstasy, und erreichte die Eingangstür, ehe der Doc oder die Assistentin von mir Wind bekamen. Chelsea ließ sich auch nicht zweimal bitten und sprintete los, sobald ich meinen Hintern durch die Tür geschoben hatte.

„Weg hier, bevor der Kerl mir noch eine Spritze in den Allerwertesten jagt und ich von den Männern mit der weißen Weste abgeholt werde!", johlte sie und stürzte an mir vorbei.

Mit brennenden Knien rappelte ich mich hoch und folgte ihr. Wir platzten durch die Menschentraube vor der Praxis und blieben erst stehen, als wir Chelseas Wagen erreicht hatten, der zwei Querstraßen weiter geparkt war.

„Ich muss eindeutig mehr Sport machen", keuchte ich völlig aus der Puste.

Der Puls pochte mir in den Ohren, und meine Wangen glühten vor Anstrengung, dennoch trug mich ein ungeahntes Hochgefühl. Wir stiegen in Chelseas schnuckeligen MINI Cooper, und sie atmete einmal tief durch, bevor sie ihn startete und anfuhr.

„Du warst unglaublich." Langsam beruhigte sich mein rasender Herzschlag, und ich schnaufte nicht mehr wie eine in die Jahre gekommene Dampflok.

Chelsea strahlte mich an, wurde aber schnell wieder ernst. „Konntest du etwas herausfinden?"

„Ja und nein. Sagen wir mal, ich habe herausgefunden, dass es über Mrs Cunninghams Gesundheitszustand nichts herauszufinden gibt. Den Unterlagen des Docs zufolge war sie gesund."

Chelsea nickte bedächtig. „Was ist also unser nächster Schritt?"

Ja, wenn ich das nur wüsste.

# Klebezettel und Dessous

An diesem Abend glich mein Wohnzimmerboden einem Labyrinth. Ich hatte mir tatsächlich einen Block mit Klebezetteln besorgt, obwohl ich die Dinger Mrs Cunningham wegen hasste und daher in der Vergangenheit nie Verwendung dafür gesehen hatte. Wenigstens waren meine Klebezettel pink, weil mir das schnöde Gelb zuwider war. Die grellen, kleinen Papiervierecke machten durchaus was her und pflasterten nun in einem wirren Muster das Parkett. Zwischen ihnen stachen die drei gelben Klebezettel von Mrs Cunningham heraus wie Leuchtfeuer.

Ich hatte meine Gedanken unter Berücksichtigung meiner Ermittlungsfortschritte – wenn man das so nennen wollte – auf die Klebezettel gebannt und diese ähnlich einer Mindmap vor mich hingelegt. Darunter befanden sich Notizen zu den Befragungen, zu meinen neuen Erkenntnissen über Mrs Cunninghams unspektakulären Gesundheitszustand und nicht zuletzt zu meinen Überlegungen in Bezug auf George und die Sache mit dem aufgelösten Sparbuch.

Ich klebte die Zettelchen hin und her, wie Puzzleteile, die sich partout nicht zusammenfügen lassen wollten, bis ich zumindest meiner Logik nach mit der Konstellation einigermaßen zufrieden war. Dann heftete ich sie in der erstellten Ordnung nach und nach auf das

Korkbrett in der Küche und betrachtete nach einer unerwartet schweißtreibenden Viertelstunde des Aufhebens und Hin- und Herlaufens mein Werk.

Es sah ganz hübsch aus. Und trotzdem, was sollte ich
damit anfangen? Ich wusste zwar, was ich tun wollte,
jedoch nicht, ob es gut ankommen würde. Meiner Meinung nach sollte diese kleine, aber feine Sammlung an
Indizien die beiden Cops brennend interessieren, allerdings hatte ich wenig Lust, wieder so vorgeführt zu
werden wie bei meinem letzten Besuch.

Nein, nein, nein! Ich würde mich nicht verunsichern
lassen! Ich würde in die Police Station spazieren und
dieser Pappnase Peins erklären, dass er seinen dicken,
alten Hintern aus dem Sessel schwingen und endlich
herausfinden sollte, was es mit Mrs Cunninghams Tod
auf sich hatte. Nachdem ich so fleißig und unermüdlich
Spuren zusammengetragen hatte, würde er mich sicherlich anhören. Das musste er einfach.

Also schoss ich ein Handyfoto von meiner Ermittlungstafel und stapfte schwer motiviert Richtung Flur.
Vorbei an der Couch, wo ich mit meiner gerade voll ent-
fachten Lässigkeit nach der Handtasche griff, die dort
lehnte, rutschte ich auf einem pinken Klebezettel aus,
den ich vorhin offenbar übersehen hatte.

Waaahhh! Ich wusste ja, warum ich diese Dinger
nicht ausstehen konnte!

Mühsam stand ich auf – meine Lässigkeit hatte sich
aus dem Staub gemacht – und pflückte den kleinen
Verbrecher vom Boden. Er war zerknittert, doch meine
Notiz war noch gut zu lesen.

*Was ist mit dem Geld passiert?*

Tja, eine ausgesprochen gute Frage in einer ganzen
Reihe anderer. Ich würde mich weder von ihr noch von
dem tückischen Klebezettel aufhalten lassen und der
Crayford Police Station morgen nach Feierabend einen
neuerlichen Besuch abstatten.

Diesmal zögerte ich nicht, sondern drückte beherzt
den Türsummer, dafür entging mir allerdings auch,
von Detective Inspector Wests starken Armen aufge-
fangen zu werden. Das war zwar in gewisser Weise
schade, immerhin fühlte ich mich nun wesentlich fo-
kussierter, als ich die Polizeistation betrat und von einem wesentlich weniger attraktiven Beamten vertrös-
tet wurde.

„Die Kollegen sind gerade beschäftigt, wollen Sie warten?"

Wollen nein, aber ich würde warten. Lieber das, als
wieder unverrichteter Dinge nach Hause zu gehen.

„Natürlich, kein Problem", bekräftigte ich und ließ
mich auf einem der Plastikstühle im Wartebereich nieder. Kaum hatte ich es mir bequem gemacht, ging die
Tür erneut auf, durch die der Polizist mich geführt
hatte. Erwartungsfroh sah ich dem Ankömmling entgegen, der von einem weiteren Uniformierten begleitet
wurde.

„Schön hinsetzen und warten. Und kommen Sie ja
nicht auf dumme Gedanken, Mister", sagte der Cop mit
Nachdruck an den Mann gewandt und bugsierte ihn an
der Schulter auf einen Stuhl mir gegenüber.

Dann ging er einfach und ließ mich mit dem Kerl allein. Hatte der sie noch alle? Alarmiert schaute ich mich

um und entdeckte in jeder Ecke des Raums eine Kamera. Also wenigstens hatte irgendwer im stillen Kämmerlein ein Auge auf uns. Alles gut, Alice, beruhigte ich mich selbst. Dieser Typ hat bestimmt nichts Arges ausgefressen, sonst hätte er Handschellen an und würde nicht in den Wartebereich für Normalos gesetzt werden. Mit Sicherheit hat er nur … Tja, mir fiel selbst unter größter Anstrengung nichts Harmloses ein. Das Einzige, was mir durch den Kopf jagte, waren Mord und Totschlag. Außerdem wäre es vermutlich besser, wenn ich den Blick abwenden würde. Nur konnte ich mich blöderweise nicht dazu bewegen. Ich starrte den Kerl an, als wäre er ein versiffter Toilettensitz in einer der öffentlichen WC-Anlagen der London Underground. Ihn schien es jedenfalls nicht zu stören. Ganz im Gegenteil verzogen sich seine Lippen zu einem schmierigen Lächeln.

„Gib's zu, du willst wissen, warum ich hier gelandet bin", unterstellte er mir mit säuselnder Stimme.

Sofort standen mir die Nackenhaare zu Berge, und ich schluckte.

„Ach, schon gut", murmelte ich und schaffte es endlich, meinen Blick auf etwas anderes als sein dämliches Grinsen zu richten.

Auf dem Tisch neben mir lagen irgendwelche Prospekte, und ich nahm den erstbesten, einen Folder über Suchterkrankungen, zur Hand.

*Greifen Sie häufig zu Alkohol und Drogen?*, begann ich zu lesen, um mich beschäftigt zu geben, was meinen Zellengenossen nicht davon abhielt, weiter mit mir zu sprechen.

„Ich habe etwas aus der Damenunterwäscheabteilung mitgehen lassen. Ich stehe auf feine Spitze und seidige Dessous", schnarrte er und hoffte wahrscheinlich, mich mit diesem Geständnis aus der Fassung zu bringen.

Danke für die Info. Nicht.

Obwohl mir Gänsehaut den Rücken hochkroch und ich über alle Maßen angewidert von dem Typen war, würde ich ihm nicht die Genugtuung geben, darauf einzusteigen. Solche Menschen wollten einen mit ihren Abscheulichkeiten aus der Reserve locken und genossen aufgebrachte Reaktionen. Diese Lektion hatte ich schon in der Secondary School gelernt, als Timothy Baker mich immer mit seinen Popeln beschossen hatte. Anfangs war ich noch kreischend davongelaufen – eine total gesunde Reaktion auf solch einen Graus – oder hatte ihn angeschrien. Doch umso mehr ich getan hatte, um ihn davon abzubringen, umso freudiger hatte er sein Werk vorangetrieben.

Jedenfalls würde ich hier und jetzt nicht auf diesen Dessous klauenden Fetischisten eingehen, sondern so tun, als würde mich das alles nicht interessieren. Nach außen hin gelassen, hob ich die Broschüre höher und las in aller Seelenruhe weiter.

„Miss Stafford?"

Wests fragende Stimme riss mich aus der Lektüre und veranlasste mich dazu, hinter meinem schützenden Suchtfolder hervorzulugen. Der Kerl grinste immer noch breit und schmierig. Was mich in diesem Moment aber mehr aus meiner ohnedies weit entfernten Komfortzone drängte, war Detective Inspector Wests

Gesichtsausdruck. In seinen Augen, deren Blick zwischen mir und der Broschüre in meinen Händen hin und her huschte, konnte ich lesen, dass er sich über meinen Besuch wunderte und wohl überlegte, ob mich ein Drogen- oder Alkoholproblem herführte. Abgesehen davon, fragte ich mich meinerseits, ob West bei meinem letzten Besuch auch schon so attraktiv gewesen war. Der Anblick seines kantigen Kiefers mit dem Bartschatten und des dichten dunklen Haars, das aussah, als wäre er gerade erst mit den Fingern hindurchgefahren, machte mich zusätzlich nervös.

„Ich … ähm …“

Na wunderbar! Es war vollkommen gleichgültig, was immer ich nach diesem grandiosen Satzanfang Geistreiches anschließen würde, es würde definitiv unglaubhaft klingen.

„Ich bin nicht abhängig!“, stieß ich trotz aller Bedenken hervor. „Also, ich meine, von Alkohol oder …“

Ja, genauso peinlich hatte ich mir das vorgestellt.

„Ich habe mir das nur angesehen, damit ich mit diesem Mann nicht über Unterwäsche reden muss“, versuchte ich mich kläglicherweise zu retten.

Hatte ich das allen Ernstes gesagt?

Der dreiste Damenunterwäschedieb verfiel augenblicklich in schallendes Gelächter, während West nur die Stirn in Falten legte und ich liebend gern im Erdboden versunken wäre.

„Hat er Sie belästigt?“, wollte er nach einigen demütigenden Sekunden wissen und schaute den Kerl streng an.

Am liebsten hätte ich den „scharfen Detective Inspector“, wie Chelsea ihn so passend tituliert hatte, für seine

Kombinationsgabe trotz meiner undefinierbaren Aussagen geküsst.

„Halb so wild“, winkte ich ab, wobei ein „Ja, zur Hölle“ auf seine Frage viel angemessener gewesen wäre.

In diesem Moment war mir aber wichtiger, zu der Sache zu kommen, wegen derer ich hergefahren war, anstatt weiter Zeit mit diesem Dessouslackaffen zu verschwenden.

„Gut, wollen wir?“ West führte mich aus dem Warteraum und direkt in das muffige Büro, das er sich mit Peins teilte.

Der Detective Chief Inspector saß hinter seinem Schreibtisch, biss in ein dick belegtes Sandwich und studierte gleichzeitig einen Stapel Papiere.

„Setzen Sie sich, Miss Stafford“, bot mir West an und nahm seinerseits hinter seinem Schreibtisch Platz.

Peins schaute auf und musterte mich aus seinen Schweinsäuglein, während sich mein Blick auf den Senffleck heftete, der ihm am Kinn klebte. Er sah überhaupt nicht begeistert aus.

„Wer ist das?“, murrte er und bekundete mir sein Desinteresse, indem er seine Aufmerksamkeit wieder dem Sandwich und den Papieren widmete, ehe West auch nur Luft holen konnte.

„Alice Stafford, Mrs Cunninghams ehemalige Mieterin“, half er seinem Partner auf die Sprünge.

Peins wirkte auf mich nicht so, als hätte er einen blassen Schimmer, wovon West da redete. Okay, blieb nur zu hoffen, dass er nicht all seine Ermittlungen mit einem derartigen Elan und scharfen Gedächtnis führte. Doch sein nächster Satz ließ vermuten, dass er sich an mich oder zumindest an den Cunningham-Fall erinnern konnte, so schnell er auch seinerseits zu den Akten gelegt worden war.

„Und? Was will sie schon wieder hier?"

„Das habe ich noch nicht in Erfahrung bringen können. Fred sitzt mal wieder im Warteraum seine Zeit ab", erklärte West mit einem Zwinkern in meine Richtung.

Fred? So hieß also dieser Perversling. West sprach ja gerade so über ihn, als wäre er Stammgast in der Crayford Police Station.

Peins stopfte sich den Rest seines Sandwichs in den Rachen, leckte mit seiner krümelverklebten Zunge über die Senfspur auf seiner Lippe und gab ein überaus ausdrucksstarkes „Hmpf" von sich. Hieß das, dass er mehr hören wollte? Oder nahm er zur Kenntnis, dass sein alter Freund Fred der Police Station einen Besuch abstattete?

Ich holte tief Luft, um mich zu sammeln, warf einen Seitenblick auf West, der mich im Gegensatz zum Detective Chief Inspector aufmerksam musterte, und kramte die Worte zusammen, die ich mir zu Hause zurechtgelegt hatte.

„Wie Sie wissen, hat Mrs Cunningham mir vor ihrem Tod eine Nachricht zukommen lassen."

Ich war regelrecht begeistert von mir selbst. Ein klarer, gut strukturierter Satz, der sich dank meiner festen Stimme bestens als Einstieg eignete. Kein Vergleich zu meinem vorherigen „Ich ... ähm ...".

Von Enthusiasmus getrieben, sprach ich weiter und ließ mich nicht einmal von Peins' Zungenakrobatik ausbremsen, die er da vor mir vollführte, in dem verzweifelten Versuch, sich den Rest des Senfs vom Kinn zu lecken.

„Mag sein, dass sie alt war, aber verwirrt war sie nicht. Und nicht in irgendeiner Form krank, was ihren plötzlichen Abgang hätte erklären können."

Was für eine fantastische Überleitung. Ich war mal wieder stolz auf mich. Auch West wandte sich mir interessiert zu. Peins hingegen kommentierte meine Ausführungen mit einem weiteren nichtssagenden Laut. Wenigstens hatte er es mittlerweile endlich geschafft, sich den Senf vom Kinn zu angeln. Seine Zunge musste mindestens so lang sein wie die einer Kuh. Oder eher wie die einer Giraffe? Ich musste unbedingt nachlesen, welches Säugetier die längste Zunge hat.

„Alte Leute haben immer irgendwelche Wehwehchen", schob Detective Chief Inspector Peins murrend hinterher. „Dass wir überhaupt verständigt wurden ..."

„Hatte sie nicht, das ist ja das Eigenartige", unterbrach ich ihn. „Mrs Cunningham war völlig gesund. Keine Wehwehchen, keine Vorerkrankungen. Nichts dergleichen", insistierte ich rasch und reichlich unüberlegt.

Auf Wests Stirn erschienen wieder einige Falten, und der ältere Cop schenkte mir jetzt tatsächlich seine volle Aufmerksamkeit. Bedeutungsvoll legte er die Papiere auf seinen unaufgeräumten Schreibtisch, faltete die Hände in einer abwartenden Geste vor dem Mund und sah mich mit hochgezogenen Brauen an. Vermutlich hatte ich mich mit meinem Übereifer geradewegs in eine äußerst ungünstige Position manövriert. Eigentlich hatte ich vorgehabt, dieses Gespräch zu führen, ohne meine Missetaten zu erwähnen.

„Ich bin mir sicher, wenn Sie Mrs Cunninghams Arzt Doktor Mansfield befragen würden, könnte er Ihnen das bestätigen."

„Und was macht Sie da so sicher?" Peins' Stimme war herausfordernd.

Im besten Fall glaubte er, dass alles, was ich sagte, an den Haaren herbeigezogen war. Wenn ich jedoch Pech hatte – was allzu häufig in meinem Leben zutraf –, witterte er meine Unsicherheit und ahnte bereits, dass ich etwas angestellt hatte.

Nun durfte ich bloß nicht die Nerven verlieren! Wider besseres Wissen schaffte ich es nicht länger, Peins' bohrendem Blick standzuhalten, unterbrach das Augenduell mit dem grimmig dreinschauenden Detective Chief Inspector mir gegenüber und sah stattdessen Hilfe suchend zu West. Diesmal konnte er mir allerdings nicht so einfach aus der Patsche helfen wie vorhin bei Dessousklauer-Fred.

Ein Themenwechsel muss her, Alice, aber zackig!, spornte ich mich selbst an.

„Mrs Cunningham hatte eine Riesensumme Geld gespart und sich den gesamten Betrag von fast hunderttausend Pfund kurz vor ihrem Tod auszahlen lassen. Niemand konnte davon wissen, mit Ausnahme ihres Sohns George."

Um ehrlich zu sein, hatte ich keine Ahnung, ob ich mich mit dieser kühnen Behauptung elegant aus der Affäre gezogen oder viel eher tiefer in die Scheiße geritten hatte. West schien die neue Information ins Grübeln zu bringen, wenn ich seinen angestrengten Gesichtsausdruck richtig interpretierte. Peins dagegen wirkte zunehmend genervt von mir, nur peripher beeindruckt, ja, am ehesten verärgert. Ich schluckte und wusste, dass mir nicht gefallen würde, was er als Nächstes zu sagen gedachte, bevor er nur die fleischigen Lippen bewegt hatte.

„Und *Sie.* Sie wissen augenscheinlich auch von dem Geld."

Er klang einerseits forsch, als wüsste er genau, dass es nicht der MI5 gewesen sein konnte, der mir von dem Geld erzählt hatte. Andererseits hatte ich den zunehmend verstörenden Eindruck, dass er dieses Spielchen genoss. Der Jäger, der seine Beute in die Enge trieb und kurz davor war zuzuschlagen.

„Ähm, ja natürlich. Sonst hätte ich es Ihnen nicht erzählen können."

Logisch und doch so fatal. In diesem Augenblick begann ich zu bereuen, überhaupt hergekommen zu sein. Ich hätte jetzt gemütlich mit einem guten Buch in der Hand daheim auf meiner Couch fläzen können. Aber nein, es war ja viel aufregender, sich selbst bei der Polizei in Ungnade zu bringen, und das alles nur wegen Mrs Cunninghams verflixtem Nachttopf.

„Natürlich", wiederholte Detective Chief Inspector Peins gedehnt. „Und können Sie mir auch mitteilen, woher Sie das wissen, Miss Stafford?"

Würde er ein simples Nein gelten lassen? Vermutlich nicht. Ich wand mich auf dem unbequemen Stuhl und seufzte geräuschlos.

„Da lag ein Beleg von der Bank auf ihrer Türmatte."

O Mann, ich wusste selbst, wie unglaubwürdig sich das anhörte.

„Und der Fund dieses frei zugänglichen Auszahlungs…?" Sein fragender Blick traf mich härter, als jede Kanonenkugel es vermocht hätte.

„Einzahlungs…", verbesserte ich ihn geknickt, weil mir klar war, dass er genau darauf hinauswollte.

„Einzahlungsbelegs", sagte er triumphierend, „hat Sie dazu veranlasst …?" Gekonnt ließ er den Satz in der Luft stehen und gleichzeitig wie eine Frage ausklingen.

„… in Mrs Cunninghams Wohnung nach dem Rechten zu sehen?", führte ich mit einem unschuldigen Lächeln zu Ende, wobei es ebenfalls fragend klang.

„… Hausfriedensbruch zu begehen!", donnerte Peins, und ich zuckte schuldig zusammen. „Und wenn Sie mir jetzt noch erzählen, dass Sie etwas aus der Wohnung mitgenommen haben, sprechen wir sogar von Einbruch! Und", er betonte jedes Wort, als hätte mein letztes Stündchen geschlagen, „Sie sollten sich lieber genau überlegen, ob Sie mir weitere Geschichten über den Gesundheitszustand der Verstorbenen auftischen wollen, denn dann muss ich Sie ernsthaft und ungeachtet aller möglichen Konsequenzen im Fall einer von Ihnen begangenen Straftat zu der Quelle Ihrer Informationen befragen."

Das hatte gesessen. Ich schluckte ein weiteres Mal und war ganz schön eingeschüchtert. Umgekehrt brachte mich seine zum Himmel schreiende Arroganz und dieses Ich-bin-hier-der-Chef-Getue immer mehr auf die Palme.

„Aber ich habe mir redlich Mühe gegeben, Mrs Cunninghams Hinweisen nachzugehen und herauszufinden, was sie mir damit sagen wollte. Es muss Sie doch interessieren, dass hinter ihrem Tod ein Verbrechen stecken könnte. Bei mir zu Hause habe ich alles gesammelt und visuell zur Darstellung gebracht, außerdem die Befragung meiner Mitmieter auf Ton...“

Weiter kam ich nicht. Auch das Foto von meiner Ermittlungstafel konnte ich nicht mehr vorbringen. Der Detective Chief Inspector hob seinen schwabbeligen Arm und ließ ihn mit der offenen Handfläche voran auf die Tischplatte knallen.

„Genug! West!“, bellte er in Richtung seines Partners. „Führen Sie Miss Stafford aus dem Büro und bereiten Sie eine Anzeige wegen Hausfriedensbruch vor. Finden Sie heraus, weswegen wir sie noch alles belangen können, und ...“

„Ist das denn notwendig?“, entgegnete West. Er klang ruhig und berechnend, aber nicht auf eine gemeine, unterschwellige Art, sondern eher, als spräche er mit einem Mann, bei dem er die richtige Mischung zwischen Durchsetzungskraft und Unterwürfigkeit an den Tag legen musste, um an sein Ziel zu gelangen.

„Ja, wollen Sie diese Frau denn ungestraft davonkommen lassen, wenn sie schon so bereitwillig zugibt, in eine fremde Wohnung eingestiegen zu sein?“, verlangte Peins zu wissen.

West zögerte eine Nanosekunde, in der ich fast vor Anspannung umkam.

„Nein, will ich prinzipiell nicht. Umgekehrt habe ich auch wenig Lust auf den ganzen Papierkram, den das mit sich bringt.“

Wow. Ich hätte West nicht so eingeschätzt, dass er seine Pflichten als Polizist vernachlässigte, nur weil es ihm einen Haufen Schreibarbeit einbringen würde. Doch was dachte ich denn da eigentlich? Mir sollte es recht sein! Immerhin sah es im Moment so aus, als könnte ich der Anzeige womöglich entgehen.

„Außerdem, sehen Sie sie an", fuhr West fort. „Wir haben tagtäglich mit ganz anderen Kalibern zu tun. Ich weiß ja nicht, was sie mit ihren stümperhaften Ermittlungsversuchen bezwecken will, ich denke jedoch, Sie werden mir sicherlich zustimmen, wenn ich sage, diese Angelegenheit ist den Aufwand nicht wert."

Wie bitte? Bei seinen herablassenden Worten wurde mir ganz heiß, und Zorn wallte in mir auf. Wie konnte er nur so über mich sprechen? Ich war ganz sicher nicht stümperhaft, und überhaupt war alles, was er da von sich gab, eine Unverschämtheit!

Schon wollte ich, dem ersten von Wut getriebenen Impuls folgend, vom Stuhl aufspringen und ihm die Meinung geigen, da legte er sanft, aber bestimmt die Hand auf meine Schulter und hinderte mich daran. Ich war so von seinen Frechheiten abgelenkt gewesen, dass ich gar nicht bemerkt hatte, wie er aufgestanden und zu mir herübergegangen war. Die Berührung seiner warmen großen Hand hätte mir unangenehm sein sollen, vor allem wenn man bedachte, was für einen chauvinistischen Dreck er gerade über mich zum Besten gegeben hatte. Da wandte er sich mir leicht zu und zwinkerte unauffällig.

Hä? Was sollte das jetzt? Langsam lösten sich seine Finger von meiner Schulter, und er trat beiseite, was den Blick auf Peins freigab. Er schien mit sich zu ringen. Genugtuung oder Faulheit? Was würde die Oberhand gewinnen?

„Na schön. Verschwinden Sie, Miss Stafford, und glauben Sie ja nicht, dass Sie noch mal mit so etwas durchkommen. Bleiben Sie lieber beim Fingernägellackieren und überlassen Sie es uns, sich Gedanken über irgendwelche angeblichen Mordfälle zu machen.“

Autsch. Es lebe der Androzentrismus.

„Ich begleite Sie nach draußen“, meinte West und bedeutete mir unmissverständlich, die Klappe zu halten und mit ihm zu gehen.

Gedemütigt, verstört und zugegeben auch ein wenig verwirrt, tat ich dieses eine Mal, wie mir geheißen wurde, und ließ mich von West aus der Police Station führen.

„Das war knapp. Ich hoffe, Miss Stafford, Sie haben nun einen ausreichend einprägsamen Eindruck meines werten Partners erhalten und lassen solche Auftritte in Zukunft bleiben“, sagte er mit Nachdruck, klang allerdings eher amüsiert als herablassend oder verärgert.

Dumm wie ein Schaf starrte ich ihn an. Dann war das da drinnen vor Peins eben alles nur Show gewesen? Er hatte den Papierkram nur so verteufelt und mich runtergemacht, um mich dadurch in Wahrheit vor größerem Unheil zu bewahren? Ganz schön schlau. Und trotzdem.

„Danke, für die Rettung in letzter Minute. Aber reden Sie nie wieder in diesem Ton über mich, verstanden!“

„Gern geschehen. Und ich schätze, das wird nicht nötig sein, wenn Sie den Detective Chief Inspector aus dieser Sache rauslassen."

Ich ließ mir seine Worte durch den Kopf gehen.

„Soll das heißen, dass ich *Sie* miteinbeziehen kann?"

Bitte, bitte lass ihn Ja sagen!

Nicht nur dass West gut aussah, er war offenbar auch ein Mann mit Herz und einem fantastischen Gespür. Und ich konnte Hilfe gebrauchen. Denn egal was Peins mir vorhin angedroht hatte, ich würde nicht aufgeben.

West blickte mich einige Herzschläge lang stumm an. Ich blickte entschlossen zurück.

„Sie haben meine Karte", meinte er schließlich. „Wenn Sie wollen, kann ich mir in Ruhe alles ansehen und anhören, was Sie zu dem Fall ausgegraben haben. Doch erhoffen Sie sich nicht zu viel, Miss Stafford. Peins hat seine Hand auf der Akte, und die ist und bleibt für ihn abgeschlossen."

Und wieder wollte ich diesen Mann küssen.

# Toffees und CSI

An diesem Samstagabend saß ich in meinem Bett, umgeben von Toffees, Weingummis und Bergen an Schokolade. Ja, ich bemitleidete mich selbst. Zumindest ein wenig.

Nachdem ich von meinem Trip zur Crayford Police Station heimgekehrt war, waren das Adrenalin und die Kampfeslust in mir langsam, aber sicher abgeebbt, und mir war erst so richtig bewusst geworden, dass ich nur äußerst knapp mindestens einer Anzeige hatte entgehen können. Das hatte mir einen ziemlich herben Dämpfer verpasst, obwohl ich Minuten zuvor entschlossener denn je gewesen war. Und nicht einmal die Hilfe und das Angebot von West, gemeinsam mit mir meine Ermittlungsergebnisse durchzugehen, hatten es vermocht, mich wieder aus diesem Loch zu holen.

Chelsea würde es dagegen schaffen. Zumindest wenn ich ihre vehement stampfenden Schritte richtig deutete, mit denen sie sich mir durch den Flur meines Apartments näherte. Während unseres Telefonats vorhin hatte sie noch besorgt geklungen, offenbar hatte sich ihre Besorgnis in etwas anderes verwandelt.

„Das darf doch nicht wahr sein!" Bepackt mit einer großen Tasche, die ich skeptisch beäugte, trat sie zu mir ans Bett und musterte mich streng.

Dann fegte sie demonstrativ meinen Hofstaat aus Süßigkeiten vom Bett, allerdings nicht ohne sich dabei ein Toffee zu schnappen und in ihrem Mund verschwinden zu lassen.

Kriegsbeute, oder wie?

„Hey!", protestierte ich. Nicht nur weil sie damit meinem Bad in Süßkram und meiner Lethargie ein jähes Ende setzte, sondern vor allem deshalb, weil ich später alles vom Teppich würde klauben müssen.

„Nix da!" Chelsea gab mir einen deftigen Klaps auf den Arm und hinderte mich damit daran, die kläglichen Reste meines Zuckerfestmahls an mich zu reißen.

„Du stehst jetzt gefälligst auf, gehst unbedingt erst mal duschen, denn du müffelst wie die getragenen Kleider meiner Granny, und dann, ja, dann rufst du den schnuckeligen Detective Inspector West an und bittest ihn zu dir", erklärte sie mir in einer glorreich klingenden Ansprache. „Ja, und aufräumen musst du natürlich auch noch", fügte sie hinzu und kickte eine Schokolinse über den Boden.

Am liebsten hätte ich ihr den Mund mit Toffees gestopft und mich in meinem Bett verkrochen, aber jedes Aufbegehren wäre zwecklos gewesen, das wusste ich nur allzu gut. Nachdem ich vor einem Jahr ein paarmal mit einem Typen aus dem örtlichen Schachklub ausgegangen war und er mir schlussendlich offenbart hatte, dass er keine tiefgehenden Gefühle für mich hegte, hatte Chelsea es ebenso wenig zugelassen, dass ich mich in meinem Selbstmitleid suhlte. Stattdessen hatte sie mir in den Hintern getreten und sich mit mir im Fitnesscenter eingeschrieben. Bei der Erinnerung daran erschauderte ich.

„Okay", erwiderte ich gedehnt und etwas patzig, bevor sie auf die Idee kam, mir das ein weiteres Mal anzutun.

„Viel besser", betonte Chelsea, als ich nach einem ausgiebigen Schönheitsprogramm aus dem Bad zurückkehrte. Ja, das war es tatsächlich. Es hatte unglaublich gutgetan, und die trüben Gedanken, die mich eingehüllt hatten wie Zellophanfolie, vertrieben. In meiner Lieblingsbluse, die in einem kräftigen Magenta strahlte, mit dem farblich passenden Lipgloss und etwas Wimperntusche fühlte ich mich wie ein neuer Mensch.

„Du siehst toll aus. Dieses Rot steht dir!", ergänzte Chelsea und rückte das Kissen auf ihrem Schoß zurecht. Sie hatte es sich während meiner Badezimmerorgie auf der Couch gemütlich gemacht und zappte in aller Seelenruhe durch die Sender.

Ich lächelte sie dankbar an und ließ mich neben ihr in die Kissen plumpsen.

„Mach es dir ja nicht zu gemütlich. Als Nächstes rufst du nämlich deinen Detective Inspector an und bittest ihn um ein Date."

*Meinen* Detective Inspector? Chelsea hatte da offenbar etwas total missverstanden.

„Ich bitte ihn sicher nicht um ein Date! Er hat mir seine Hilfe bei der Sache mit Mrs Cunningham angeboten. Nicht mehr und nicht weniger. Und ich will mir diese Chance, Tipps von einem echten Ermittler zu kriegen, nicht sofort versauen, indem ich mich an ihn ranschmeiße."

Chelsea sah erst aus wie ein Kind, dem man seinen Lolli weggenommen hatte, hob dann jedoch herausfordernd die Braue. „Was ist wichtiger, Mrs Cunningham, die ohnehin unter der Erde liegt, oder ein Tête-à-Tête mit dem scharfen Detective Inspector?"

„Boah, Chelsea, du machst mich echt fertig mit deinem Gequatsche über Männer!", stieß ich hervor und riss ihr die Fernbedienung aus den Händen.

„Wann hattest du denn das letzte Mal einen Mann im Bett?" Sie schaute mich vollkommen gelassen an.

„Das geht dich gar nichts an!"

„Also doch so lange her", schlussfolgerte Chelsea.

Wenn sie nicht auf der Stelle die Klappe hielt, würde ich ihr mit der Fernbedienung eins überbraten, beste Freundin hin oder her. Wir maßen uns mit Blicken, bis ich schließlich w. o. gab.

„Du bist eine riesengroße Nervensäge, weißt du das?", schimpfte ich und holte mein Smartphone hervor. Mit einem ausführlichen Seufzen stand ich auf und kramte Wests Karte aus meinem Portemonnaie. „Ich rufe ihn jetzt an, aber glaub ja nicht, dass es mir um ein Date geht! Ich will bloß, dass er mir hilft, die Beweise durchzugehen."

Chelsea spitzte den Mund, in ihren Augen leuchtete Triumph.

Ich sah sie meinerseits auffordernd an und deutete Richtung Küche. „Ein wenig Privatsphäre, wenn ich bitten darf."

„Kannst du vergessen! Ich hab mich für dich wie eine Irre aufgeführt. Da will ich wenigstens bei diesem Telefonat live dabei sein." Sie verschränkte demonstrativ die Arme vor der Brust und drückte ihren Po tiefer in die Couch.

Ich verdrehte die Augen und tippte trotzdem in ihrem Beisein Wests Nummer in mein Telefon. Es klingelte ein paarmal. Chelseas erwartungsvoller Blick war fest auf mich geheftet. Dann sprang der Anrufbeantworter an.

„Hebt nicht ab", teilte ich ihr mit und bemühte mich, mir meine Enttäuschung nicht anmerken zu lassen.

Sie erwiderte nichts, während ich mein Handy auf den Tisch legte. Kaum hatte ich es losgelassen, begann es zu vibrieren und flötete fröhlich Keshas Song *TiK ToK*. Wir zuckten beiden zusammen, und Chelsea klatschte freudig in die Hände.

„Ist er das?" Sie schielte aufs Display.

Ich tat es ihr gleich und sackte in mich zusammen, als ich las, wer mich da anrief.

„Nö, es ist meine Mum", grummelte ich.

Ich hatte überhaupt keine Lust, mit ihr zu telefonieren und mir ihre ewigen Vorhaltungen anzuhören. Aus diesem Grund hatte ich auch unser wöchentliches Telefonat an den letzten beiden Donnerstagen ins Wasser fallen lassen, wohl wissend, dass meine Mutter daraufhin fürchterlich beleidigt sein würde. Daher wunderte es mich umso mehr, dass sie einfach so anrief. Normalerweise wurde ein derartiger Clinch nur durch mein demütiges Zu-Kreuze-Kriechen beigelegt, und das war bis dato nicht geschehen.

„Lass mich das regeln." Beherzt griff sich Chelsea mein Smartphone, wischte den grünen Kreis nach oben und nahm das Gespräch mit meiner Mutter an.

„Sorry, Linda, aber wir warten gerade auf den Rückruf eines attraktiven Mannes. Kann Alice dich später anrufen?"

Hilfe! Was tat Chelsea denn da?

„Hast du vollkommen den Verstand verloren?", wisperte ich und wippte auf und ab wie ein Känguru in Angriffshaltung.

Meine beste Freundin – ich war mir allerdings nicht mehr sicher, ob ich sie in Zukunft noch als solche bezeichnen wollte – winkte ab und legte den Zeigefinger an den Mund. Sie würde mich mit ihrem belämmerten Gebrabbel noch in Teufelsküche bringen!

„Nein, Linda, ich nehme dich nicht auf den Arm", bekräftigte Chelsea und nickte eifrig, obwohl ihre Gesprächspartnerin das nicht sehen konnte.

Ich schob beleidigt die Unterlippe vor. War ja so was von klar, dass meine Mutter Chelseas Ansage infrage stellte. Ich und ein attraktiver Mann? Das war zwar die ultimative Traumvorstellung meiner Mum, aber glauben konnte sie es offensichtlich nicht ohne Weiteres.

„Klar. Sag ich ihr. Bye, Linda, mach's gut." Damit beendete Chelsea das überaus verstörende Telefonat mit meiner Frau Mutter und blinzelte mich unschuldig an.

„Pass bloß auf, dass dir keine Hörner wachsen. Das würde deine Frisur zerstören." Mein Tonfall war bissig, und ich funkelte sie an, als hätte sie gerade mein Leben ruiniert, was gar nicht mal so weit hergeholt war.

„Du sollst deine Mutter später zurückrufen", erwiderte Chelsea gelassen. Kein Funken Reue war in ihrer Stimme zu erkennen.

„Weißt du eigentlich, in was für eine Scheiße du mich geritten hast?"

„Ach, komm schon, Alice, stell dich nicht so an.“

Und dann hatte sie tatsächlich auch noch die Frechheit zu lachen. Jetzt war der Ofen aus bei mir.

„Na warte!“

Ich wollte mich auf sie stürzen. Was ich mit ihr anstellen würde, wenn ich sie zwischen die Finger bekam, wusste ich zwar noch nicht, doch es würde bestimmt etwas mit dem Versohlen ihres Hinterns zu tun haben. Chelsea sprang auf und flitzte hinter die Couch. Ich hechtete schreiend hinterher, als plötzlich Kesha erneut zu trällern begann. Wir stockten beide mitten in der Bewegung, und unsere Köpfe ruckten synchron Richtung Tisch, wo mein Smartphone blinkte und durch den Vibrationsalarm ein kleines Tänzchen auf der glatten Glasoberfläche hinlegte.

„Hinsetzen und Klappe halten“, wies ich Chelsea mit aller Autorität an, die ich aufbringen konnte, und nahm mein Telefon zur Hand.

Zu meiner Überraschung tat sie sogar ausnahmsweise, was ich von ihr wollte, huschte artig zurück zur Couch und ließ sich stumm darauf nieder.

Das Herz schlug mir bis zum Hals, und ich konnte nicht sagen, ob es an meinem Ärger über Chelsea und dem Versuch lag, sie einzufangen, oder an der Aufregung, die sich beim Anblick der Nummer auf meinem Display in mir breitmachte.

Ich sah zu Chelsea hinüber, die zwar weiterhin schwieg, mir jedoch mit ihrem Blick umso deutlicher zu verstehen gab, dass ich den Anruf endlich annehmen sollte. Tief einatmend wischte ich übers Display.

„Hallo?“

Mann war das lahm!

Es blieb einen holprigen Schlag meines Herzens lang ruhig am anderen Ende der Leitung, dann meldete sich Detective Inspector West.

„Miss Stafford, tut mir leid, dass ich Ihren Anruf vorhin nicht annehmen konnte."

„Kein Problem."

Wieder schwieg er einen Moment, und ich fragte mich insgeheim, ob ihn unser Telefonat ebenso nervös machte wie mich. Bleib bei der Sache, Alice, denk an den Nachttopf! Das half. Das Bild von Mrs Cunninghams abgestandenem Urin vertrieb jeglichen romantischen Gedanken aus meinem Kopf und dämpfte die Aufregung auf ein erträgliches Maß.

„Wie kann ich Ihnen helfen?", fragte West freundlich.

„Ich wollte auf Ihr Angebot zurückkommen. Es wäre toll, wenn Sie mit mir alles durchgehen könnten. Vielleicht können wir ja zusammen Licht ins Dunkel bringen."

„Das können wir gerne machen. Es ist nicht an mir vorbeigegangen, wie sehr Sie der Tod Ihrer Vermieterin mitgenommen hat. Aber, Miss Stafford ..."

„Ja?"

„Bitte versprechen Sie sich nicht zu viel von unserem Treffen."

Uff. Wie meinte er das jetzt genau? Bezog er seine Aussage auf die Ermittlungen oder auf unser Aufeinandertreffen?

„Ich weiß nicht, ob ich Ihnen weiterhelfen kann, und möchte nicht, dass Sie sich falsche Hoffnungen machen", ergänzte er, und obwohl ich diesen Nachsatz eher mit Mrs Cunningham in Verbindung brachte, war ich mir nicht hundertprozentig sicher.

Aber warum zerbrach ich mir überhaupt den Kopf darüber? Der einzige Grund, warum ich wollte, dass West mir half, war, dass ich mir Klarheit in Bezug auf meine bisherigen Ermittlungsergebnisse erhoffte.

„Nicht mehr und nicht weniger", wie ich vorhin so schön gesagt hatte.

Chelsea machte mich ganz kirre im Kopf.

„Natürlich. Ich habe rein platonische Absichten, was Sie anbelangt, und mir ist selbstverständlich bewusst, dass Sie keine echten Ermittlungen aufnehmen."

Chelsea riss die Augen und den Mund so weit auf, dass sie wie der maskierte Mörder in *Scream* aussah, und schlug sich als Zugabe noch mit der flachen Hand auf die Stirn. Das laute Klatschen, das diese Geste der Unzufriedenheit verursachte, machte mir klar, wie dämlich das geklungen haben musste.

Auch West wusste offenbar nicht, was er mit dieser Information anfangen sollte. Er räusperte sich ausgiebig und begann seinen nächsten Satz mit einem zögerlichen „Ja, also …".

„Was?"

„Wo und wann wollen Sie sich mit mir treffen?"

Ich wollte schon mit „kommenden Freitagabend bei mir" herausplatzen, besann mich jedoch im letzten Moment eines Besseren. „Wann passt es denn bei Ihnen? Immerhin tun Sie mir damit einen Riesengefallen. Da ist es das Mindeste, dass ich mich nach Ihrem Zeitplan richte."

„Freitagabend", sagte er wie aus der Pistole geschossen, und ich biss mir auf die Unterlippe, um das Lächeln zurückzudrängen, das darauf erscheinen wollte. „Und am einfachsten wird es wahrscheinlich sein, ich komme zu Ihnen nach Hause, wenn Ihnen das recht ist."

„Aber ja. Acht Uhr, oder ist Ihnen das zu spät?"

„Acht Uhr passt mir gut."

Nun grinste ich doch, und Chelsea fächelte sich gespielt Luft zu.

„Danke, Detective Inspector West."

„Gern, Miss Stafford. Bis Freitag."

„Bis dann." Ich beendete das Telefonat und stieß geräuschvoll die angehaltene Luft aus meiner Lunge.

„Yes!", kreischte Chelsea, sprang von der Couch auf und forderte mich zu einer Congaschlange auf.

Sie schwang die Hüften derart ausladend, dass ich nicht umhinkam, ihr breites Grinsen zu erwidern, auch wenn es hier um eine ernste Sache ging, nämlich um Mrs Cunninghams Tod und nicht um etwas, wegen dem exzessives Popogewackel angebracht gewesen wäre. Eigentlich.

„So, habe ich dieses Telefonat zu Madames Zufriedenheit absolviert?", fragte ich, damit sie endlich mit diesen Albernheiten aufhörte.

Unglaublicherweise tat sie das wirklich.

„Na ja, passt schon", erwiderte Chelsea trocken.

Scheinbar wenigstens für den Moment zufrieden, kuschelte sie sich wieder zwischen die Kissen auf mein Sofa, und ich gesellte mich zu ihr.

Das war alles ganz schön anstrengend gewesen. Das Selbstmitleid, meine kleine, aber feine Beautysession, die Aufregung, die Chelsea mir beschert hatte, und das Gespräch mit West, das mich eigenartig aufgekratzt zurückgelassen hatte.

„Verrätst du mir jetzt, was in der vollgestopften Tasche da drüben ist?“

Chelseas Augen leuchteten bei meiner Frage sofort auf, und sie war erneut aufgesprungen, ehe ich den Satz vollendet hatte.

„Nachdem du eben brav dein Liebesleben vorangetrieben hast ... Zumindest bis auf den Satz, in dem das ‚rein platonisch‘ vorkam, doch das bügeln wir auch noch aus ...“, setzte sie zwinkernd an und hopste zu der Tasche, die neben der Tür zum Schlafzimmer stand.

Ich schaute sie bloß mit hochgezogenen Brauen an. Würde sie jemals damit aufhören?

„... darfst du dich nun wieder auf andere Dinge konzentrieren.“

„Untertänigsten Dank, Gebieterin“, murmelte ich vor Sarkasmus triefend und lehnte mich dann vor, als sie ihre Hand in die Tasche steckte. Was sie da wohl mitgebracht hatte?

Chelsea zauberte mit einem gönnerhaften Grinsen eine DVD-Box nach der anderen aus ihrer Wundertüte hervor.

„*CSI*“

„Alle Staffeln“, bestätigte sie. „Wenn ich mir deine Unsicherheit in Bezug auf deine schnüfflerischen Fähigkeiten ansehe, hast du das bitter nötig.“

„Echt jetzt?“

Ich war mir nicht sicher, ob ich Lust hatte, mir eine Folge *CSI* nach der anderen reinzuziehen und so meinen Abend zu verbringen.

Chelsea wirkte jedoch fest entschlossen. „Absolut.“

# Albtraum und Gärtner

Den restlichen Samstagabend durfte ich, ununterbrochen kommentiert von Chelsea, Grissoms und Horatios, und wie sie noch alle hießen, ermittlerisches Können bestaunen. Irgendwann war ich eingeschlafen, und wirre Träume suchten mich heim.

Ich sah Mrs Cunningham nachts, während draußen hinter den Fensterscheiben des Hauses ein blitzgeschwängertes Unwetter tobte, durch die Flure streifen und überall ihre gelben Klebezettel anbringen. Ich hetzte meinerseits unermüdlich hinter ihr her, ohne sie jemals zu erreichen, und sammelte einen Zettel nach dem anderen ein, begierig auf Antworten. Doch die einzige Botschaft, die sie zeigten, waren krakelige X, so wie auf dem einen, den ich bereits oben auf dem Dachboden gefunden hatte. Unter die Blitze und das Donnergrollen mischte sich Peins' scharfe Stimme, der mich davor warnte, irgendwelche Dummheiten anzustellen, und mir damit drohte, mich mit Dessous-Fred in eine Zelle zu sperren. Dann verschwanden Mrs Cunningham und ihre Klebezettel plötzlich, und George tauchte im Treppenhaus auf. Er schwang seinen Vorschlaghammer und drosch damit wahllos auf die Wände ein, bis das Haus unter seinen Schlägen erzitterte. Ich konnte Chelsea schreien hören, und Detective Inspector West und Gio, Gloria, Cindy, Steve, alle riefen sie meinen Namen, bis sich ihre Stimmen zu einer Kakophonie verbanden und schmerzhaft in meinen Ohren dröhnten. Als ich meinte, es nicht länger aushalten zu können, verstummte sie endlich, und hinter mir schwang die Tür zu Mrs Cunninghams Apartment mit einem gespenstischen Quietschen auf. Wie in Zeitlupe schaute ich mir selbst dabei zu, wie ich die Wohnung betrat. Mrs Cunningham erwartete mich in der Küche, saß dort auf dem Stuhl und blickte mir grimmig entgegen, die runzeligen Hände im Schoß verschränkt. Auf dem Herd brodelt Georges widerlich stinkender Eintopf vor sich hin und spuckte braune Brocken auf den Vorleger vor der Küchenzeile. Rund um den Herd standen unzählige Döschen und Flaschen, teilweise geöffnet, manche umgekippt in den Lachen ihrer eigenen Inhalte. Ich riss mich von dem Gebräu los und entdeckte mitten auf dem Esstisch Mrs Cunninghams Nachttopf, umgeben von Teegeschirr.

„Nimm Platz, Alice", forderte Mrs Cunningham in dem für sie typisch harschen Tonfall. „Ich bin enttäuscht von dir", ließ sie mich wissen, nachdem ich mich zu ihr gesetzt und einen vorsichtigen Blick in den unbedeckten Nachttopf geworfen hatte, der glücklicherweise leer und sauber aussah.

„Ich versuche es, wirklich!", beteuerte ich.

Mrs Cunningham schüttelte streng den Kopf. „Ich erwarte mehr von dir, Alice. Du vergeudest deine Zeit, anstatt meinen Spuren zu folgen", warf sie mir brüsk vor.

Wut kochte in meinem Inneren hoch und blubberte ebenso laut wie der Eintopf auf dem Herd.

„Welche Hinweise, bitte schön? Diese verfluchten Klebezettel bringen einen ja nicht weiter. Warum

musste ich unbedingt den Nachttopf finden? Hätten Sie
mir nicht genauso gut direkt sagen können, dass ich
auf den spinnenverseuchten Dachboden steigen soll?
Und was genau sollte ich da oben finden? Das Fotoalbum ist vollkommen nutzlos!" Ich hatte mich in Rage
geredet und war immer lauter geworden.

„Ist es das? Ich finde eher, dass du es bist, die nutzlos
ist."

Autsch. Das hatte gesessen.

„Dann helfen Sie mir! Sagen Sie mir, warum Sie mir
diese Nachrichten hinterlassen haben!"

„Das kann ich nicht. Ich bin tot. Du musst es allein
herausfinden." Mrs Cunningham musterte mich mit einem undurchdringlichen Blick.

„Ich versuche es ja!", brüllte ich voller Ärger und Verzweiflung.

Ihre Lippen formten meinen Namen, doch es war
nicht Mrs Cunninghams Stimme, die ich hörte, sondern die von Chelsea.

„Alice! Alice, wach auf!"

Ich schreckte hoch und sah mich entgeistert in meinem Wohnzimmer um. Chelsea saß neben mir und
wirkte ebenso verschlafen und aufgeschreckt, wie ich
mich fühlte.

„Ja. Bin wach", krähte ich, obwohl meine Lider schwer
waren und ich mit dem Kopf noch immer halb in meinem Traum steckte.

„Dein Telefon hat geklingelt." Chelsea rieb sich die
Augen. Auf ihrer Wange prangte der Abdruck eines Kissens. Gähnend erhob sie sich und schlurfte Richtung
Flur. „Kannst du dir bitte endlich mal einen anderen

Klingelton zulegen? Der nervt gewaltig, wenn man davon aus dem Schlaf gerissen wird", meinte sie, dann schloss sich die Badezimmertür hinter ihr.

Ich fuhr mir mit beiden Händen übers Gesicht, um die hartnäckigen Reste des Schlafs und des damit verbundenen Traums zu vertreiben. Als ich danach allerdings die schwarzen und roten Schlieren auf meinen Fingern entdeckte, die zweifelsohne von meinem Mascara und dem Lippenstift herrührten, bereute ich es sofort. Auch auf der Lehne der beigefarbenen Couch fand ich, neben einem kleinen nassen Sabberfleck, Spuren davon. Na großartig!

Fluchend streckte ich meine Glieder und tapste in die angrenzende Küche, um mir ein großes Glas Wasser zu genehmigen. Nach dem riesigen Haufen an Süßigkeiten, die ich gestern in mich hineingestopft hatte, lag ein widerlich süßer Geschmack auf meiner ausgetrockneten Zunge. Ich füllte das Glas bis zum Rand und führte es gierig an den Mund, nur ließ meine morgendliche Koordinationsfähigkeit wieder einmal mächtig zu wünschen übrig. Der erste vermeintliche Schluck herrlich kühlen Wassers landete in meinem Ausschnitt und tränkte meine völlig zerknitterte Bluse. Ich ignorierte das Rinnsal, das in meinen BH sickerte, und stürzte die Flüssigkeit hinunter. Dabei glitt mein Blick durch den Raum und blieb an der Korkwand hängen, die mit all meinen Notizen und den Klebezetteln von Mrs Cunningham gespickt war. Bruchstücke meines Traums oder vielmehr Albtraums fluteten meinen Verstand, und ich gab mich, wie in Trance auf die Pinnwand starrend, den Erinnerungen hin. Dann klingelte mein Smartphone, ich verschluckte mich und musste so heftig husten, bis mir die Tränen in den Augen standen. Ja, das war, ohne zu übertreiben, ein wunderbarer Start in den Morgen. Eilig stellte ich das Glas in die Spüle und ging zurück ins Wohnzimmer.

„Nein", ächzte ich, als ich erkannte, dass es meine Mutter war, die mich zu erreichen versuchte.

Doch es hatte keinen Sinn, mich meinem Schicksal zu entziehen. Je länger ich sie warten ließ, desto unangenehmer würde das folgende Gespräch mit ihr werden. Also seufzte ich tief und nahm ab.

„Morgen, Mum."

„Guten Morgen? Es ist Viertel nach zwölf." Sie versuchte nicht einmal, den Vorwurf in ihrer Stimme zu verbergen.

Wie es aussah, machten wir genau dort weiter, wo wir das letzte Mal aufgehört hatten, nämlich bei ihrer Unzufriedenheit über die Art und Weise, wie ich mein Leben führte. Tja. Nicht mit mir! Erst recht nicht so kurz nach dem Aufstehen, Tageszeit hin oder her.

„An einem Sonntag", erwiderte ich betont, als würde das die Uhrzeit rechtfertigen, was es in meinen Augen auch zweifellos tat.

Meine Mutter hatte allerdings immer schon gänzlich andere Vorstellungen als ich zu bestimmten Dingen gehabt. Sie war vermutlich bereits seit sieben Uhr auf den Beinen und hatte ihre ohnehin immer blitzblanke Wohnung auf Hochglanz poliert. Wenn ich mich dagegen in meinen vier Wänden umschaute, war mir klar, dass ihr bei dem Anblick der verstreuten Süßigkeiten, zerknautschten Kissen und Chipskrümel auf dem Sofa das kalte Grauen kommen würde.

„Warst du gestern aus?“, wechselte sie überraschenderweise das Thema.

Sie ritt nicht länger darauf herum? Das verblüffte mich. Offenbar war sie ebenso wenig in Streitlaune wie ich. Dafür meinte ich einen besonderen Unterton in dieser Frage zu vernehmen, der ausnahmsweise einmal nicht damit zusammenhing, dass sie Ausgehen als minderwertige Freizeitaktivität betrachtete. Sie war neugierig. Natürlich! Immerhin hatte ihr Chelsea gestern viele enkelkinderträchtige Flöhe ins Ohr gesetzt.

Apropos Chelsea, was tat die miese Verräterin eigentlich so lange in meinem Bad? Langsam meldete sich meine Blase.

„Alice?“ Ach ja, ich musste ja noch diese überaus unangenehme Frage beantworten.

„Nein, ich war gestern Abend nicht aus. Chelsea ist vorbeigekommen, und wir haben ferngesehen.“

„Und?“

Damit spielte sie auf das von Chelsea erwähnte wichtige Telefonat mit einem attraktiven Mann an, wegen dem ich ihr wenigstens gestern vom Haken gesprungen war. Ich zögerte, wusste aber nur zu gut, dass ich diesmal nicht davonkommen würde. Nur was sollte ich meiner Mutter genau erzählen? Dass ich meine Nase in Dinge steckte, die mich nichts angingen? Ich war mir hundertprozentig sicher, dass sich ihre Meinung zu meinen Ermittlungsversuchen nicht geändert hatte, und wie sie dazu stand, hatte sie mir eingehend erklärt.

„Hab ich dir irgendetwas getan, Alice?“ Mum klang wie ein Reibeisen.

Wenn man von der üblichen unverblümten Niedermache meiner Lebensgestaltung einmal absah …

Es raschelte in der Leitung, dann hörte ich Mum geräuschvoll ausatmen. „Nach unserem letzten Telefonat hast du dich nicht mehr bei mir gemeldet und gestern deine Freundin vorgeschickt, um mich abzuwimmeln. Dein Verhalten trifft mich, Alice, was du dir offensichtlich nicht vorstellen kannst. Ich bin deine Mutter, und auch wenn ich nicht immer mit allem einverstanden bin, was du tust, will ich doch an deinem Leben teilhaben. Ich habe es nicht verdient, mit Lügen abgespeist zu werden, hörst du?"

Mann, konnte die melodramatisch sein! Ärger kam in mir hoch, vor allem deshalb, weil sie selbstverständlich nicht glauben konnte, dass ich mich tatsächlich mit einem attraktiven Mann treffen würde, unabhängig davon, welcher Grund dahintersteckte.

„Bei unserem letzten Telefonat", setzte ich an, „habe ich dir erzählt, was mich momentan beschäftigt, und du hattest nichts als Vorhaltungen für mich übrig!" Na gut, das war es dann wieder mit ruhig und kontrolliert. „Du hast alles, was ich gesagt habe, ins Lächerliche gezogen und mir erklärt, dass ich bloß meine Zeit verschwende. Mag ja sein, dass die Suche nach Antworten in deinen Augen unsinnig ist, trotzdem wünsche ich mir von dir als meiner Mutter Unterstützung und Zuspruch in allem, was ich tue. Ist ja nicht so, als würde ich einen Drogenring aufziehen oder meinen Körper für Geld verkaufen oder auf die Clownsschule gehen oder Philosophie studieren wollen, ich meine, ich …"

„Alice", seufzte sie gedämpft in meinen Wortschwall hinein.

Ich hielt inne, obwohl mir noch tausend andere Dinge eingefallen wären, auf die sie ihren Spott hätte besser verwenden können.

„Du hast ja recht."

Ach, wirklich? Dieses Zugeständnis ließ mich erst recht sprachlos werden.

„Ich verstehe nicht, warum dich der Tod dieser Mrs Cullinghain ..."

„Cunningham", verbesserte ich sie. Von wegen sprachlos.

„... Mrs Cunningham so mitnimmt, und ich kann dir ja auch nicht sagen, ob diese Zettelchen irgendetwas zu bedeuten haben."

Wow, meine Mutter hatte mir allem Anschein nach zugehört. Ich konnte es nicht fassen.

„Aber wenn du es dir zur Aufgabe gemacht hast, dann ist es eben so. Vergiss darüber nur nicht, dein eigenes Leben voranzubringen", schloss sie gütigerweise.

Wenn man den letzten Satz ausklammerte, war dies so ziemlich das Netteste und Einfühlsamste, das ich von meiner Mutter je zu hören bekommen hatte.

Einige Herzschläge lang blieb es still in der Leitung.

„Ich habe dich nicht mit Lügen abgespeist. Detective Inspector West ist attraktiv. Allerdings ist das nicht der Grund, warum ich mich am Freitag mit ihm treffe. Er greift mir in Sachen Mrs Cunningham unter die Arme."

„Na ja, man weiß ja nie."

Ja, Mutter, man wusste nie. Vielleicht würde sich West ja Hals über Kopf in die Bibliothekarin und Hobbyermittlerin verlieben, und sie lebten glücklich bis ans Ende ihrer Tage. Ich verdrehte die Augen und schluckte den Gedanken rasch hinunter, bevor er mir in einem dazu passend sarkastischen Tonfall über die Lippen dringen konnte.

„Habt ihr eigentlich einen Gärtner?", fragte meine Mutter aus heiterem Himmel und lenkte mich mit diesem völlig zusammenhangslosen und reichlich unerwarteten Satz von meiner innerlichen Grummelei ab.

„Wie bitte, was?"

„Ich wollte wissen, ob eure Wohnanlage einen Gärtner hat."

Nun musste ich lachen. Wohnanlage?

„Mum, du warst doch schon hier ... Unser Mehrparteienhaus hat ja nicht mal einen Garten, wenn man von dem von Unkraut überwucherten Grünstreifen neben den Müllcontainern einmal absieht. Also nein, kein Gärtner", gluckste ich.

„Hm, schade. In den Filmen sind es immer die Gärtner."

War meine liebe Frau Mutter plemplem? Was redete sie denn da?

„Was genau?", fragte ich vorsichtig, unsicher, ob ich die Antwort hören wollte.

„Na, die Mörder. In den Filmen sind es immer die Gärtner! Du weißt schon."

Ja, jetzt wusste ich endlich, wovon sie sprach. Nur hätte ich nie und nimmer damit gerechnet, dass sich gerade meine Mutter, die kein gutes Haar an mir lassen wollte, als ich ihr das letzte Mal von meinen Überlegungen erzählt hatte, nun tatsächlich Gedanken über den Fall machte.

„Äh, nein, leider nicht. Ich meine, ja, ich weiß, was du meinst, aber wir haben keinen Gärtner, ergo ist des Rätsels Lösung nicht so einfach."

„Und du bist überzeugt, dass diese Mrs Collerin …“

„Cunningham, Mum.“

„Jaja, schon gut, dann eben Mrs Cunningham – dass sie ermordet worden ist?“

Ja und nein. Ich war überzeugt, konnte jedoch nicht sagen, warum. Meine Gewissheit beruhte einzig und allein auf den Klebezetteln und Mrs Cunninghams Nachttopf.

„Ich weiß es nicht mit Sicherheit“, gestand ich.

„Doch du glaubst es, wegen der Zettelchen von Mrs …“

„… Cunningham“, ergänzte ich, weil sich meine Mutter diesmal selbst unterbrochen hatte, bevor sie einen weiteren falschen Namen hatte anfügen können.

„Ja, das kann ich nachvollziehen.“

Mir klappte der Mund auf. Achtung, Achtung! Holt die Men in Black, Linda Stafford war eindeutig von Aliens entführt und einer Gehirnwäsche unterzogen worden. Oder vielleicht lag es nur daran, dass ich mich mit Detective Inspector West treffen würde, dass meine Mutter auf einmal so zugänglich war. Ich wollte jedenfalls den guten Wind nicht ungenutzt lassen.

„Ja, bloß ist das mehr oder weniger alles“, sagte ich seufzend.

„Es muss einen Brief geben.“

Einen Brief?

„In den Filmen gibt es immer irgendwelche Briefe, und ich bin mir sicher, dass es hier auch welche zu finden gibt“, bekräftigte Mum.

Woher sie diesen Glauben nahm, war mir ein Rätsel, aber ich würde den Teufel tun und einen weiteren Streit vom Zaun brechen, indem ich ihr erklärte, dass sie sich ihre Fernsehweisheiten getrost sparen konnte.

Gerade überlegte ich, was genau ich darauf erwidern sollte, da kam endlich Chelsea aus dem Bad und ließ sich neben mir auf der Couch nieder.

Ohne ein Wort nahm sie mir das Smartphone vom Ohr und flötete: „Hi, Linda. Ich soll dir übrigens schöne Grüße von meiner Tante Phili ausrichten. Sie sagt, du sollst dich ruhig mal wieder bei ihr sehen lassen." Nach diesen Worten hielt sie das Mikrofon mit dem Daumen zu und wisperte: „Wiedergutmachung wegen gestern. Du kannst dich vom Acker machen. Nur ins Bad würde ich momentan nicht gehen. Ich fürchte, ich hab die Nachos nicht sonderlich gut vertragen."

Ohne Luft zu holen, wechselte Chelsea von ihrem Flüstern zu einem aufgeregt freudigen Tonfall, in dem sie auf etwas antwortete, das meine Mutter offenbar am anderen Ende der Leitung gesagt hatte.

Sollte ich sie jetzt küssen, weil sie mich vor dem eigentümlichen Gespräch mit meiner Mum rettete oder lieber hochkant aus der Wohnung werfen, weil sie mein Bad verseucht hatte?

# Schlachtfeld und Wäscheberge

Ich hätte ja gerne gesagt, dass ich den *CSI*-Serienmarathon mit Chelsea und das verstörend empathische beziehungsweise hilfreiche Verhalten meiner Mutter unbeschadet überstanden hatte. Unglücklicherweise war dem nicht so. Schon gegen Mitte der Woche fühlte sich mein Kopf an, als wäre er voll wie ein Swimmingpool mit Randüberlauf, aus dem ständig Wasser schwappte und wieder durch die Filteranlage zurückgeführt wurde. Ich schlief schlecht, träumte allerhand obskures Zeug, das mich auch in den Wachphasen meines Daseins beschäftigte, und stellte fest, dass es einige Punkte in dem Wirrwarr aus Überlegungen in meinem Geist gab, die sich nicht ums Verrecken abwimmeln ließen.

Einer dieser Aspekte war die Vorstellung eines Briefs, wie von meiner Mutter in unserem letzten Telefonat angesprochen. Der Gedanke, in Mrs Cunninghams Wohnung doch noch etwas Bahnbrechendes zu finden, obwohl ich schon unzählige Male dort gewesen war, steckte in meiner Hirnmasse fest wie ein Splitter.

Am Mittwochabend war es dann so weit. Ob ich wollte oder nicht, ich schaffte es nicht länger, mich diesem Drang zu erwehren. Also verzichtete ich darauf, mich bettfertig zu machen, und wartete stattdessen bis kurz nach Mitternacht, um ein weiteres Mal – und ich schwor mir, dass es gleichzeitig das allerletzte Mal sein würde – in Mrs Cunninghams Apartment einzusteigen.

Allerdings vergaß ich diesen Schwur augenblicklich, als ich die Wohnung betrat. Trotz des geringen Lichtscheins, mit dem meine Stirnlampe die Umgebung beleuchtete, stockte mir bei dem Anblick, der sich mir bot, der Atem. Ich hätte es ja nicht für möglich gehalten, aber nun schaute es noch schlimmer aus als bei meinem vorherigen Besuch. George hatte ganze Arbeit geleistet, die Überreste der Habseligkeiten seiner Mutter in Schutt und Asche zu legen. Wobei, wenn ich das Chaos genauer betrachtete, waren ihm ihre Sachen wohl schnurzpiepegal gewesen. Alles, was ihm dem Anschein nach bei seiner eigenartigen Renovierungsaktion im Weg gewesen war, hatte George beiseitegeräumt, ob es sich dabei um Möbel, Kleider, Haushaltsgegenstände, Bücher oder sonst etwas handelte. Alles war wild auf Haufen geworfen oder in irgendwelche Ecken zusammengestopft worden.

Die Essgruppe lag halb auf der Sitzgarnitur, die ihrerseits vor die Küchenzeile geschoben war. Einen Schrank hatte George einfach umgekippt. Es sah so aus, als hätte er ihn zertreten, denn die Einzelteile lagen, an den ursprünglichen Verbindungsstellen gebrochen und ausgefranst, umher. Und die Wände erinnerten an einen Schweizer Käse. Bei ihrem Anblick hatte ich sofort Sorge um die Tragfähigkeit der Bausubstanz.

George hatte hier gewütet wie die überaus zerstörerische Kombination aus einem Tornado und einem ausgehungerten Holzwurm. Mit Instandsetzung hatte das schon mal nichts zu tun, ungeachtet dessen wie vehement er das behauptete. Und mittlerweile zweifelte ich daran, dass George nach etwas suchte. Es wirkte vielmehr so, als würde er seinen Frust an den alten Mauern und Hinterlassenschaften seiner Mutter abreagieren. Geld war in ihrem Apartment bestimmt keines versteckt, denn selbst wenn Mrs Cunningham jeden einzelnen Geldschein zwischen den Ziegelsteinen eingemauert hätte, wäre George inzwischen darauf gestoßen, bedachte man seine flächendeckende Zerstörung.

Nach etlichen Minuten, in denen ich die chaotische Szenerie im Schein des Stirnlampenlichtkegels von allen Seiten beäugt hatte, wandte ich mich ab und tappte durch den Irrgarten an Schutt und wild durcheinandergeworfenen Gegenständen in Mrs Cunninghams ehemaligem Schlafzimmer. Auch hier sah es keinen Deut besser aus. Die unzähligen Zierkissen mit den gruselig süßen Kätzchenmotiven lagen ausgeweidet herum. Auf dem Bett thronte indes ein ganzer Berg an Textilien. Dem leeren, offen stehenden Kleiderschrank nach zu urteilen, hatte George die gesamte Garderobe seiner Mutter dorthin verfrachtet. Meine Aufmerksamkeit richtete sich jedoch auf den Nachttisch, dessen Schublade aufgezogen war.

Wenn ich ein geheimer Brief wäre, würde ich mich genau dort befinden, in dieser Schublade. Das hatte ich zumindest bei der *CSI*-Bildungsfernsehensession mit Chelsea gelernt. Noch bevor sich der Schein meiner Stirnlampe vollends auf den dunklen Innenraum der Lade fokussiert hatte, steckte ich die Hand hinein. Kurz blitzte die Erinnerung an einen feuchten Schlüpfer durch mein Gedächtnis, verpuffte allerdings, als ich mit den Fingerspitzen Papier ertastete. Ein kleines Jauchzen verließ meine Lippen. Irgendwie konnte ich in diesem Moment gar nicht fassen, dass meine Mutter tatsächlich recht gehabt hatte.

Sofort wollte ich den vermeintlichen Brief aus seiner Ruhestätte bergen, doch meine Finger gelitten umher, ohne auf die Ränder des Kuverts oder Blatts zu treffen. Mann, das musste aber ein ganz schön großes Blatt sein. In kreisenden Bewegungen fuhr ich den Boden der Schublade ab, fühlte, wenn mir mein Tastsinn keinen Streich spielte, nichts als glattes Papier. Das durfte nicht wahr sein! Was war das nur für ein eigenartiger – kein Brief.

In meiner Ungeduld und vor allem deshalb, weil das Licht meiner Lampe das Innere durch den handbreiten Spalt nicht vollständig hatte ausleuchten können, hatte ich die Schublade zur Gänze aus dem Nachttischchen gezogen. Nun hielt ich sie in Händen und starrte frustriert auf den Boden. Das Papier, das ich in den letzten aufgeregt enthusiastischen Sekunden erspürt hatte, war nichts weiter als ein Stück Zeitung. Ich schob meinen Fingernagel unter den Rand, der präzise in den Ecken der Schublade endete, und bekam so das Blatt endlich zu greifen. Es handelte sich um einen völlig unspektakulären Anzeigenteil, den Mrs Cunningham zurechtgeschnitten hatte, damit er den Boden der Schublade abdeckte.

Als ich ihn anhob, wurde das Rascheln des Papiers plötzlich von einem lauten Grunzen übertönt, das vom Kleiderberg auf dem Bett neben mir ausging. Aus den Augenwinkeln nahm ich wahr, wie Bewegung in den

dunklen Haufen kam, begleitet von einem angsteinflößenden Schnarchen und Röcheln. Ich erschrak dermaßen, dass ich einen Satz zur Seite machte und mir dabei
das Schienbein an irgendetwas Hartem stieß. Mein
Herz vollführte einen Salto nach dem anderen, während ich das erneute Grunzen vom Bett mit einem ersticken Quieken quittierte. Die Schublade entglitt mir
und polterte auf den Boden, was den Kleiderhaufen
dazu veranlasste zu wachsen. Der zitternde Lichtschein
meiner Stirnlampe richtete sich auf das geisterhafte Etwas und traf schließlich auf Georges verschlafenes Gesicht.

„Heiliger Bimbam!", brachte ich, meiner zum Zerreißen gespannten Nerven wegen, viel zu laut hervor und
handelte dann instinktiv.

Wie ein Opossum, das sich totstellte, kippte ich um
und lag nur einen Herzschlag später flach auf den Boden vorm Bett. Hastig riss ich mir die Stirnlampe vom
Kopf, klemmte sie mir zwischen die Brüste, in der überraschend erfolgreichen Absicht, den Schein zu
dämpfen, und schob mich gleichzeitig unter Mrs
Cunninghams Bett. Der jauchige Geruch, der mich darunter empfing, ließ mich ein letztes Mal laut aufkeuchen, bevor ich mich zwang, so leise wie irgend möglich zu sein.

Keine Sekunde zu früh. Der Lattenrost über mir
knarzte, und George stellte seine Füße nur eine Handbreit neben meinem Gesicht auf den Teppichboden. Er
murmelte irgendetwas Unverständliches. Ich kämpfte
darum, vor Aufregung und Gestank nicht zu kollabieren. In meiner Verzweiflung betete ich lautlos zu allen

Geistern und Göttinnen, die mir auf die Schnelle einfielen, und presste die doofe Stirnlampe so fest gegen meine Brüste, dass es wehtat. Momente verstrichen, in denen nichts außer mein rasendes Herz die Stille erfüllte. Dann knarzte das Bett erneut, und George erhob sich mit einem gequälten Stöhnen. Warum, zum Geier, schlief er hier? In dem Bett, in dem seine Mutter gestorben war. Auf ihren Sachen, die er achtlos darauf geworfen hatte. Hatte dieser Mensch überhaupt kein Quäntchen Gefühl in sich? Allein bei der Vorstellung, es ihm gleichzutun, sträubte sich alles in mir.

George schlurfte zur Tür, betätigte den Lichtschalter und blieb offenbar stehen. Sehen konnte ich ihn oder, besser gesagt, seine Beine nicht, da sie von der vom Bett herabhängenden Decke verborgen wurden, aber ich hörte keine Schritte mehr. Angestrengt lauschte ich, hatte allerdings den Eindruck, dass mein vorhin im Halbdunkeln übermächtiger Gehörsinn unter dem nun einfallenden Licht litt. Das Einzige, das ich eindringlich wahrnehmen konnte, war mein flacher Atem und der pochende Puls in meinen Ohren.

George hustete unvermittelt, was mich dazu brachte, hochzuschrecken und mir gewaltig den Kopf an der Unterseite des Lattenrosts zu stoßen. Ich sah Sternchen und kurz darauf wieder Georges nackte Füße, die in mein Gesichtsfeld traten, wo seitlich am Bett die Tagesdecke verrutscht war. Er hatte haarige Beine und widerlich lange Zehennägel. Zusammen mit dem fürchterlichen Gestank in meinem Versteck rebellierte mein ohnehin flauer Magen bei diesem Ausblick gehörig. Unwillkürlich schlug ich mir die Hand vor den Mund, wobei ich mit dem Ellenbogen gegen etwas Kaltes, Hartes stieß und ein dumpfes Klonk ertönen ließ. Auf dieses Geräusch folgte ein leises Schwappen.

In meinem Kopf manifestierte sich ein Gedanke, der dort in Wahrheit bereits aufgekommen war, als ich unters Bett gekrochen und von dem beißenden Geruch empfangen worden war. Allerdings dominierte bis jetzt der Schrecken darüber, dass der vermeintliche Kleiderberg auf dem Bett zum Leben erwacht war und sich als George entpuppt hatte. Sei es, wie es sei, George hatte womöglich das gesamte Apartment seiner Mutter auf den Kopf gestellt, jede Socke, jeden Löffel und was weiß ich noch alles umgedreht, aber den übelst riechenden Nachttopf hatte er natürlich nicht angefasst. Ich wusste nicht, ob ich mich übergeben oder lieber wie eine Furie unter dem Bett hervorspringen und ihm den Nachttopf samt Inhalt über den Schädel ziehen sollte.

Alle Überlegungen endeten augenblicklich, als sich Georges bekrallte Affenfüße zu mir drehten. Schon glaubte ich, er hätte mich entdeckt, da drehten sich seine Füße weiter, bis sie zur Schlafzimmertür zeigten, setzten sich in Bewegung und verschwanden erneut aus meinem Blickfeld. Das Licht ging aus, und ich lauschte seinen Schritten, die sich immer weiter entfernten und schließlich vom Zuknallen einer Tür verschluckt wurden. War das die Wohnungstür gewesen? Oder die Badezimmertür? Konnte ich endlich dem Mief unterm Bett entfliehen, oder sollte ich auf Nummer sicher gehen und eine Weile abwarten?

Schlussendlich hielt ich es noch zwei, drei Sekunden aus, dann steckte ich den Kopf unter der vom Bett herabhängenden Tagesdecke hervor und sog selig die frische, nicht von Uringeruch durchsetzte Luft in meine Lunge. Ich lauschte erneut in die Stille hinein, bis ich mir sicher war, dass George das Apartment tatsächlich verlassen hatte. Nach dem adrenalingesteuerten Ninjasprung, mit dem ich mich zuvor unters Bett gerettet hatte, konnte man das schneckenartige Wieder-darunter-Hervorkriechen in keiner Weise vergleichen. Jeder einzelne der mehr als sechshundertfünfzig Muskeln in meinem Körper schmerzte vor Anspannung, als ich mich auf die Unterarme stützte und vorschob. Meine Hand landete auf einem Stück Papier, und auch ohne den Schein meiner Stirnlampe, die immer noch irgendwo zwischen meinen Brüsten vergraben war, wusste ich, dass es sich dabei um das Zeitungsblatt aus der Schublade handelte. Wütend und frustriert zerknüllte ich es, warf es beiseite und krabbelte weiter.

Da stießen meine Finger erneut auf etwas, das sich wie Papier anfühlte. Diesmal war es dicker und kleiner. Ich umfasste es, und sofort beschleunigte sich mein Herzschlag von Neuem. Konnte das sein? Schneller, als ich es für möglich gehalten hätte, war ich wieder auf den Beinen – na gut, um genau zu sein, hockte ich wie eine überfahrene Kröte auf Mrs Cunninghams Schlafzimmerteppich – und kramte die Stirnlampe aus meinem Ausschnitt hervor. Ich war viel zu ungeduldig, um sie ordnungsgemäß auf den Kopf zu setzen, und richtete sie direkt auf den Umschlag. Ja! Es war ein Kuvert, und als ich es herumdrehte, stand da in Mrs Cunninghams krakeliger Alteleuteschrift *George*.

# Schlipsträger und Duschdürre

Selbstredend wollte ich den Brief in dem Moment, in dem ich zurück in der Sicherheit meines Apartments war, auf der Stelle lesen. Ja, er war nicht an mich adressiert. Und ja, natürlich war es falsch, ihn zu lesen. Der richtige Weg wäre zweifelsohne, ihn George zu geben, obwohl mich das in eine ziemliche Erklärungsnot bringen würde. Oder aber den Brief wenigstens zurück in Mrs Cunninghams Wohnung zu legen beziehungsweise ihn dort so zu platzieren, dass George ihn finden konnte. Würde ich nun behaupten, ich hätte ihn zurückgelegt, wenn ich mir nicht im Vorhinein geschworen hätte, nie wieder in Mrs Cunninghams Wohnung einzubrechen, wäre das glatter Selbstbetrug. Ich war einfach viel zu neugierig. Und ich war zu weit gegangen, um jetzt einen auf fromm zu machen. Abgesehen davon grauste es mich unvorstellbar vor dem widerwärtigen Nachttopf in Mrs Cunninghams Schlafzimmer. Allein deshalb würde ich bestimmt nie wieder einen Fuß über ihre Schwelle setzen.

Noch immer ungläubig in Bezug auf die Tatsache, dass meine werte Mutter mit der Existenz dieses Briefs mitten ins Schwarze getroffen hatte, öffnete ich das

Kuvert vorsichtig und befreite einen mintfarbenen Papierbogen. Auch hier war es die unverkennbare Handschrift meiner ehemaligen Vermieterin, die mir ins Auge sprang. Mrs Cunninghams Nachricht an ihren Sohn begann mit einem plumpen *George*. Kein „Mein lieber" oder irgendetwas anderes in dieser Richtung. Im Grunde durfte mich das nicht wundern, immerhin hatte Mrs Cunningham nie besonders nette Worte für niemanden übriggehabt.

Ich glaubte, niemals zuvor etwas so schnell gelesen zu haben wie in diesem Moment. Meine Augen huschten nystagtisch hin und her, während ich die Informationen gierig in mich aufsaugte.

*George,*
*ich habe dein Leben lang versucht, dich zu einem besseren Mann zu erziehen, als dein Vater es bis zu seinem Tod gewesen ist. Manchmal dachte ich, es würde mir gelingen, doch ich habe arge Zweifel, dass du ohne mich zurechtkommen wirst. Vielleicht habe ich zu viel von dir verlangt, mehr als dir möglich ist. Vielleicht muss ich mich mit dem Gedanken abfinden, dass du so wie dein Vater von Grund auf unverlässlich und faul bist.*

Puh, womöglich war es besser, dass George diesen Brief nie zu Gesicht kriegte. Mochte sein, dass Mrs Cunningham mit ihren Zeilen nicht übertrieben hatte, aber das nahm ihnen nichts von ihrer Härte.

*Sei's drum. Ich werde mich nicht dafür entschuldigen, dass ich deinem Wunsch nicht nachkomme. Es ist besser, wenn ich dir weniger Möglichkeiten gebe, dein Leben zu zerstören.*

*Darüber hinaus sehe ich nicht ein, mir von dir mein Lebenswerk kaputt machen zu lassen. Dieses Haus ist alles, was ich jemals hatte. Ich habe mein Leben dafür gegeben, und das werde ich auch weiterhin tun.*

Meine Augen wurden immer größer, als ich versuchte zu verstehen, was ihre Worte zu bedeuten hatten.

*Ich lasse nicht zu, dass du alles, was ich aufgebaut habe, verspielst. Darum habe ich beschlossen, dir dein Erbe vorzuenthalten. Du wirst mein Geld nicht bekommen, nur um es auf der Pferderennbahn zu verprassen.*

Ach herrje! Pferderennbahn? Sollte das etwa heißen, George war spielsüchtig? Dem Rest des Briefs nach lautete die Antwort definitiv Ja. Ich las einen weiteren Absatz, in dem Mrs Cunningham ihren Sohn fortlaufend mit seinem Vater verglich. Der hatte wohl einiges in ihrer gemeinsamen Zeit ausgefressen. Die nettesten Formulierungen beinhalteten Adjektive wie „nichtsnutzig", „realitätsfremd" oder „minderbemittelt". Das war Mrs Cunningham, wie ich sie gekannt hatte, spitz, fies und unverhohlen in allem, was sie von sich gab. Kein Wunder, dass George nicht um sie trauerte und stattdessen ihr Apartment mit Feuereifer auseinandernahm.

Müde und gleichzeitig aufgekratzt, schlurfte ich in die Küche, denn ich brauchte jetzt dringend einen Kaffee. Es blieb nicht mehr genügend Zeit, um mich noch ein wenig hinzulegen. Die Arbeit rief, also erledigte ich meine Morgenroutine zombiemäßig und bemühte mich, mir beim Hinabsteigen der Stufen nicht den Hals zu brechen.

Mein herzhaftes Gähnen verwandelte sich auf dem vorletzten Treppenabsatz in ein erschrockenes Keuchen, das in einem erstickten Husten endete, weil ich mich an meiner eigenen Spucke verschluckte. George kam mir entgegen. Er sah ebenso fertig und ausgelaugt aus, wie ich mich fühlte, und trotzdem jagte mir sein im Kontrast zum Rest seiner Erscheinung stehender wachsamer Blick Schauer über den Rücken. Er ging ohne ein Wort und ohne ein banales „Guten Morgen" an mir vorbei, dennoch meldeten sich meine flatternden Nerven. Er konnte nicht wissen, dass ich gestern im Apartment seiner Mutter gewesen war. Er war zu schlaftrunken gewesen, um mich wahrzunehmen. Er hatte nicht nach mir gesucht, also hatte er mich nicht bemerkt. Mit diesen logischen Gedanken versuchte ich mich zu beruhigen, aber ein Rest an Nervosität blieb.

Den ganzen Tag über fragte ich mich, was aus meinem geradlinigen Denken geworden war. Früher – um den Zeitpunkt präzise festzumachen: vor Mrs Cunninghams Tod – war ich strukturiert und sortiert gewesen. Sowohl in meinem Handeln als auch im Geist. Momentan glichen mein Leben und meine Gedankenwelt einem Gordischen Knoten. Während mein Körper funktionierte wie immer – motorisches Gedächtnis sei

Dank –, ich in der Crayford Library zurückgegebene Bücher an ihre angestammten Plätze stellte oder Bibliotheksbesuchern half, die richtigen Werke ausfindig zu machen, hing ich in einem Niemandsland aus Schlafmangel und einem Übermaß an verqueren Überlegungen fest. Meine Gehirnwindungen mussten schon genauso kryptisch aussehen wie die Korktafel in meiner Küche, auf die ich meine Notizen gepinnt hatte.

Ich machte ausnahmsweise einmal früher Schluss. Zurück in meiner Wohnung stand ich vor besagter Pinnwand und starrte hypnotisiert die vielen Zettelchen an.

Komm schon, Alice, dein müder Körper verlangt nach Essen!

Essen und Schlaf. Ja, das waren genau die beiden Dinge, die ich jetzt bitter nötig hatte. Ich würde mir eine schöne Tiefkühlpizza in den Ofen schieben und anschließend sofort in mein Bett fallen, um endlich den verpassten Schlaf der letzten Nacht nachzuholen.

Gut zwanzig Minuten später, in denen ich das obligatorische Telefonat mit meiner Mutter kurz und knapp abgehandelt hatte, lag die wunderbar fettige Salamipizza dampfend vor mir auf dem Teller, und ich machte mich, mit dem Pizzaroller bewaffnet, über sie her. Wenngleich ich auf der Stelle hätte einschlafen können, weckte der erste Biss in dieses Kunstwerk aus Kohlenhydraten, Fett und Sünde meine Lebensgeister, und ich stopfte einen weiteren hinterher, ohne vorher den Bissen heruntergeschluckt oder auch nur einigermaßen anständig gekaut zu haben. Ein lang gezogener Käsefaden klebte mir am Kinn, und eigentlich war das gute Stück zu heiß, aber das war mir in diesem Moment egal. Leise stöhnend gab ich mich mit Leib und Seele der Köstlichkeit meiner Pizza hin, als mich plötzlich ein Klopfen aus meiner Futtertrance riss. Es war laut und eindringlich und gleichzeitig zu dumpf, als dass es von meiner Wohnungstür herrühren konnte. Was wiederum bedeutete: Jemand klopfte an Mrs Cunninghams Tür. Ich wimmerte, noch immer mit randvollem Mund, gequält auf, weil es mich innerlich zerriss – und das obwohl ich mit einem Bein bereits im Traumland war. Ein Teil von mir wollte sich den Rest der Pizza hineinschieben und keinen Inch mehr bewegen, als dafür nötig war. Der andere Teil rotierte vor Neugierde. Wer stand da vor dem Apartment einer Toten? Was oder wen würde ich zu Gesicht bekommen, wenn ich zur Tür huschte und durch den Spion guckte?

„Weadammd nog ma!", brummte ich an der Pizza in meinem Mund vorbei und spuckte dabei unabsichtlich ein paar Teigbröckchen auf den Tisch.

Eilig würgte ich den Rest zwischen meinen Zähnen herunter, während ich aufsprang und zur Tür eilte. Ich presste das Gesicht dagegen, damit ich durch die kleine Linse im Holz einigermaßen scharf sehen konnte, was gar nicht so leicht war, weil mir meine Brille dabei einen Strich durch die Rechnung machte. Ich konnte nicht genau erkennen, wer dort stand, sah jedoch einen Mann in einem dunklen Anzug, der jetzt ein weiteres Mal die Hand hob und an Mrs Cunninghams Wohnungstür klopfte. Gleich darauf drückte er die Klingel, wieder und wieder, und ich fragte mich, wie man nur so penetrant sein konnte. Dann wandte er sich ab Richtung Treppenabgang, und ich erfasste, dass er einen Schlips trug und ein Klemmbrett in Händen hielt.

„Mister Cunningham, Sie sind ja doch zu Hause, oder darf ich annehmen, dass Sie zufälligerweise gerade erst heimkehren?“

Der süffisante Tonfall des Mannes passte zu seinem schmierigen Grinsen. Er war vollauf in seinem Element, wohingegen George, der die Stufen zu ihm hinaufstieg, so elend wirkte, wie ich ihn noch von unserem morgendlichen Aufeinandertreffen in Erinnerung hatte.

„Wie oft habe ich Ihnen schon gesagt, Sie sollen meine Mutter nicht belästigen!“ George sprach zornig, trotzdem wirkten die Worte schwach im Vergleich zu denen seines Gegenübers.

Der lachte und strich über seinen ohnedies straff sitzenden Schlips. „Aber warum sollte ich das denn nicht tun, wenn es wesentlich erfolgsversprechender ist, als nur an Ihre Tür zu klopfen? Die Uhr tickt, Mister Cunningham. Das Wettbüro will endlich das Geld sehen, das Sie verloren haben, und wenn Sie es nicht bald auftreiben, geht die Sache an die Zwangsvollstreckung. Mir scheint, es ist auch in Ihrem Interesse, dass ich hier bin.“ Damit zeigte er auf Mrs Cunninghams Wohnungstür.

„Sie ist tot. Dort könnt ihr Hunde nichts mehr holen!“, blaffte George den Kerl an, der offensichtlich ein Schuldeneintreiber war. „Ich habe noch bis Mitte nächsten Monats Zeit. Bis dahin werde ich das Geld haben. Und jetzt verschwinden Sie!“, fügte er schroff hinzu.

Ich konnte weder sein Gesicht noch das des anderen Mannes ordentlich genug ausmachen, um sagen zu können, wer grimmiger dreinschaute, aber auch so war mir klar, dass sie sich gerade ein waschechtes Todesblickduell lieferten.

Schließlich strich sich der Schlipsträger noch ein letztes Mal über selbigen und verschwand dann mit einem steifen „Schönen Tag noch, Mister Cunningham“.

George erwiderte nichts, sondern sah dem Mann eine Weile hinterher und trollte sich nach einem wutentbrannten Schlag gegen die Treppenbrüstung in Mrs Cunninghams Apartment.

Wow, was für eine Show. Ich bereute es keine Sekunde, meine Pizza für dieses Spektakel links liegen gelassen zu haben, obwohl sie mittlerweile wahrscheinlich kalt und damit nur noch halb so lecker war. Denn nun ergaben Mrs Cunninghams Worte in dem Brief an George und allem voran ihr unverhohlener Zorn, der aus jeder Silbe troff, Sinn. Es war nicht nur der Gram einer alten, bissigen Frau. Nein, es war die Erfahrung, es war das, was Mrs Cunningham ihres vermaledeiten Sohns wegen weiß der Teufel wie oft hatte erleben müssen. Nämlich einen fremden Mann auf ihrer Türmatte stehen zu haben, der die Tilgung für Schulden verlangte, die sie nicht selbst gemacht hatte.

***

Wie schon so häufig in letzter Zeit ließen mich weder der Brief noch die damit verbundene Szene los, die ich durch den Türspion miterlebt hatte. Obwohl ich, nachdem ich mich endlich halb verhungert und ohne weitere Unterbrechungen meiner Pizza hatte widmen können, todmüde ins Bett gegangen war, hatte ich die halbe

Nacht kein Auge zugetan. Ich war schlichtweg zu aufgewühlt gewesen, als dass mein verkorkstes Gehirn zur Ruhe hätte kommen können. Zusätzlich weckte mich an diesem Morgen in aller Herrgottsfrühe ungehöriger Lärm, der vom gegenüberliegenden Apartment zu mir herüber drang.

Offensichtlich war George schon auf den Beinen und dabei, weiter auf die Wände seiner Mutter einzuschlagen. Entsprechend schlecht gelaunt warf ich die Decke zurück, stieg aus dem Bett und schlurfte träge wie ein rostiges Windrad ins Bad. Eine warme Dusche musste her. Nicht nur weil ich gestern nicht mehr dazu gekommen war, sondern auch damit ich munter genug wurde, um unter Menschen gehen zu können. Ich drehte den Wasserhahn auf, doch es geschah – nichts. Das Einzige, was neben ein paar jämmerlichen Tropfen aus dem Duschkopf kam, war ein klägliches Gurgeln.

„Was, zum …?“, murmelte ich, begleitet von einem Gähnen, das gut und gerne als schwarzes Loch hätte durchgehen können.

Schlief ich noch? War das ein Albtraum? Warum floss denn da kein Wasser aus der Leitung? Ich hatte gerade nicht das geistige Potenzial, um solch tiefschürfenden Fragen nachzugehen, also tat ich das, was jede verschlafene Frau in meiner Situation gemacht hätte. Ich hob den Arm und steckte meine Nase in die Achsel, um daran zu riechen. Bevor mein olfaktorischer Sinn annähernd in die Gänge hatte kommen können, klopfte es an der Wohnungstür. Diesmal eindeutig an meiner.

Ich erschrak dermaßen, dass ich prompt den Halt verlor und vom glatten Badewannenrand rutschte, auf dem ich mich zuvor wenig graziös – soll heißen, breitbeinig – niedergelassen hatte. Perfekte Bedingungen, damit meine beiden Sitzbeinhöcker in dem schmerzhaftesten Winkel überhaupt auf dem Fliesenboden auftreffen konnten. Mein Jaulen ging in einem weiteren Klopfen unter und in einem Schrei, der verdächtig nach Gloria klang. Was wollte sie denn um diese gottlose Uhrzeit von mir? Stöhnend hievte ich mich hoch und zupfte meinen Pink-Panther-Pyjama zurecht, mit dem ich unter normalen Umständen nie und nimmer auch nur einen Fuß vor die Tür gesetzt hätte. Bedauerlicherweise war mein Zentralrechenzentrum mit der Steuerung meiner Schmerzveratmung vollauf beschäftigt, sodass für Gefühle wie Scham kein Platz mehr übrig blieb.

„Gloria?" Der Anblick einer halb nackten, schaumüberzogenen Gloria rüttelte mich ähnlich gut wach, wie die Dusche es getan hätte.

Sie zitterte, ob vor Kälte oder Ärger, konnte ich nicht sagen, aber ihr verkniffener Gesichtsausdruck und die zur Faust geballte Hand, mit der sie das Duschtuch, in das sie eingewickelt war, vor ihrem Brustkorb festhielt, reichte, um den Ernst der Lage zu erkennen.

Theatralisch wie immer, schlug sie sich den Handrücken auf die feuchte Stirn und schloss für einen bedeutsamen Moment die Lider.

„Grieux, ich brauche Wasser", stöhnte sie gequält, öffnete eines ihrer Augen einen Spaltbreit, als wollte sie sehen, wie meine Reaktion auf ihre Ansage ausfiel.

Na gut, für so etwas war ich dann doch noch nicht wach genug.

„Grio wer?"

Gloria ließ den Arm resigniert sinken. „Ich bin die wunderschöne Manon, die auf ihrer Flucht durch die Wüste am Verdursten ist, und du Grieux, den sie losschickt, um Wasser zu suchen.“

Aha. Mein verständnisloser Blick brachte das Schaummonster vor mir dazu, den freien Arm in die Luft zu werfen, als sähe es sich hier mit der größten Dummheit der Weltgeschichte konfrontiert.

„*Manon Lescaut?* Dramma lirico in vier Akten von Giacomo Puccini?“, fragte Gloria in einem Tonfall, der unmissverständlich klarmachte, dies war meine letzte Chance, um sie davon zu überzeugen, dass ich doch noch ein wenig Grips in meiner Birne hatte.

Ja. Schön.

„Warum stehst du minderbekleidet und mit Schaum dekoriert früh morgens vor meiner Tür und redest mit mir über Opern?“

„Das Wasser ist plötzlich ausgegangen“, erklärte sie das Offensichtliche.

Konnte sie das denn nicht gleich sagen, anstatt mir irgendwas von Mignon und Gollum zu erzählen?

„Bittest du mich nun herein, oder muss ich im Evakostüm ein Klagelied anstimmen?“

Rasch winkte ich sie zu mir, ehe sie ihre Drohung wahrmachen konnte, und sah dabei zu, wie sie in meinem Flur eine Spur aus Wassertropfen und Schaumschlieren hinterließ. Zielsicher steuerte Gloria mein Badezimmer an, wohl in der Erwartung, ihre Dusche dort beenden zu können. Was das anbelangte, musste ich sie allerdings enttäuschen.

„Bei mir herrscht leider auch Dürre in den Rohren.“

Sie wirbelte herum und blickte mich vorwurfsvoll
und voller Leid an. Ehe ich irgendetwas zu meiner Verteidigung sagen konnte, klingelte es an meiner Tür, womit sich ein weiterer ungebetener Gast ankündigte.

Eilig holte ich meinen Morgenmantel aus dem Badezimmer und reichte ihn Gloria. Sie war viel zierlicher
als ich, weshalb der Frotteemantel sie nicht nur von
den Knöcheln bis zum Haaransatz bedeckte, sondern
auch aufwärmen sollte. Nach einem pathetischen
„Danke schön" setzte sie sich auf meine Couch und
tränkte mit ihren nassen Haaren die Sofalehne, während ich zur Wohnungstür ging.

Diesmal war es Giovanni, der sich bei mir einfand. Er
hatte tiefe Ringe unter den Augen und trug einen glänzenden Kimono, auf dem sich Long, der chinesische
Drache, schlängelte. Er schien ebenfalls schwer getroffen zu sein, sprach jedoch glücklicherweise nicht in
Opernrätseln, sondern kam sofort auf den Punkt.

„Kaffee. Bitte."

Damit konnte ich arbeiten.

„Küche. Ich auch."

Es lag auf der Hand, dass bei niemandem im Haus das
Wasser funktionierte, und da Giovanni seinen Kaffee
stets mit einer original italienischen Mokkakanne zubereitete, saß er nun auf dem Trockenen, was Koffein
anbelangte.

Lobet die Kaffeevollautomaten!

Gerade wollte ich die Wohnungstür wieder schließen,
da vernahm ich Stimmen. Unüberhörbar handelte es
sich dabei um Eddie und Cindy. Der kleine Teufelsbraten jagte seiner Mutter voraus die Treppen hoch und

schlitterte mir am Treppenabsatz angekommen begeistert entgegen.

„Alice, Alice, ich muss heute nicht Zähne putzen!", schrie er freudig.

„Habt ihr auch kein Wasser?" Cindy fing ihren Wirbelwind lobenswerterweise vor meiner Tür ab, bevor er ins Apartment stürmen konnte.

„Nein. Wie es aussieht, hat keiner von uns Wasser."

Cindy seufzte, wie es nur eine Mutter konnte, und dirigierte Eddie zurück zur Treppe.

„Dann gibt es heute Minzdrops zum Frühstück", meinte sie an ihren Sohn gewandt, der in ohrenbetäubendes Gejohle ausbrach.

Das Einzige, was mich daran interessierte, war, dass dieses kleine Monster nicht auch noch Einzug in mein Apartment hielt und mir die Einrichtung demolierte. Erleichtert atmete ich aus, als Cindy und Eddie treppabwärts verschwanden.

Dann stach mir eine Wasserlache ins Auge, die sich langsam, aber stetig über den Hausflur ausbreitete. Sie war zu groß, als dass Gloria sie verursacht haben könnte, und bei genauerer Betrachtung erkannte ich, dass sie von Mrs Cunninghams Wohnungstür ausging. Die Fußmatte war ebenfalls dunkel vom Wasser, das mir unaufhaltsam entgegenkam. Das durfte doch nicht wahr sein!

Hastig holte ich einen ganzen Stapel Handtücher aus meinem Bad und platzierte sie zu einem Hochwasserwall vor meiner Türmatte. Anschließend stieg ich mit den rosafarbenen Kuschelsocken an den Füßen in meine Gummistiefel und patschte zu Mrs Cunninghams Apartment hinüber.

George öffnete erst, als ich schon knapp davor war, die Tür einzutreten. Auch im Wohnungsflur stand Wasser. Er sah gehetzt aus. Sein blasses, unrasiertes Gesicht zeugte von Schlafmangel und Sorge. Trotzdem hielt sich mein Mitleid in Grenzen.

„Was ist mit dem Wasser, George?", verlangte ich zu wissen.

Sein Blick glitt nach unten, wo ich in meinen Gummistiefeln und er in ausgetretenen, nassen Schuhen in der Lache stand.

„Geht dich nichts an", murrte er knapp.

War das sein Ernst? Ich war absolut nicht in der Stimmung für pampige Antworten! Wut kochte in mir hoch wie in einem Teekessel, und es hätte mich nicht gewundert, wenn mir Dampf aus den Ohren geschossen wäre.

„Es geht mich sehr wohl etwas an, wenn im gesamten Haus kein Tropfen Wasser aus den Leitungen kommt, während du hier den Flur überschwemmst."

Widerwillen und Trotz waren ihm deutlich anzumerken. „Rohrbruch. Ich musste den Haupthahn abdrehen."

Mit diesen Worten knallte er mir die Tür vor der Nase zu, und Wasser spritzte auf meinen Pink-Panther-Pyjama. Voller Zorn stampfte ich auf und bespritzte mich gleich ein weiteres Mal, bevor ich mich meinem Schicksal ergab und den Rückzug zu meinem Apartment antrat.

# Lippenstift und Madonna

Wir frühstückten allesamt Minzdrops, denn das Wasser war erst am Nachmittag wieder verfügbar. Die arme Gloria band sich ein buntes Tuch wie einen Turban um ihre vom Schaum strähnigen Haare und brauchte meinen gesamten Mineralwasservorrat auf, um sich fertig zu waschen. Ich hingegen blieb ungeduscht und musste mich mit Deodorant begnügen.

Obwohl ich normalerweise keinen einzigen Gedanken an Steve verschwendete – weil ich prinzipiell über jeden Tag froh war, an dem er mir nicht auf die Pelle rückte –, musste ich an diesem speziellen Morgen an ihn denken. Schlichtweg, weil er nicht aufgetaucht war, um sich über das fehlende Wasser zu beklagen. Das wiederum ließ nur die Annahme zu, dass er sich morgens weder wusch noch die Zähne putzte. Wie ekelhaft war das denn? Ein weiterer Grund, warum ich nie und nimmer auf seine Avancen einsteigen würde.

Abgesehen davon, hätte ohnehin mein letztes Stündlein geschlagen, wenn ich so kurz vor Detective Inspector Wests Besuch auch nur einen winzigen Gedanken an jemand anders verschwenden würde. Denn egal wie sehr ich betonte oder mittlerweile vielmehr beteuerte, dass mein Treffen mit West keinen romantischen Aspekt beinhaltete, Chelsea war unmöglich von der Überzeugung abzubringen, aus uns würde etwas werden. Ganz zu meinem Leidwesen.

„Mit diesem Outfit wirst du den scharfen Detective Inspector aber nicht verführen!", echauffierte sich meine bald nicht mehr beste Freundin, als ich in einer hellgrauen Nadelstreifenbluse über meinen besten Bluejeans aus dem Schlafzimmer kam.

Ich hatte nur dezentes Make-up aufgelegt, so wie ich es an jedem anderen Tag auch getan hätte. Ja, ich war nervös. Keine Frage. West sah gut aus und war ein netter Kerl. Allein das reichte schon, um meine Anspannung in die Höhe zu schrauben. Hinzu kam, dass ich mir von diesem Treffen einiges erwartete. Allerdings nicht die große Liebe, einen Heiratsantrag oder die Aussicht auf Enkelkinder für meine Mutter, sondern Erkenntnisse in Bezug auf Mrs Cunninghams Tod. Würde ich das allerdings in diesem Moment vor Chelsea laut aussprechen, wäre ich vermutlich die Nächste, die meiner ehemaligen Vermieterin ins Grab folgen würde. Chelsea hatte sich derart in die Vorstellung von diesem Treffen hineingesteigert, dass ihre Erwartungen überdimensionale Ausmaße annahmen. Ich musste dem einen Riegel vorschieben, bevor sie sich nach einem Brautjungfernkleid umsah.

„Ich will Detective Inspector West auch nicht verführen!", erwiderte ich strikt.

Sie schaute mich vollkommen unbeeindruckt ob meiner Widerworte an.

„Das kannst du deiner Grandma erzählen."

Irgendwann würde ich ihr die Nerverei heimzahlen.

„Meine Granny ist tot. Ebenso wie Mrs Cunningham."

Mein staubtrockener Konter zeigte endlich die gewünschte Wirkung. Chelsea klappte erst der Mund auf, und als sie ihn wieder schloss, trug sie einen äußerst angewiderten Gesichtsausdruck zur Schau. Ich hatte gewonnen.

„Du kannst einem echt jeden Spaß verderben. Weißt du das, Alice? Und wann bist du eigentlich so morbide geworden?"

„Als mir eine alte, tote Frau einen Klebezettel hinterlassen hat, der mich zu ihrem abgestandenen Urin geführt hat."

Sie zog die Lippen in den Mund und biss von innen darauf, nur um ja nicht lachen zu müssen. Ich schaute jedoch in ihre amüsiert funkelnden Augen.

„So, und jetzt verschwinde gefälligst. West wird bald auftauchen, und ich habe keine Lust, dass er dich für meine verrückte Mitbewohnerin hält."

Chelsea bewarf mich zwar mit einem Sofakissen, verabschiedete sich aber tatsächlich ohne viel Aufhebens. Nun da sie weg war und unser Geplänkel mich nicht mehr vom Wesentlichen ablenken konnte, traf mich die bislang unterschwellige Nervosität wie eine Dampfwalze. Ich huschte ins Bad und wollte nun doch eine dezente Schicht Lippenstift auftragen. Gerade als ich voll konzentriert zum letzten Schwung ansetzte, klingelte es an der Tür.

„Scheiße, verdammte!", stieß ich hervor, weil ich mir mit dem kirschroten Lippenstift vor Schreck in die Nase gefahren war.

Ein rascher Blick auf die Spitze meines teuersten und liebsten Lippenstifts zeigte immerhin, dass ich ihn weder beschädigt hatte noch dass Popel darauf klebten.

Ich atmete erleichtert durch, nur um gleich darauf ein hysterisches Keuchen von mir zu geben, weil ich den fürchterlichen roten Fahrer, der von meiner Oberlippe bis zum linken Nasenloch reichte, in meinem Spiegelbild entdeckt hatte.

„Scheiße! Scheiße! Scheiße!"

Ich hatte schon ewig kein Fluchtriplett mehr hingelegt, aber in dieser Situation und in der Erwartung, Detective Inspector West würde vor meiner Tür stehen, war es unumgänglich.

Ich hechtete zur Badezimmertür, öffnete sie einen Spaltbreit und rief: „Ich komme!"

Sofort wirbelte ich wieder herum und zupfte ein Kosmetiktuch nach dem anderen aus der Box, um mein Malheur zu beseitigen. Es kostete mich geschlagene fünf Minuten, mein Gesicht wieder auf Vordermann zu bringen, entsprechend unter Strom war ich, als ich endlich bereit vor der Tür stand und ein letztes Mal tief durchatmete, bevor ich sie öffnete. Ich setzte ein freudiges Lächeln auf und zählte darauf, dass es meine innere Unruhe einigermaßen verbarg. Es verrutschte allerdings ebenso wie mein Lippenstift zuvor, als ich sah, wer da mit einem dicken Strauß voller stinkender Chrysanthemen vor mir stand. Ich hasste Chrysanthemen. Und ich hasste den Kerl, der sie mir vors Gesicht hielt.

Steve! Steve, der sich höchstwahrscheinlich noch immer nicht die Zähne geputzt hatte.

„Was machst du denn hier?"

Ich hatte keine Zeit und absolut keine Nerven für eine höfliche, aber bestimmte Abfuhr. Er sollte gefälligst wieder verschwinden und seine widerlichen Chrysanthemen mitnehmen.

„Ich dachte, du freust dich über diese kleine Aufmerksamkeit." Steve ignorierte meine harschen Worte und den damit einhergehenden ablehnenden Tonfall und streckte mir zuversichtlich erneut den Blumenstrauß entgegen.

„Ich bin allergisch gegen Chrysanthemen."

Das war eiskalt gelogen, vielleicht jedoch meine einzige Chance, ihn rasch wieder von meiner Türmatte zu bekommen.

„Allergisch? Gegen was?"

O Mann! Das würde doch schwerer werden, als ich gedacht hatte.

„Die Blumen. Chry-san-the-men", erklärte ich betont und zeigte auf die bunten Blütenköpfe, als wären sie Hundehaufen auf dem Gehweg.

Sein Gesicht hellte sich auf. „Ja, die Blumen sind für dich!"

Innerlich klatschte ich mir die flache Hand auf die Stirn und verdrehte die Augen so weit, dass ich meinem Kleinhirn bei der Arbeit zusehen konnte. Mochte sein, dass dieser Typ ein Mathematikgenie war. Von Frauen, Konversation und der schlichten Grundeigenschaft, seinem Gegenüber aufmerksam zuzuhören, hatte er allerdings keinen blassen Dunst.

„Ich bin allergisch gegen diese Blumen", sagte ich langsam, nicht nur, damit er es endlich verstand, sondern vielmehr, damit ich ein wenig Zeit gewann, um mich zu beruhigen, ehe ich ihm die Chrysanthemen in den Hals stopfte.

„O Mist."

Ja. O Mist. Alles daran war Mist, vor allem die Tatsache, dass er überhaupt vor meiner Tür stand.

„Außerdem habe ich im Moment keine Zeit, Steve."

Das war gelinde ausgedrückt, denn in Wahrheit würde ich nie Zeit für ihn haben.

Sein Blick verfinsterte sich, und er schob die Unterlippe vor. „Männerbesuch?" Es klang wie eine Frage und dann wieder nicht.

Ich kniff die Augen zusammen. Wusste er, dass ich jemanden erwartete? Wenn ja, woher, zum Teufel?

„Das geht dich nichts an."

Ich wollte Steve die Tür vor der Nase schließen, um dieser Farce ein längst überfälliges Ende zu bereiten, da schnellte seine Hand – natürlich die, mit der er die Chrysanthemen umklammerte – hervor und drückte gegen das Türblatt. Der Strauß klatschte mir ins Gesicht, und ich atmete eine Wolke des mir so verhassten Blütengeruchs ein.

„Giovanni hat erwähnt, dass du heute eine Verabredung hast", gestand er hastig, wohl in der Hoffnung, mich so weiter ins Gespräch verwickeln zu können.

Gio! Also hatte ich das Theater Giovanni, dieser unverbesserlichen Klatschbase, zu verdanken.

„Wie auch immer", setzte ich wütend an. „Ich habe jetzt keine Zeit und will, dass du gehst."

Ich drückte die Apartmenttür vollends ins Schloss und klemmte ein paar stinkende Blütenblätter mit ein. Egal, ich würde sicher nicht ihretwegen noch einmal die Tür öffnen und riskieren, dass Steve mir weiter auf den Wecker ging. Stattdessen nutzte ich die verbleibende Zeit dafür, noch ein paar unnötige Handgriffe an mir und meiner Wohnungseinrichtung vorzunehmen.

Ich trug mir abermals und diesmal immerhin erfolgreich Lippenstift auf, rückte ein paar Kissen auf dem Sofa zurecht und entschied mich dazu, den Müll runterzubringen, obwohl er nicht einmal ganz voll war. Doch diese Tätigkeiten hielten mich beschäftigt und dämpften so meine Aufregungen zumindest ein wenig.

In Gedanken schon bei Detective Inspector West und unserer Arbeit an Mrs Cunninghams Fall, stieg ich die Treppe abwärts und schwang den halb leeren Müllbeutel an meiner Seite. Als ich hinaustrat, um zu den Containern zu gelangen, die in der schmalen Seitengasse neben dem Haus aufgestellt waren, erklang ein überraschtes „Alice!" neben mir.

Ich erschrak dermaßen, dass mir der lässig geschwungene Müllsack entglitt und sich der Inhalt über den Gehweg verteilte. Die Reste meiner Selbstmitleidsfressorgie, einige leere Chipstüten, zerknüllte Taschentücher und Bonbonpapiere wehten in der leichten Brise davon. Mein erster Impuls war, den verräterischen Spuren meiner unsäglichen Esskultur hinterherzujagen und sie schleunigst wieder in den Müllbeutel zu packen, damit niemand sehen konnte, was für ungesundes, dick machendes Zeug ich so in mich hineinschaufelte. Da es jedoch Steve – schon wieder Steve! – war, der meinen Weg kreuzte, vergaß ich jegliche Scham und überließ der aufs Neue in mir aufsteigenden Wut den Vortritt.

„Was machst du denn hier?", stellte ich genau die gleiche Frage wie vorhin, als er uneingeladen vor meiner Tür aufgetaucht war.

Steve reckte das magere Kinn in die Höhe. „Ich habe die Blumen in den Müllcontainer geworfen und auf dem Rückweg zum Haus dachte ich, ich könnte mir den Kerl ja mal genauer ansehen, für den du mich versetzt“, erklärte er patzig.

Zuerst starrte ich ihn nur an. Dann schloss ich die Augen, in dem kläglichen und von vornherein zum Scheitern verurteilten Versuch mich zu beruhigen. Ich zählte im Geiste langsam los. Eins. Zwei. Drei. Vier. Fünf. Sechs.

„Ach, pfeif drauf!“, unterbrach ich meine fruchtlose Zählerei.

Die Tür zum Haus stand offen, und auf dem Gehweg tanzte mein Müll Salsa im Wind, aber das war mir vollkommen gleichgültig.

„Ich sag dir jetzt mal was, Steve! Du“, ich zeigte mit anklagendem Zeigefinger auf seine dürren Rippen, „und ich“, ich deutete auf mich, woraufhin sofort Steves Blick an meinem Busen klebte, was mich noch rasender werden ließ, „das wird niemals etwas! Ich würde mir eher die Zehen abhacken, als mit dir auszugehen! Und ja, ich habe ein heißes Date, finde dich damit ab, und lass mich in Zukunft gefälligst in Ruhe!“

Mein Gebrüll hallte über die Straße und machte sicherlich nicht vor dem Treppenhaus halt. Wenigstens hatte Mrs Cunninghams Tod ein Gutes. Ich konnte nun nach Herzenslust in der Gegend herumschreien, ohne dass ich dafür im Nachhinein gerügt wurde.

Steve schaute mich bitterböse an, biss die Zähne zusammen und war im Begriff zu gehen. Bevor er sich tatsächlich abwandte und im Haus verschwand, glitt sein Blick kurz über meine Schulter und fixierte etwas oder vielmehr jemanden hinter mir. Den sprühenden Todesfunken nach zu urteilen, die Zeus' Blitzen gleich aus seinen Augen stachen, vergrößerte der Anblick hinter mir seine Verschmähungsqualen um ein Vielfaches. Was wiederum mit ziemlicher Sicherheit bedeutete, dass …

Voller böser Vorahnungen drehte ich mich um, und natürlich stand da niemand anderes als Detective Inspector West vor mir. Bestimmt sahen meine rot geschminkten Lippen jetzt im Vergleich zu meiner Gesichtsfarbe blass aus.

Erdboden tu dich auf und verschlinge mich, flehte ich den Gehweg unter mir an, wobei mir bewusst wurde, dass mein Müll nach wie vor überall verstreut lag. Auch das noch!

Weil ich sowieso keinen Ton herausbrachte, bückte ich mich schnell nach einer Chipstüte, die gerade vom Wind angetrieben an meinen Füßen vorbeihoppelte.

Ich hob ein Teil nach dem anderen auf und murmelte an West gerichtet: „Entschuldigen Sie, Detective Inspector, ich habe nicht gewollt, dass Sie das mitbekommen."

Seine Hand schob sich in mein Gesichtsfeld, das bis dahin nur aus Asphalt und Müll bestanden hatte. Es gelang ihm, sich die widerspenstige Verpackung eines Toffees zu schnappen, die mir schon dreimal zwischen den Finger hindurchgerutscht war.

„Kein Problem, Miss Stafford. Glauben Sie mir, ich habe bei meiner Arbeit mit reichlich aufwühlenderen Szenen zu tun", sagte er.

Als ich mich wieder aufrichtete, war sein Mund zu einem schiefen Grinsen verzogen. Er reichte mir den Müllbeutel, den er offensichtlich ebenfalls davor bewahrt hatte, vom Winde verweht zu werden. Seine

Worte waren nett, trotzdem war ich immer noch so peinlich berührt, dass ich lediglich kommentarlos den Müllsack an mich nahm und ihn samt eingefangenem Inhalt zum Container brachte. West wartete vor dem Haus auf mich. Er hatte die Arme vor der breiten Brust verschränkt und schaute zu den Fenstern im oberen Stockwerk hinauf. Ich blieb etwas unschlüssig neben ihm stehen und folgte seinem Blick.

„Wer war der Mann?", wollte er wissen und richtete seine Aufmerksamkeit auf mich.

„Welcher Mann?"

Ich war viel zu abgelenkt von meiner Scham und Aufregung, als dass ich ihm hätte folgen können. Wenn ich mich nicht bald in den Griff bekam, würde das Treffen mit Detective Inspector West nicht nur endlos peinlich und unangenehm werden, sondern vermutlich auch nicht gerade Erfolg versprechend. Ich musste mich endlich auf das Wesentliche konzentrieren.

„Der, dem Sie eben eine deftige Abfuhr erteilt haben."

Mussten wir jetzt ausgerechnet über Steve reden?

„Niemand", erwiderte ich knapp und zeigte einladend zur Tür.

West folgte meinem Wink, ließ jedoch nicht locker. „Nach einem Niemand sah das aber nicht aus."

Dem Anschein nach kam ich um eine Erklärung nicht herum. War ja klar!

„Er wohnt auch in diesem Haus und will mit mir ausgehen, seit er mich das erste Mal gesehen hat. Ich habe, weiß Gott, wie oft versucht, ihm schonend und freundlich zu erklären, dass ich nicht interessiert bin, das hat jedoch nicht die entsprechende Wirkung gezeigt", erklärte ich aufrichtig.

„Also, jetzt hat er es bestimmt begriffen." Er lachte leise auf, nicht spöttisch oder auf eine andere Weise, die meine Scham erneut dazu hätte bringen können emporzusteigen.

„Das hoffe ich doch!"

Er lachte noch einmal, und so begann ich, mich durch seine unerwartet lockere, aber durchaus angenehme Art allmählich zu entspannen. Das war ein anderer West. Nicht der verkniffene Detective Inspector, der neben seinem Partner Peins stets einen harten Zug um den Mund trug.

Wir stiegen ins erste Stockwerk hinauf und passierten Steves Apartmenttür ohne, dass er einen neuen Angriff startete. Dafür donnerte etwas bei Cindy von innen heftig gegen das Türblatt. Erschrocken machte ich einen kleinen Sprung zur Seite und rempelte West an. Meine atemlose Entschuldigung wurde von Eddies Kampfschrei verschluckt, auf das nur einen Moment später Cindys entnervte Stimme folgte.

„Nein, nein und nochmals nein! Wir gehen ja gleich auf den Spielplatz, in der Wohnung kannst du nicht Fußball spielen!"

West schenkte mir einen erheiterten Seitenblick.

„Hier wohnen Cindy und Eddie. Er ist ein", ich hielt inne, unschlüssig, wie ich den Satz galant beenden sollte, und prompt knallte der Fußball erneut von innen gegen die Wohnungstür, „sehr aufgewecktes Kind."

„Sieht ganz danach aus." Detective Inspector West sah schmunzelnd zur Tür.

Ich schwöre, bei diesem Lächeln würde jede Gebärmutter jubilieren. Also war das Kribbeln in meinem

Bauch vollkommen normal und natürlich. Zumindest wollte ich das gern glauben.

Wir setzten unseren Aufstieg in den zweiten Stock fort und wurden treppaufwärts von Glorias lauter werdendem Schwanengesang in Empfang genommen. Heute jaulte sie besonders schief, und mir klingelten bereits die Ohren, bevor wir auch nur annähernd an ihrer Tür vorbei waren.

„Das ist die einzigartige Gloria", kommentierte ich.

Wir hatten das nächste Stockwerk erreicht und gingen an dem Apartment vorbei, in dem Gloria ihre Arie trällerte. Und an dem von Gio. Als wären wir im Zoo und würden von einer tierischen Attraktion zur nächsten wandern, polterte es hinter Giovannis Wohnungstür. O nein!

Ich packte West am Ellenbogen und wollte ihn möglichst schnell weiter zur Treppe ziehen.

„Noch ein Kind, das in der Wohnung Fußball spielt?", stellte er in den Raum, seine Annahme wurde jedoch schon im nächsten Moment widerlegt.

„*Madonna!*", dröhnte es voller Inbrunst aus Gios Apartment.

Wieder polterte es hinter der Tür. Nein. An der Tür. Gegen die Tür. Rhythmisch. O. Mein. Gott. Es polterte unaufhörlich und immer schneller gegen das Holz, während sich die *Madonna*-Rufe stetig höherschraubten. Gio hatte gerade den besten Sex der Welt.

„Kein Fußball", bemerkte mein Gast, gefolgt von einem Räuspern, das schwer nach einem mühsam unterdrückten Lachen klang, und ließ sich endlich von mir weiter die Treppe hinaufziehen.

„So, jetzt haben Sie alle Verrückten in unserer Irrenanstalt ...", setzte ich an, als wir endlich im obersten Stockwerk und damit fast bei meiner Wohnung angekommen waren, wurde aber von einem ohrenbetäubenden Surren übertönt.

Offenbar griff George mittlerweile zu schwereren Geschützen als seinem Vorschlaghammer. Meinen Gedanken unterstreichend, trieb eine Wolke Baustaub unter dem Türschlitz von Mrs Cunninghams Apartment hervor.

„Das ist doch die Wohnung, in dem Ihre Vermieterin tot aufgefunden wurde, oder?", wollte West wissen und wedelte die weiter aufsteigenden Staubschwaden davon.

Ich nickte träge.

Verdammt, riss George das Haus jetzt komplett nieder?

„Hat sich schon ein neuer Mieter gefunden?", fragte er.

„Nein. Das ist George, Mrs Cunninghams Sohn, der die Wohnung *renoviert*", erklärte ich und betonte das letzte Wort, meinen vollen Unglauben ausdrückend.

Detective Inspector West sah mich mit hochgezogenen Brauen an.

„Eins nach dem anderen. Bitte kommen Sie erst mal rein, bevor wir Staub ansetzen oder der Nachbar unter mir sein Schäferstündchen vielleicht noch ins Treppenhaus verlegt."

# Gorgone und Tonbänder

„Hereinspaziert in die gute Stube", hörte ich mich selbst sagen und bemühte mich, den Schock darüber, wie meine Mutter zu klingen, mit einem Lächeln zu überspielen.

Warum, zum Geier, hatte ich das gesagt? Ausgerechnet *das*. Das waren nämlich genau die Worte, die meine Mum benutzte, wenn sie Gäste in ihrem Haus begrüßte. Ich hatte diese Floskel immer verabscheut, weshalb ich nicht verstand, warum sie mir bei dieser Gelegenheit über die Lippen gekommen war. Zähneknirschend schob ich meinen Anflug von aufgesetzter Gastfreundlichkeit auf unsere Erlebnisse auf dem Weg die Treppe nach oben. Das Theater mit Steve, Eddies Gebrüll, Glorias schiefer Gesang und Giovannis Sexorgie mussten schuld an meinem eigentümlichen Verhalten sein.

West schien hingegen von meinem innerlichen Konflikt nichts zu ahnen. Er ließ sich von mir ins Wohnzimmer führen und nahm auf meine Einladung hin auf dem Sofa Platz.

„Tee, Kaffee, Wasser?"

„Kaffee und Wasser bitte."

Ich musste zugeben, dass mir der Anblick von Jack West auf meinem Sofa richtig gut gefiel. Dieser Gedanke verabschiedete sich sofort, als ich in der Küche an meiner Ermittlungsspinnwand vorbeikam. Detective

Inspector West war nur und ausschließlich hier, um mir bei der Sache mit Mrs Cunningham unter die Arme zu greifen. Das hatte ich sowohl meiner Mutter als auch Chelsea zigtausendmal vorgebetet. Doch jetzt, wo er tatsächlich da war, musste ich mich offensichtlich selbst noch einmal daran erinnern. Blöde Östrogene!

Während ich für West und mich Kaffee zubereitete und mein Verstand mit meiner Libido um die Vorherrschaft kämpfte, hatte er sich erhoben und war zu mir in die Küche gekommen. Allerdings bemerkte ich erst, dass er, still und den Blick auf meine Pinnwand gerichtet, hinter mir stand, als ich mich mit den beiden randvollen Kaffeetassen umwandte. Meine Aufmerksamkeit verlagerte sich viel zu schnell, als dass mein armer hormongesteuerter Körper es ausgleichen konnte, auf den Mann vor mir, was dazu führte, dass der Kaffee über die Ränder der Tassen auf den Boden schwappte. Ich gab ein Brummen von mir, das dazu diente, die undamenhaften Flüche abzuwenden, die mir eigentlich auf der Zunge lagen, stellte die Tassen zurück auf die Anrichte und langte nach dem Wischlappen. Selbstverständlich blieb Detective Inspector West mein Missgeschick nicht verborgen. Ohne ein Wort riss er ein Stück Küchenpapier von der Rolle neben der Spüle und trocknete damit die Tassen ab, unter denen sich bereits Kaffeeränder auf der Arbeitsfläche gebildet hatten.

„Danke." Ich pfefferte den Lappen in die Spüle und reichte West eine Tasse.

„Was für ein Verhältnis hatten Sie zu der Verstorbenen?", wollte er wissen, als wir mit unseren Kaffeetassen ohne weitere Zwischenfälle ins Wohnzimmer zurückgekehrt waren.

Ein abfälliges Lachen bahnte sich seinen Weg meine Kehle hinauf. Verhältnis? Ich räusperte mich.

„Sie war meine Vermieterin."

„Das meinte ich nicht." Wests durchdringender Blick traf mich unvermittelt.

„Wird das eine Befragung?" Ich klang genauso unsicher, wie ich mich unter seiner wachsamen Musterung fühlte.

„Ja und nein", erwiderte er und nahm seinen Worten durch ein sanftes Lächeln die Härte. „Ich bin hier, um Ihnen zu helfen, Miss Stafford. Aber zuallererst will ich verstehen, warum Sie sich überhaupt mit dem Tod Ihrer *Vermieterin* beschäftigen." Er legte eine Betonung auf das Wort „Vermieterin", und ich begriff, warum er diese Frage gestellt hatte. Trotzdem führte er seine Erklärung weiter aus. „Nicht jeder würde so handeln, wie Sie es tun. Das bringt mich zu der Annahme, dass Sie eine besondere Beziehung zu Mrs Cunningham hatten."

Ich wollte wie er zuvor „Ja und Nein" sagen. Konnte man die Meckereien, unter denen ich gelitten hatte, als „besondere Beziehung" bezeichnen?

„Ehrlich gesagt, habe ich sie gehasst", meinte ich schließlich wahrheitsgemäß.

Meine Antwort schien Detective Inspector West zu überraschen. Seine Brauen wanderten nach oben, was den dichten Wimpernkranz um seine ausdrucksstarken Augen einmal mehr betonte.

„Mrs Margaret Cunningham war die schrecklichste Vermieterin, die man sich nur vorstellen kann! Sie hat über dieses Haus geherrscht wie eine böse Königin, wie ein Gefängnisaufseher, wie eine Gorgone, wie ..."

„Wie Medusa?", unterbrach West mich mit einem Lachen.

„Sie kennen sich mit griechischer Mythologie aus?" Jetzt war ich baff.

„Eines meiner zahlreichen versteckten Talente", scherzte er mit einem Zwinkern.

Ich fand das wahrlich beeindruckend, weshalb es einige Sekunden dauerte, bis ich den Faden wiederaufgenommen hatte.

„Sie hatte zwar keine Schlangen auf dem Kopf, aber unter ihrem Blick konnte man durchaus zu Stein erstarren. Sie hat alle Mieter im Haus tyrannisiert. Nichts konnte man ihr recht machen. Die Regeln, die sie für jede Kleinigkeit aufgestellt hat, waren reine Schikane."

West schwieg einen Moment lang, schien sich das Gesagte in Ruhe durch den Kopf gehen zu lassen.

„In diesem Fall verstehe ich nicht, warum Sie es sich zur Aufgabe gemacht haben weiterzurecherchieren, wo doch die Polizei keinerlei Anhaltspunkte für ein Verbrechen sieht."

Da war er wieder, dieser harte Zug um Detective Inspector Wests Mund, den er, seit er hier war, nicht auf den Lippen gehabt hatte. Erst jetzt wo er über seine Arbeit sprach, war er aufgetaucht. Natürlich konnte er leicht erklärbar daher rühren, dass West meine Ermittlungen auf eigene Faust missbilligte. In gewisser Weise – also zumindest, wenn man mich in meinem Schaffen ernst nehmen wollte – untergrub ich damit die polizeiliche Kompetenz, was allein für sich Grund genug war, dass seine Laune sank. Trotzdem hatte ich so ein Gefühl, dass sein gut unter Verschluss gehaltener Ärger einen anderen Ursprung hatte.

„Detective Chief Inspector Peins hält Ermittlungen für unnötig. *Er* hat die Akte geschlossen." Damit lehnte ich mich gerade sehr weit aus dem Fenster.

Wests Lippen wurden noch ein wenig schmaler. „Peins ist mein Partner und direkter Vorgesetzter. Er steht kurz vor seiner Pensionierung, was bedeutet, dass er …"

„… keine Lust mehr auf tiefschürfende Ermittlungen hat?", fiel ich ihm ins Wort.

Etwas blitzte in seinen Augen auf, dann schüttelte er den Kopf. Ob er mich oder sich selbst damit korrigieren wollte, stand in den Sternen.

„Was bedeutet, dass er wesentlich mehr Erfahrung in diesen Dingen hat als ich und vermutlich besser einschätzen kann, wann es sich lohnt, sich auf Indizien zu konzentrieren", beendete er seinen Satz mit Nachdruck.

Ich blieb an einem bestimmten Wort hängen. „Vermutlich". Es vermochte, eine Aussage zu relativieren. Und das tat es hier in meinen Augen auch. Allerdings würde ich mich davor hüten, weiter in West zu dringen. Stattdessen stand ich auf und holte die Pinnwand aus der Küche. Ich legte sie auf dem Beistelltisch neben der Couch ab, pickte einen bestimmten gelben Klebezettel herunter, setzte mich wieder zu ihm und plazierte das kleine quadratische Papierstück vor ihn auf den Tisch.

„Das ist der Grund, warum ich mich darum kümmere."

West nahm den Nachttopf-Klebezettel zwischen die Finger, las ihn und drehte ihn sogar um, so wie ich es vor einer halben Ewigkeit getan hatte, als ich in einem

Spagat im wahrsten Sinne des Wortes über ihn gestolpert war.

„Was soll das sein?“

„An dem Tag, an dem Mrs Cunningham tot in ihrer Wohnung aufgefunden wurde, habe ich unter meiner Post diesen Klebezettel entdeckt. Es war eine Angewohnheit von ihr, diese Dinger überall zu verteilen. Sie hat sie einem zum Beispiel auf die Apartmenttür geklebt, wenn man gegen eine ihrer zahlreichen Regeln verstoßen hat. Darum weiß ich mit Bestimmtheit, dass er von ihr ist. Es ist ihre Schrift und noch dazu typisch für sie.“

„Wenn Mrs Cunningham immer diese Klebezettel verteilt hat, was ist dann an diesem Exemplar so besonders?“

„Abgesehen von der Botschaft?“

Unwillkürlich zuckten meine Mundwinkel für einen Herzschlag lang nach oben. Obwohl mir dieser Nachttopf einiges abverlangt hatte und mich vermutlich noch für eine sehr lange Zeit in meinen Albträumen verfolgen würde, hatte es schon etwas Irrwitziges an sich.

„Abgesehen von der Botschaft“, wiederholte Detective Inspector West, und in seinen Augen konnte ich die Andeutung eines Lächelns erahnen.

„Sie hat ihn mir eben nicht auf die Tür geklebt, sondern durch den Briefschlitz gesteckt. Was bedeutet, sie wollte, dass nur ich diesen Zettel sehe. Mrs Cunningham hat ihn mir mit Sicherheit nicht ohne Grund zukommen lassen. Sie wollte mir damit etwas sagen. Sie wollte, dass ich etwas tue. Und ich bin der Meinung, dass es mit ihrem Tod zusammenhängen muss. Woher auch immer, sie muss im Vorhinein gewusst oder zumindest geahnt haben, dass ihr etwas zustoßen wird. Warum sonst hätte sie mir diesen Klebezettel durch den verdammten Briefschlitz schieben sollen?"

Ich atmete tief ein und aus. West kannte diesen Teil der Geschichte zwar, weil ich ihn bereits bei meinem ersten Besuch in der Police Station zum Besten gegeben hatte, allerdings führte er nun dazu, dass ich endlich seine Frage nach meiner Intention beantworten konnte.

„Der Grund, warum ich nicht aufhören kann, das zu hinterfragen, ist schlicht und ergreifend Neugier."

West sah mich lange an, als müsste er erst überlegen, ob das, was ich da von mir gab, überhaupt Sinn machte. Wenn ich selbst darüber nachdachte, war wohl Neugier in Wahrheit nicht der einzige Grund, warum ich so handelte, wie ich es tat. Ich fühlte eine verschrobene Form von Verantwortungsgefühl Mrs Cunningham gegenüber. Sie hatte mir diesen Hinweis hinterlassen. Es war irgendwie meine Pflicht, ihm nachzugehen.

Schlussendlich nickte der Detective Inspector. „Erzählen Sie mir, wie es weiterging."

„Also, mir hat der Klebezettel einfach keine Ruhe gelassen, darum habe ich mich auf die Suche nach dem Nachttopf begeben", begann ich.

„Und Sie haben ihn gefunden", griff West vor.

„Ja, das habe ich", bestätigte ich mit gekräuselter Nase. „Gut gefüllt unter Mrs Cunninghams Bett."

Ohne die Anwesenheit des griesgrämigen Detective Chief Inspector Peins kam es mir wesentlich leichter über die Lippen, dass ich in Mrs Cunninghams Wohnung eingebrochen war.

„Und beim Nachttopf fand ich den nächsten Hinweis." Ich griff zur Seite und nahm den zweiten Klebezettel, den Mrs Cunningham für mich einer Brotkrumenspur gleich ausgelegt hatte.

„*Attic*?" Auch diesen Klebezettel nahm West genau in Augenschein, bevor er ihn neben den ersten auf den Tisch pappte.

„Der Spur weiter folgend", ach, wie toll das klang, „bin ich auf den Dachboden gestiegen und habe mich dort umgesehen. Ich fand einen weiteren Klebezettel", ich nahm das kleine, quadratische Blatt mit dem *X* darauf zur Hand und reichte es West, „auf einer Kartonschachtel, in der das hier", damit langte ich unter den Beistelltisch, wo auf dem Einlegeboden Mrs Cunninghams Fotoalbum bereitstand, „auf mich wartete."

Gemeinsam mit West blätterte ich das Album durch und sah mir die Bilder von Mrs Cunningham, ihrem Mann, von dem ich mittlerweile wusste, dass er ihr viel Kummer bereitet hatte, und George erneut an.

„Warum hat Mrs Cunningham Sie zu diesem Fotoalbum geführt?", stellte Detective Inspector West die naheliegendste aller Fragen.

Das Album war vollkommen unspektakulär, und die Spur, die Mrs Cunningham für mich gelegt hatte, endete mit ihm.

„Ich weiß es nicht", gestand ich seufzend.

„Aber Sie haben dennoch nicht aufgegeben", konstatierte West mit einem Seitenblick auf die noch immer übervolle Pinnwand.

Lag da Bewunderung in seiner Stimme? Oder wenigstens Anerkennung?

„Nein, ich habe nicht aufgehört, mir weiter den Kopf über das alles zu zerbrechen. Ich konnte einfach nicht. Darum habe ich mit den anderen Mietern im Haus gesprochen, in der Hoffnung, dass einer von ihnen etwas mitbekommen hat, das in Zusammenhang mit Mrs Cunninghams Ableben steht.“

Ich stand auf und holte meinen Minnie-Mouse-Walkman samt den Kassetten, auf denen ich meine Befragungen aufgezeichnet hatte. West schmunzelte beim Anblick meines Kinderwalkmans, was ich ihm im Grunde nicht übel nehmen konnte. Trotzdem.

„He, mir steht nicht das gleiche Equipment zur Verfügung, das Ihrereins hat!“, tadelte ich ihn schwach und widmete mich der Technik.

Als ich die richtige Kassette mit der von mir nummerierten Zahl eins eingelegt und die Playtaste gedrückt hatte, ertönte aus Minnies Ohren, in die die Lautsprecher eingelassen waren, ein leises Knacken und Knistern.

„Eins, zwei, Test“, erklang meine Stimme mit einem leicht metallischen Hall, dann knisterte und knackte er erneut, bevor ich neben Wasserrauschen und Geschepper im Hintergrund wieder zu hören war. „Oh, es ist einfach unglaublich, dass dir der heißeste ...“

Ich stürzte mich auf den Walkman, der vor uns auf dem Tisch lag, als wäre er ein Rugbyball und ich Bill Beaumont höchstselbst, und stieß mir dabei gleichzeitig beide Schienbeine und den linken Ellenbogen an der Tischkante. Immerhin überlagerte mein Schmerzensschrei den überaus peinlichen Testlauf, den ich dummerweise vollkommen aus meinen Gedanken verdrängt und daher nicht vorher gelöscht hatte.

„... Charme sofort erlegen", ertönte noch, es folgten wieder Knacken und Knistern, und ich stoppte die Kassette.

„Können wir so tun, als wäre ich gerade nicht wie eine Wahnsinnige aufgesprungen?", fragte ich mit zusammengekniffenen Augen.

O Mann! Das war megapeinlich, und das, obwohl West nicht einmal das volle Ausmaß meiner leichtsinnig dahingebrabbelten Worte auf der Aufnahme zu Ohren gekommen war. Als ich ein Auge leicht öffnete, sah ich einen grinsenden Detective Inspector West, der mich abschätzend anblickte.

„Wenn Sie mir versprechen, dass ich irgendwann alles zu hören kriege, was Sie gerade mit Ihrem stuntreifen Auftritt übertönt haben, dann ja." Sein Grinsen wurde breiter.

„Dann wäre mein stuntreifer Auftritt ja völlig umsonst gewesen", murrte ich und rieb mir den Ellenbogen.

„Das ist meine Bedingung", beharrte West immer noch mit diesem diebischen Lächeln im Gesicht.

„Na schön. Vielleicht." Ein größeres Zugeständnis würde ich ihm sicher nicht machen.

„Damit kann ich leben."

Ich ignorierte seine Belustigung und stellte den Walkman wieder an. Wir hörten zu, wie ich Gloria Cranberrycookies anbot, Giovanni von seiner Liaison mit Filu berichtete, Eddie vehement nach Schokoküssen verlangte und seine Mutter mir von ihrer drohenden Kündigung des Mietvertrags erzählte. Danach war Band Nummer eins durch.

„Ist die drohende Kündigung in Ihren Augen ein mögliches Mordmotiv", fragte ich in die Stille der abgelaufenen Kassette hinein.

West fuhr sich über den Bartschatten, der an den kräftigen Kieferknochen und am Kinn dichter und damit dunkler war.

„Möglich. Aber Sie haben trotzdem keine Sekunde lang daran geglaubt, dass Ihre Nachbarin Cindy irgendetwas mit Mrs Cunninghams Tod zu tun hatte", mutmaßte er.

Damit traf er genau ins Schwarze. Er war schlau und durchschaute mich. Ich hatte diese Frage nur gestellt, weil ich meine eigenen Überlegungen von ihm bestätigt haben wollte. Ich musste hören, dass ich nichts übersehen oder falsch gemacht hatte.

„Ich finde, und das bestätigen gleichsam alle Bücher, die ich in Bezug auf Ermittlungstechniken und so weiter gelesen habe, dass Cindy ein Motiv gehabt hätte ..."

„Aber?"

„Aber keine Möglichkeit, unbemerkt an Mrs Cunningham ranzukommen, und allem voran gar nicht die Zeit, irgendetwas zu planen oder umzusetzen. Cindy ist mit ihrem Sohn vollauf beschäftigt. Tag und Nacht."

„Das habe ich gehört", bekräftigte er mit einem Nicken Richtung Walkman. Dann sagte er unvermittelt: „Haben Sie vielleicht noch eine Packung von diesen Cranberrycookies da?"

Wests unerwartete Frage in Kombination mit seinem jungenhaften und total sehnsüchtigen Blick, der verriet, dass er Cranberrycookies abgöttisch liebte, brachten etwas in mir zum Schmelzen. Wie konnte ein erwachsener, gestandener Mann, ein Cop nur so niedlich sein? Es fiel mir nicht leicht, ihn zu enttäuschen.

„Nein, tut mir leid. Hätte ich gewusst, dass Sie auf Cookies stehen ..." Ich ließ den Satz unvollendet in der Luft hängen, während ich gedanklich anfügte: „... hätte ich mein ganzes Apartment damit ausgelegt."

Was für eine verrückte Vorstellung. Alice, du bist manchmal echt gruselig.

„Wir könnten uns was vom Asiaten bringen lassen", schlug ich als Alternative vor.

West stimmte zu.

Nachdem wir telefonisch unsere Bestellung aufgegeben hatten und nun mit knurrenden Mägen – also zumindest knurrte mein Magen in Erwartung knuspriger Frühlingsrollen und Chop Suey – auf die Auslieferung warteten, legte ich Band Nummer zwei in den Walkman.

Es erschallte das übliche Geknackse und Geknister, gefolgt von Steves ungläubiger Stimme, die meinen Namen rief. Das würde ziemlich unangenehm werden, doch da musste ich jetzt durch. West sah zuerst gleichermaßen konzentriert aus, wie schon während wir uns die vorherige Kassette angehört hatten, begann jedoch recht bald, immer wieder mit dem Mundwinkel zu zucken. Konnte ich es ihm verübeln? Nein. Fand ich es trotzdem doof? Aber klar doch!

Als Steve mit seinem Prachtstück anfing, war es aus mit Detective Inspector Wests Beherrschung. Trotz seiner Bemühungen, seine professionelle Fassade aufrechtzuerhalten, entfuhr ihm ein prustendes Lachen, das er sofort hinter seiner Hand zu verbergen versuchte. Und bei der Stelle, an der Steve mir in einem furchtbar schmierigen Tonfall auch noch anbot, mich auf sein Prachtstück zu setzen, pfiff West durch die Zähne. Ich drückte gleich nach meiner Verabschiedung Minnies Pausetaste.

„Verstehen Sie nun, warum ich heute so ausgerastet bin?" Ich war hin und her gerissen zwischen Scham, Eifer und Selbstbelustigung.

„Ich kann es Ihnen zumindest nicht verdenken." Wieder zwinkerte er.

Dieses Zwinkern gehörte eindeutig verboten. Es lenkte mich völlig von allem anderen ab.

„Wollen wir weitermachen?"

Was? Äh, ja, die Kassetten.

Rasch drückte ich auf die Playtaste, und wir hörten uns noch die etwas holprige Unterredung mit George über die von mir vorgeschobenen Änderungswünsche im Mietvertrag an, bis die Kassette schließlich endete.

„Seien Sie froh, dass Sie nicht live dabei waren. An den Gestank von Georges Essen werde ich mich ewig erinnern können, selbst wenn ich alt, grauhaarig und vollkommen senil bin."

„Was war das Geraschel, bevor Sie keuchend auf die Toilette verschwunden sind?"

„Das muss sich alles ganz schön seltsam für Sie anhören, stimmt's?"

Keuchend auf die Toilette ... Das war ja mindestens genauso peinlich wie die Hörprobe von Steves Schwärmerei für mich.

„Ein wenig", gab Detective Inspector West zu und sah mich abwartend an.

„Als ich Steves Fängen entkommen bin, stand plötzlich Mrs Cunninghams Sohn George mit einer Pappschachtel vor mir. Sie war staubig, und ich war der Überzeugung, dass sie vom Dachboden stammen musste. Es kam mir äußerst eigenartig vor, dass er gerade zu der Zeit, wo ein Klebezettel von Mrs Cunningham mich auf den Dachboden geschickt hatte, ebenfalls dort hochgestiegen war. Ich wollte unbedingt wissen, was in der Kiste war", erklärte ich und erntete ein Nicken von West.

„Und? Haben Sie es herausfinden können?"

„Neben alten Heimtextilien befand sich in der Schachtel ein kleines Plastiksäckchen mit Schlüsseln. Allerdings habe ich keine Ahnung, was er damit wollte."

„Schlüssel öffnen Schlösser", murmelte West gedankenverloren vor sich hin.

Wieder war er in diese nachdenkliche Haltung verfallen, mit der er bislang alles in regelmäßigen Abständen hatte Revue passieren lassen. Er war voll und ganz dabei, wollte mir helfen, sofern er es konnte. Und das tat er. Bei seinen Worten rastete etwas in meinem Gehirn ein.

„Schlüssel öffnen Schlösser."

Natürlich taten sie das. Und verschlossene Dinge konnten sehr wertvolle Güter beinhalten. George hatte die komplette Wohnung seiner Mutter auf den Kopf gestellt. Und mit all den Schlüsseln war er bestimmt auch noch in das allerletzte Versteck vorgedrungen. Trotzdem hatte er irgendwann begonnen, alles zu demolieren, was darauf hindeutete, dass Mrs Cunningham, sofern sie bereits zu Lebzeiten alle Besitztümer, die man schnell zu Geld machen konnte, vor ihm versteckt hatte, schlauer war als er.

Ein Läuten an der Tür riss mich aus meinen und West aus seinen Überlegungen. Jetzt wo ich wusste, dass leckeres Essen darauf wartete, von mir verspeist zu werden, hätte ich mich ohnehin nicht länger auf irgendetwas anderes konzentrieren können. Also sprang ich auf und eilte dem Lieferanten entgegen.

# Glückskekse und Frustration

„*Happy House* macht das beste Chop Suey in Crayford", murmelte ich satt und glücklich.

Detective Inspector West schien genauso entspannt und zufrieden zu sein. Das Einzige, das mich störte, war der in meinen angefutterten Bauch kneifende Jeansknopf. Am liebsten hätte ich ihn aufgemacht, das zog ich in der Gegenwart meines Gastes allerdings nicht ernsthaft in Betracht.

„Glauben Sie an Glückskekse, Miss Stafford?" West reichte mir eines der beiden in goldfarbene Plastikfolie verpackten Orakel.

„Sie meinen, ob ich daran glaube, dass was auch immer mir die Weisheit auf dem kleinen eingebackenen Zettel sagen wird, tatsächlich eintrifft?"

Die Antwort lautete Nein. Aber um ehrlich zu sein, hatte ich mir darüber noch nie eingehend Gedanken gemacht. Klar, die Botschaften in den Glückskeksen kamen nicht aus dem Kosmos, sondern wurden von Menschenhand verfasst. Umgekehrt bestimmte das Schicksal, welchen Keks man am Ende seines Essens öffnete.

„Wer weiß?" Ich nahm West den Glückskeks ab und packte ihn vorsichtig aus. Als ich ihn brach, erwartete mich ein Papierstreifen mit der Aufschrift *Das Leben ist eine Frage, die im Tod beantwortet wird.*

Aha.

„Was steht in Ihrem Keks?“, wollte ich wissen.

Er hatte seinen Glückskeks ebenfalls gebrochen und las ihn. *„Liebe findet immer einen Weg.“*

„Wie mir scheint, sind unsere Glückskekse heute besonders weise“, meinte ich und reichte ihm meinen.

„Ja, sieht ganz so aus“, erwiderte er trocken und sah mich dabei derart intensiv an, dass die Minifrühlingsrollen, die ich mehr hinuntergeschlungen als ordnungsgemäß gekaut hatte, in meinem Magen Purzelbäume schlugen.

„Sollen wir weitermachen?“ Meine Stimme klang ein wenig erstickt.

West nickte und unterbrach unseren Blickkontakt.

Ich räusperte mich. „Nun, nach Mrs Cunninghams Begräbnis habe ich auf der Türmatte vor ihrem Apartment diesen Einzahlungsbeleg gefunden.“

Dass ich dabei stockbesoffen war, ließ ich aus. Stattdessen reichte ich West den zerknitterten Durchschlag der Bank.

„Ich weiß, der ist vollkommen unspektakulär. Aber das hier ist es nicht.“ Damit legte ich das Sparbuch vor ihn auf den Tisch, das bewies, wie viel Geld Mrs Cunningham über die Jahre zusammengespart hatte. „Ich habe es in ihrem Apartment gefunden. Dort herrscht das reinste Durcheinander. Ich schwöre Ihnen, Detective Inspector, jemand hat die Wohnung systematisch durchsucht.“

Na ja, okay, systematisch war vielleicht etwas zu hoch gegriffen. Immerhin konnte ich guten Gewissens behaupten, dass sie sorgfältig durchsucht worden war.

„Jemand?"

„Es kann in meinen Augen nur George gewesen sein. Er ist der Einzige, der einen Schlüssel hat."

„Den haben Sie doch auch nicht benötigt", warf West ein. Wieder lauerte da dieses verschmitzte Grinsen in seinen Mundwinkeln.

„Ja ... schon ..."

Ich wusste nicht, was mich mehr aus der Ruhe brachte. Die Tatsache, dass er völlig gelassen von meinem Einbruch sprach, oder die, dass er dabei unverschämt gut aussah. Ich erklärte meinen Eierstöcken in einem inneren Dialog, dass sie sich gefälligst zurückhalten sollten, und konzentrierte mich auf unsere Unterhaltung.

„Es waren keine Einbruchsspuren auf der Tür – außer meine", fügte ich hüstelnd hinzu.

„Schon klar", sagte West mit hochgezogener Braue und sah im Großen und Ganzen noch immer nicht danach aus, mich für meine Straftat rügen zu wollen.

„Jedenfalls hat sich seither viel in Mrs Cunninghams Apartment getan. George meint, er renoviere, aber mal im Ernst, das kaufe ich ihm nicht ab. Mag sein, dass er wenig bis gar keine Ahnung vom Heimwerkern hat, wenn ich jedoch etwas renovieren will, räume ich vorher sämtliche Sachen aus der Wohnung oder zumindest zur Seite und werfe nicht Stühle, Kleidung und alles andere auf Haufen oder trample ständig darüber hinweg. Und ich mache nicht unmotiviert Löcher in die Wände."

Diese Geschehnisse versetzten West abermals in seine Nachdenklichkeitsstarre. Was diesmal nicht zu reichen schien, um seine Konzentration zu befeuern, denn nur Sekunden später sprang er auf und begann, in meinem Wohnzimmer auf und ab zu wandern.

„Sie glauben ihm also nicht, dass er renoviert. Was ist Ihre Vermutung?"

Das war gar nicht so leicht zu erklären.

„Anfangs war ich der festen Überzeugung, er sucht das Geld, das seine Mutter kurz vor ihrem Tod abgehoben und offenbar vor ihm versteckt hat", setzte ich an.

„Warum sollte sie das getan haben?"

„Damit er es nicht in die Finger bekommt und auf der Pferderennbahn verprasst", zitierte ich die Worte aus Mrs Cunninghams Brief an ihren Sohn.

„Er ist spielsüchtig?"

„Ja. Und er hat jede Menge Schulden. Gestern Abend habe ich beobachtet, wie er mit einem Schuldeneintreiber, der zu Mrs Cunningham wollte, vor ihrem Apartment diskutiert hat."

Detective Inspector West beschleunigte seine Schritte und nickte. „Sie sagten, *anfangs* hätten Sie geglaubt, George Cunningham suche nach dem Geld seiner Mutter. Nun sind Sie anderer Meinung?"

„Jain", antwortete ich seufzend. „Es ist das einzig Logische, dass er nach dem Geld sucht, und es ist wahrscheinlich so. Aber er demoliert die Einrichtung, ja, die ganze Wohnung derart, dass ich auch das Gefühl habe, dass er seine Verzweiflung und Hilflosigkeit, seinen Ärger, vielleicht sogar seine Trauer über ihren Tod daran abreagiert. Um die Wahrheit zu sagen, macht er mir mit diesem Verhalten Angst."

Ich wusste nicht genau, woher der letzte Satz kam, doch wenn ich nicht nur ehrlich zu West, sondern auch zu mir selbst sein wollte, musste ich zugeben, dass es stimmte. George wirkte auf mich gehetzt, unter Druck und unterschwellig aggressiv. Keine gesunde Mischung.

West blieb unvermittelt stehen und suchte meinen Blick. „Ich kann Ihnen, so gern ich es täte, nicht sagen, ob Ihre Annahmen zutreffen, nur versprechen Sie mir eines, Miss Stafford: Gehen Sie nicht mit George Cunningham auf Konfrontationskurs.“

„Bestimmt nicht“, versicherte ich. So dumm war ich nicht.

„Gut.“ Er nahm seinen Rhythmus des Umherlaufens wieder auf und stellte eine andere Frage. „Sie haben Peins und mir in der Polizeistation berichtet, dass Mrs Cunningham keine Vorerkrankungen hatte. Wollen Sie mir erzählen, was dahintersteckt?“

Wollte ich das? Obwohl Detective Inspector West bislang sehr entspannt mit meinen Einbrüchen in Mrs Cunninghams Apartment umgegangen war und mich vor seinem Partner und Vorgesetzten in Schutz genommen hatte, zögerte ich. Wollte ich ihm tatsächlich gestehen, dass ich mir unerlaubterweise Zutritt in Dr Mansfield Behandlungszimmer verschafft und dort in Patientenakten herumgeschnüffelt hatte? Jedenfalls würde ich Chelsea aus der Sache raushalten.

„Ich habe mir Mrs Cunninghams Krankenakte von ihrem Hausarzt angesehen.“

„Doktor Mansfield, richtig?“ Er wirkte völlig unaufgeregt.

„Ja.“

Ich zog den A-Laut lang, weil ich nicht verstehen konnte, weshalb West meine Geschichte einfach so schluckte. Ich meine, ohne dass ich ihm nur ein einziges Detail dazu verriet, wie ich an die Krankenakte von Mrs Cunningham gelangt war. Wäre ich vernünftig, hätte ich es erleichtert hingenommen und meinen Mund gehalten. Dummerweise war ich weder vernünftig noch erleichtert.

„Wollen Sie denn überhaupt nicht wissen, wie ich zu der Akte gekommen bin?", platzte es aus mir heraus, und ich hätte mich dafür ohrfeigen können.

West quittierte meinen Ausbruch an Ungläubigkeit mit einem gellenden Lachen. „Doch. Ich wüsste nur zu gern, wie Sie das angestellt haben, Miss Stafford, aber da Sie es mir augenscheinlich nicht unbedingt erzählen wollen, werde ich mich wohl mit dem begnügen müssen, was Sie bereit sind offenzulegen."

Dieser Mann erstaunte mich immer wieder aufs Neue.

„Ich will Sie ungern in eine … unangenehme Situation bringen. Wegen … Interessenskonflikt … und so", stammelte ich unbeholfen.

Detective Inspector West seufzte. „Ach, ich glaube, in dem stecke ich längst, das soll allerdings nicht Ihre Sorge sein."

Er ging zum Fenster, und mir blieb nichts anderes übrig, als seinen breiten Rücken zu betrachten.

„Na, jedenfalls", sagte ich verhalten in die Stille hinein, „in der Krankengeschichte von Mrs Cunningham steht nichts Weltbewegendes. Üblicherweise leiden Menschen ab einem gewissen Alter an diversen Erkrankungen. Bluthochdruck, Diabetes, Gefäßverkalkungen, brüchigen Knochen, Gedächtnisschwäche oder wenigstens Krampfadern. Mrs Cunningham hatte Doktor Mansfields Aufzeichnungen nach zu urteilen nichts dergleichen. Sie war für ihr Alter überdurchschnittlich gesund. Wenn sie irgendwelche Vorerkrankungen gehabt hätte, könnte ich, so wie Detective Chief Inspector Peins immer wieder betont hat, ebenfalls davon ausgehen, dass sie in Folge irgendeines Leidens verstorben ist. Doch die Klebezettel, die sie mir wohl mit ziemlicher Sicherheit nicht ohne Weiteres hinterlassen hat, in Verbindung mit der Tatsache, dass sie rein zufällig kurz vor ihrem Ableben ihr gesamtes Erspartes abgehoben hat, und ihrem guten Gesundheitszustand lässt mich daran zweifeln, dass sie auf natürlichem Wege gestorben ist."

Wests Schultern hoben sich unter einem tiefen Atemzug. „Ich kann Ihre Gedanken nachvollziehen, Miss Stafford."

„Aber?" Das klang gewaltig nach einem Aber.

Er drehte sich zu mir um, kam zurück zur Couch und setzte sich neben mich. „Aber das heißt leider noch lange nicht, dass wir hier ein Verbrechen aufdecken können."

„Glauben Sie denn nach allem, was ich Ihnen erzählt habe, an ein Verbrechen?"

Ich konnte sehen, wie sein Blick zwischen meinen Augen hin und her huschte.

„Ich weiß es nicht. Es kann genauso gut ein Unfall oder ein natürlicher Tod gewesen sein. Auch junge, unbelastete Menschen fallen einfach tot um. Dazu muss man nicht unbedingt alt und krank sein."

„Und warum hat sie mir dann diese verschrobenen Nachrichten geschrieben?“, begehrte ich auf.

Es machte mich wütend, dass West scheinbar ebenso wenig wie sein Partner Peins an ein Verbrechen glaubte. Selbst dass er mir seine Zeit opferte, um mit mir alles durchzugehen, was ich gesammelt hatte, machte diese Erkenntnis kein Fünkchen besser.

„Ich kann Ihnen diese Frage nicht beantworten.“

Er wirkte wahrhaftig bedauernd, was mich noch wütender machte.

„Und was ist damit?“ Ich holte den Brief von Mrs Cunningham an George hervor und knallte ihn auf den Tisch.

Detective Inspector West überflog ihn, er änderte seine Ansicht jedoch nicht. „Es tut mir wirklich leid, Miss Stafford. Ich sehe, dass Ihnen diese Angelegenheit sehr am Herzen liegt, und wünschte mir, ich könnte Ihnen mehr helfen, mehr sagen, doch alles, was Sie zusammengetragen haben, reicht nicht aus. Es ist zu unspezifisch.“

Unter seinen lieben, aufrichtigen Worten verpuffte mein Ärger und machte einem anderen, ebenso aufwühlenden Gefühl Platz. Verzweiflung. Ich fuhr mir durchs Haar und sah danach vermutlich ziemlich durch den Wind aus. Aber das war mir in diesem Moment so was von schnuppe. Alles war umsonst gewesen. Jede meiner zahllosen Bemühungen, die Stunden und Tage, die ich verbissen in die Ermittlungen investiert hatte, all die Straftaten, die ich deswegen begangen hatte, nichts davon hatte sich gelohnt. Ich war genau dort, wo ich am Anfang gewesen war. Bei einem bescheuerten Klebezettel auf dem Nachttopf einer alten Lady. Die Frustration war kaum auszuhalten.

„Danke, Detective Inspector West", brachte ich rau hervor. „Und entschuldigen Sie, dass ich auch noch Ihre Zeit damit verschwendet habe." Mein Kopf sank herab, und ich betrachtete eingehend die Tischkante.

„Hey." Warme Finger legten sich unter mein Kinn und hoben meinen Kopf an. „Mit Ihnen Zeit zu verbringen, Miss Stafford, kann keine Verschwendung sein."

Wow, wow, wow. Hatte er das gerade allen Ernstes gesagt? Meine Gebärmutter, meine Eierstöcke und die Frühlingsrollen in meinem Magen meldeten sich voller Elan zurück und dämpften meinen Frust ein wenig. Mein Lächeln war zwar verlegen, immerhin brachte ich eines zustande.

„Ich denke, ich sollte jetzt gehen", murmelte er und ließ mich unvermittelt los.

Sofort vermisste ich die Wärme seiner Berührung. Er stand auf, und ich tat es ihm gleich. Hatte er es sich anders überlegt? Bereute er seine Worte vielleicht? Wenn nicht, warum sollte er sonst so fluchtartig aufspringen? Ich schluckte meinen angeknacksten Stolz herunter und versuchte mir einzureden, dass ich ohnehin nie sein Interesse hatte gewinnen wollen, sondern nur den Fall besprechen, was ja nicht besonders erfolgreich geendet hatte.

„Danke nochmals für Ihre Hilfe, Detective Inspector West. Seien Sie gewiss, dass ich keinen Unsinn mehr anstellen und Sie in Zukunft nicht mehr behelligen werde", meinte ich kleinlaut, als ich ihn zur Tür begleitete.

Er versteifte sich, und mir kam es so vor, als hätte er eigentlich etwas anderes sagen wollen als das, was schlussendlich aus seinem Mund kam. Aber was wusste ich schon? Mein Gespür war ungefähr so ausgeprägt wie das Gehör einer Schnecke.

„Bitte zögern Sie nicht, mich zu kontaktieren, sollten Sie irgendetwas benötigen." Damit verabschiedete sich West, und ich öffnete die Wohnungstür für ihn.

Nie im Leben, würde ich ihn noch einmal kontaktieren. Dieses Treffen war zwar auf eine gewisse Weise erfüllend und schön und aufregend gewesen, doch das war bestimmt nur auf meine Hormone zurückzuführen. Es war gleichermaßen peinlich und ernüchternd gewesen, und ich würde mich hüten, es zu wiederholen.

Als West über die Schwelle trat, öffnete sich die Apartmenttür gegenüber, und George trat heraus. Dem Baulärm nach zu urteilen, der meinen gemeinsamen Abend mit West begleitet hatte, war er *fleißig* gewesen, und sollte das Haus heute Nacht einstürzen, wäre es zweifellos nicht verwunderlich. George entdeckte West und mich, und das anfängliche Desinteresse in seinem Gesicht verwandelte sich mit einem Schlag in blanke Panik. Er stolperte zurück ins Apartment und knallte die Tür hinter sich zu. Detective Inspector West und ich wechselten einen letzten Blick. Georges Verhalten war eigenartig, ich war jedoch zu ausgelaugt und entmutigt, um dem größere Beachtung zu schenken, und West schien sich ebenfalls nicht dafür zu interessieren. Er hob die Hand zum Abschied und verschwand treppabwärts.

# Hühnchen und Schreckensmeldung

„Das kann nicht dein Ernst sein, Alice!", empörte sich Chelsea und zog kräftig an einem Zipfel meiner Bettdecke.

Ich hielt die Decke in eiserner Umklammerung, nicht bereit, mich von ihr zu trennen oder gar unter ihr hervorzukriechen. Und es war mein voller Ernst. Es war Samstag. Beinah auf die Minute genau acht Tage waren vergangen, seit mich das Treffen mit Detective Inspector West von jeglichen Illusionen in Bezug auf meine Ermittlungen, nein – so durfte ich mein Unterfangen nicht länger nennen, nicht einmal im Geiste –, meine Hirngespinste zu Mrs Cunninghams Tod befreit hatte. Und ja, es tat weh. Es tat weh, sich eingestehen zu müssen, dass man …

„Alice, verdammt noch mal! Schieb gefälligst deinen Hintern aus dem Bett. Es ist Samstagabend! Ich habe es satt, dein Selbstmitleid mit anzusehen. Selbstmitleid steht dir nämlich nicht, genauso wenig wie dieser Pyjama."

Ihre miese Spitze brachte mich derart aus der Fassung, dass ich den Griff um meine heilige, wunderbar warme, kuschelige Bettdecke für einen Sekundenbruchteil lockerte. Dieser Moment der Schwäche reichte Chelsea, um sie mir zu entreißen.

„Du", keifte ich anklagend, „hast mir diesen Pyjama geschenkt. Und außerdem hast du den gleichen!"

Sie zuckte mit den Schultern und warf die Decke auf den Lehnstuhl in der Ecke.

„Mir steht er ja auch."

Ich hatte das seit der Junior School nicht mehr getan, aber in diesem Augenblick war mir danach, dass ich meinem Impuls nachgab und ihr die Zunge rausstreckte.

„Sehr erwachsen, Alice. Und jetzt steh endlich auf. Ich habe einen Termin bei Giovanni, und du kommst mit", bestimmte sie.

Ich wusste, dass ich verloren hatte. Chelsea würde nicht aufhören, mich zu traktieren, bis ich tat, was sie von mir wollte. Also murrte ich herum wie ein verkühlter Maulesel, um ihr zumindest zu signalisieren, wie sehr ich sie dafür verurteilte, mein Bad in Selbstmitleid zu unterbrechen. Chelsea ließ das natürlich völlig kalt. Sie hatte kein Herz. Jedenfalls nicht für arme, von ihrer eigenen Unfähigkeit getroffene Frauen, wie ich eine war. Das Einzige, das mich an dieser überaus ärgerlichen Zwangssituation motivierte, wenn man das denn so nennen wollte, war, dass ich mit einem bestimmten Männer liebenden Friseur mit italienischen Wurzeln und einem nur allzu losen Mundwerk noch ein Hühnchen zu rupfen hatte. Ein Riesenhühnchen. Man konnte fast sagen, einen Emu oder Vogelstrauß.

Also tat ich, was Chelsea von mir verlangte, und kroch aus dem Bett. Beim Aufstehen bemerkte ich, dass mein Hello-Kitty-Pyjamaoberteil, das Chelsea vorhin so niedergemacht hatte, unangenehm auf meinem Rücken klebte. Instinktiv tastete ich nach der sich eigenartig anfühlenden Stelle und griff in etwas klebrig Schmieriges.

Urg. Was war das?

Ich wirbelte zum Bett herum und sah einen großen, feuchten braunen Fleck auf dem Laken. Meine Augen wurden rund wie Satellitenschüsseln, hinter mir stieß Chelsea einen Pfiff aus.

„So weit ist es also mit dir bereits gekommen, dass du in dein Bett …"

„Chelsea!", fuhr ich dazwischen.

Sie hatte mich heute Abend schon genug beleidigt. Da brauchte sie mir nicht auch noch zu unterstellen, dass ich inkontinent wäre. Voller Horror roch ich an meinen Fingern, auf denen ebenfalls das schmierige braune Zeug klebte. Es roch – süß. Erleichtert steckte ich einen Finger in den Mund und stellte zu meiner Zufriedenheit fest, dass es sich tatsächlich um Schokolade handelte.

„Boah, Alice, du bist megaeklig!" Chelsea verzog angewidert das Gesicht.

Das war für deine Gemeinheiten, dachte ich und saugte genüsslich an meinem Finger. Meine Freundin sah mittlerweile grün um die Nase aus. Ich konnte nur die Augen verdrehen.

„Ach, stell dich nicht so an, Chelsea! Es ist nur Schokolade. Sag bloß, du bist noch nie auf einem Stück Schokolade eingeschlafen?"

Sie schüttelte den Kopf mit einem Ausdruck, der irgendwo zwischen Graus und Belustigung lag. Jetzt kam meine Rache.

„Du glaubst mir nicht. Komm, ich kann es dir beweisen, koste mal", forderte ich sie auf und streckte ihr den Finger hin.

„Du spinnst doch!" Kreischend nahm sie Reißaus.

„*Ciao, bellas!*", gurrte Giovanni wie immer bester Laune, als wir an seine Wohnungstür klopften.

Chelsea erwiderte die herzliche Begrüßung mit einem aufgeregten Quietschen und warf sich in seine starken Arme. Ein Küsschen links, ein Küsschen rechts und noch einen lautstarken Schmatzer links später, trat sie an ihm vorbei, und Gios freudestrahlender Blick fiel auf mich. Ich, die ich ein Gesicht wie ein mordlüsterner Zombie aus *The Walking Dead* aufgesetzt hatte, fiel ihm nicht in die Arme. Auch bekam er keine Küsschen oder gar Schmatzer zur Begrüßung, sondern einen kräftigen Hieb gegen die Schulter.

„Au! *Che diavolo? Principessa*, was ist denn los?", jaulte Gio sichtlich überrascht von meiner Attacke.

„Komm mir bloß nicht mit *principessa*!", donnerte ich und drängte mich an ihm vorbei in sein Apartment.

„Lass ihn leben, Alice. Ich und meine Haare brauchen ihn nämlich noch", schaltete sich Chelsea ein, was ich jedoch geflissentlich überging.

„Warum hast du Steve erzählt, dass ich mich mit Detective Inspector West treffe? Und woher, zum Geier, wusstest du das eigentlich?"

Giovanni schaute Hilfe suchend zu Chelsea, die ihrerseits trotzig das Kinn vorstreckte. Das war ja so was von klar gewesen! Er rang die Hände.

„Ich wollte dir nur einen Gefallen tun, *micina*!“, beteuerte er.

„Pah!“ Das konnte er seinem Filu erzählen, aber nicht mir.

„Ja, doch. Wirklich! Glaube mir, *mia bella*. Ich dachte, wenn ich es ihm erzähle, dann kapiert er endlich, dass er keine Chancen bei dir hat, und lässt dich ein für alle Mal in Ruhe.“

„Du hast genau das Gegenteil bewirkt, Gio. Es hat ihn angespornt. Und er hat mir vor Detective Inspector Wests Ankunft aufgelauert. Es war fürchterlich peinlich“, fauchte ich und merkte, dass mein Ärger trotz aller Aufregung verrauchte.

Giovanni sah reumütig aus. „Oh, *micina*. Das tut mir unendlich leid! Das wollte ich bestimmt nicht. Kannst du mir verzeihen?“

Sein Dackelblick wirkte, ob ich es nun wollte oder nicht.

„Jaja, schon gut. Nur mach das ja nie wieder. Und du“, damit zeigte ich anklagend auf Chelsea, „hältst dich in Zukunft auch zurück!“

Sie grinste und nickte. Dann klatschte sie in die Hände. „Jetzt bin ich dran!“

Während Giovanni Chelseas Haare wusch, färbte, schnitt und schließlich auf Lockenwickler aufdrehte, bekamen wir ein umfassendes Update von Gios Liebesleben zu hören. Um genau zu sein, handelte es sich bei seinen Erzählungen hauptsächlich um schmutzige Details, und ich ließ noch ein wenig Druck ab, weil ich ihn für seine lautstarke Nummer an der Wohnungstür rügte.

„Der Körper will, was der Körper will. Das ist *amore puro!*", war Giovannis Rechtfertigung.

Gerade als er die Lockenwickler wieder aus Chelseas Haaren zu lösen begann, ertönte ein ohrenbetäubendes Poltern über uns. Mit jedem einzelnen der endlos scheinenden Bumm-Bumm-Bumms rieselte Staub von oben auf uns herab, und sogar die Haarnadeln hüpften im Takt dazu auf der Ablage von Gios Friseurwägelchen.

„*Oh cielo!* Nicht schon wieder!" Giovanni fasste sich an die Stirn und blickte angsterfüllt an die Decke.

Chelsea und ich starrten ebenfalls hinauf, und da erkannte ich einen ziemlich großen Wasserfleck, der sich aus den Ecken heraus Richtung Raummitte ausgebreitet hatte. Er stammte garantiert von Georges Rohrbruchaktion.

„Dieser andauernde Lärm! Und immer wieder rieselt Staub von der Decke. Ich halte das nicht mehr aus. *Dio mio!* Wo soll das enden?" Er schüttelte voller Verdruss den Kopf.

Ein kleiner Teil in mir wollte Gio sagen, dass ich wusste, warum George das tat. Dass er das Apartment auf der Suche nach Mrs Cunninghams Geld durchlöcherte, um seine Wettschulden bezahlen zu können. Aber wusste ich das wirklich? Ich meinte es zu wissen. Ich glaubte es. Ging davon aus. Ja. Allerdings waren das lediglich meine Schlussfolgerungen. Sie existierten nur in meinem Kopf. Beweisen konnte ich rein gar nichts. Das hatte mir das Treffen mit West verdeutlicht. Also schwieg ich, lauschte weiter dem Klopfen über uns und sah zwischen der staubrieselnden Zimmerdecke und Giovannis verkniffenem Gesicht hin und her.

Chelsea sah nach Gios Behandlung unglaublich gut aus. Ihre ansonsten feinen und eher matten sandfarbenen Haare glänzten in einem fantastischen Kupferton und wellten sich voller Volumen um ihren Kopf. Auch mich hatte Gio ein wenig aufgehübscht. Nur schaffte ich es nicht, die gleiche Begeisterung darüber an den Tag zu legen, wie Chelsea es tat.

Wir standen in Giovannis Schlafzimmer vor dem mannshohen Spiegel, der neben dem runden und mit roter Seidenbettwäsche bezogenen Bett angebracht war. Gio in der Mitte, Chelsea und ich links und rechts bei ihm eingehakt. Er trug eine eng anliegende Jeans, die seinen knackigen italienischen Podex perfekt zur Geltung brachte, über einem blitzweißen Poloshirt mit extra tiefem V-Ausschnitt. Chelsea hatte sich in ein zartrosafarbenes Paillettenminikleid geworfen, und ich hatte mich für einen leicht ausgestellten Rock mit Kirschenprint und die passende rote Bluse entschieden.

„Wir sehen so heiß aus, dass jeder, der uns auch nur ansieht, in Flammen aufgehen wird. Heute Nacht wird's rundgehen!" Chelseas nicht zu überhörende Vorfreude wurde von dem bedeutungsschweren Augenaufschlag unterstrichen, den sie uns über den Spiegel zuwarf.

Giovanni bekräftigte erst voller Eifer ihren Enthusiasmus, dann blieb sein Blick an mir hängen.

„Dir fehlt noch etwas Entscheidendes, *mia bella*!"

Hä? Was genau sollte mir denn fehlen? Ich hatte Unterwäsche an, ich war geschminkt, trug etwas Schmuck und hatte meine Handtasche samt Wohnungsschlüssel dabei.

„Ein Lächeln, *micina*! Ein Lächeln fehlt dir noch!", verdeutlichte Gio, nachdem ich ihn nur verständnislos angestarrt hatte.

„Ach, lass sie doch! Dann bleiben mehr heiße Typen für u-uns", flötete Chelsea und zog an Gios Arm, um ihn zur Tür zu schleifen.

Er wiederum verstärkte seinen Griff um meinen Arm, und so blieb mir nichts anderes übrig, als den beiden zu folgen. Ich war sicher nicht in Feierlaune, immerhin bestand die Möglichkeit, dass mich unser Klubbesuch ein wenig von den Grübeleien ablenkte.

Tatsächlich schafften es die köstlichen Cocktails, der laut wummernde Bass, Chelsea und Gio, dass sich mein Gehirn von einem von Selbstmitleid zerfressenen Gedankenkarussell in ein rosa Wattewölkchen umpolte. Ich trank, ich lachte, ich tanzte, ich flirtete, ich musste erkennen, dass der Mann, mit dem ich flirtete, eigentlich nur über mich an Gios Telefonnummer rankommen wollte, ich trank noch um einiges mehr und war gegen Mitternacht nicht mehr in der Verfassung, mehr zu tun, als zu lachen. Die Zusammenfassung eines gelungenen Abends, würde ich sagen. Zumindest bis zu dem Augenblick, in dem Gio sein Smartphone fixierte, als wäre es die leibhaftige Verkörperung seines schlimmsten Albtraums.

„Was ist denn?", hörte ich Chelsea über die laute Musik hinweg an Gio gewandt rufen.

Er reagierte nicht, sondern starrte weiterhin auf das Display seines Handys, bis es sich verdunkelte. Erst das riss ihn aus seiner Trance, und er blinzelte aufgeregt, bevor er sein Telefon erneut aktivierte und es Chelsea und mir hinhielt.

Auf dem Display war ein unscharfes Foto zu sehen. Es zeigte ein entfaltetes Schriftstück, das an Miss Gloria Elisandra Petruso adressiert war. Kaum zwei Zeilen fanden sich auf dem Blatt, aber was sie aussagten, ließ mir das Blut in den Adern gefrieren. Meine Augen stolperten über Satzteile wie *sofortige Mietpreisverdoppelung* und *ansonsten Kündigung des Mietvertrags*. Unterzeichnet hatte kein Geringerer als George Cunningham. Wieder meldete sich die Stimme in mir, die mir sagte, dass auch diese Aktion mit Mrs Cunninghams Tod und Georges Wettschulden zu tun hatte, doch ich war zu schockiert, um ihr Gehör zu schenken.

*„Merda.* Wir müssen nach Hause", sagte Giovanni laut genug, damit wir ihn verstehen konnten, klang dabei jedoch so tonlos, wie ich es noch nie bei ihm gehört hatte. Nicht einmal, wenn Filu ihm wieder einmal den Laufpass gegeben hatte.

***

„Oh, es ist schrecklich." Mit diesen Worten begrüßte Gloria uns, als wir kurz nach Mitternacht vor ihrer Tür standen. So hatte ich mir das Ende meines sorgenfreien Abends nicht vorgestellt. Ich hatte zwar nicht damit gerechnet, dass ich einen heißen Kerl mit nach Hause ge-

nommen hätte, aber meinen kleinen Rausch allein auszuschlafen, wäre tausendmal besser gewesen als das
hier. Jetzt war ich wieder ziemlich nüchtern und ziemlich angepisst. Gio und mich hatte das gleiche Schreiben erreicht. Cindy war nicht erreichbar, was vermutlich hieß, dass sie davon noch keinen Wind bekommen
hatte. Gloria hatte Steve ebenfalls eine Nachricht geschickt. Er zockte immer bis in die Puppen, weshalb er
sie sehr wohl gelesen hatte. Allerdings war er nicht bereit, sich mit mir an denselben Tisch zu setzen. Ich
wusste nicht, ob ich mich über diese Entwicklung unserer Nichtbeziehung freuen sollte oder ob es mich ärgerte. Sei es, wie es sei, wir alle hatten andere Sorgen.

„George hat im Treppenhaus herumgeschrien. Er hat
den halben Keller zerlegt und dort mit dem Vorschlaghammer gewütet. Dann hat er um diese gottverdammte Uhrzeit an meine Tür geklopft und mir diesen
Brief in die Hand gedrückt“, berichtete Gloria aufgelöst.
Immer wieder zog sie an den Enden ihrer Schals und
strich sich die Stirnfransen aus dem Gesicht.

„Darf er das überhaupt?“, warf Chelsea ein, die es sich,
obwohl sie nicht hier wohnte, nicht nehmen ließ, bei
unserer Mieterversammlung dabei zu sein.

„Ich habe keine Ahnung“, antwortete Gloria, dann
sprang sie auf und eilte mit den Worten „Der Tee
müsste fertig sein!“ in die Küche davon.

Ich verstand ihre Unruhe nur allzu gut. Auch ich
hatte den bohrenden Drang mich zu bewegen, was unter normalen Umständen ganz und gar nicht meine Art
war. Allerdings waren dies keine normalen Umstände.
Von normal waren sie ungefähr genauso weit entfernt

wie der Mond von der Erde. Oder meine Mutter von ihren heiß ersehnten Enkelkindern. Nichts daran war normal, nichts seit Mrs Cunninghams Dahinscheiden.

„Ich muss euch etwas sagen", ließ ich verlautbaren, als Gloria mit einer dampfenden Kanne Tee ins Wohnzimmer zurückkehrte.

Sie setzte sich zu uns an den Tisch, nachdem sie allen Tee eingeschenkt hatte, und verschränkte die Finger, als müsste sie sich irgendwo festklammern, und sei es nur an sich selbst. Giovanni sah nicht minder elend aus, und ich wollte mir gar nicht erst ausmalen, wie schwer Cindy diese Nachricht treffen würde, wusste ich doch, dass sie vor ein paar Wochen nur knapp einer Kündigung entgangen war, und das wahrscheinlich einzig durch Mrs Cunninghams Tod. Und nun das. Wie sollte sich eine Alleinverdienerin mit Kind von jetzt auf gleich die doppelte Miete leisten können? Wie sollten das Gloria, Gio, Steve und ich?

„Alice? Du wolltest uns etwas sagen." Glorias dünne Stimme riss mich aus meinen trüben Gedanken.

„Ja, entschuldigt. Wahrscheinlich hätte ich es euch allen viel früher sagen sollen oder auch nicht ..." Wenn man bedachte, wie wenig zielführend mein Gespür war. „Vielleicht ist es nicht das, was es den Anschein macht zu sein. Vielleicht spinne ich ja und ..."

„Gott, Alice, komm auf den Punkt", fuhr Chelsea dazwischen.

In jeder anderen Situation wäre ich wohl beleidigt gewesen deswegen, sie hatte allerdings recht. Meiner eigenen Unsicherheit geschuldet, redete ich um den heißen Brei – äh, oder vielmehr Tee – herum, statt endlich die Karten auf den Tisch zu legen. Sollten Gloria und

Gio selbst entscheiden, was sie davon hielten. Ich holte tief Luft und begann zu erzählen.

„Nachdem Mrs Cunningham gestorben ist, habe ich eine Botschaft von ihr in meiner Wohnung gefunden. Erst dachte ich, sie nimmt mich auf den Arm, aber dann bin ich dem doch nachgegangen. Ich habe versucht herauszufinden, ob ihre Nachricht in irgendeinem Zusammenhang mit ihrem Tod steht. Nur das ist alles irgendwie im Sand verlaufen."

Alle in der Runde bis auf Chelsea, die ja bereits auf dem neuesten Stand war, sahen mich verständnislos an.

„Irgendwie?", hakte Gloria nach und nahm einen großen, in der angespannten Stille zwischen uns gut hörbaren Schluck aus ihrer Teetasse.

„Ich", setzte ich lang gezogen an, um etwas Zeit zu gewinnen.

Insgeheim verfluchte ich mich dafür, dass ich überhaupt etwas hatte anklingeln lassen. Nachdem ich mich wochenlang leidenschaftlich in die Ermittlungen zu Mrs Cunninghams Ableben gestürzt hatte und hart auf den Boden der Realität aufgeschlagen war, fiel es mir nicht leicht, alles wieder aufzurollen. Andererseits, sollte nur ein Körnchen Wahrheit zwischen dem, was in meinem Kopf vor sich hin simmerte, und dem sein, was George da gerade anstellte, hatten die anderen es verdient zu wissen, was ich wusste. Ich schielte zu Chelsea hinüber, die mir auffordernd zunickte. Als gut, dann ...

„Mrs Cunningham war reich", ließ ich die erste Bombe platzen.

Giovanni und Gloria atmeten synchron ein und zeigten beide den gleichen erstaunten Gesichtsausdruck.

„Sie hatte einen riesigen Haufen Geld gespart und die gesamte Summe kurz vor ihrem Tod abgehoben." Ich hielt inne, um ihnen Zeit zu geben, diese Informationen zu verarbeiten, bevor ich Bombe Nummer zwei scharfmachte. Drei. Zwei. Eins. Zündung. „George hat Wettschulden. Er verliert seit Jahren Geld bei Pferderennen. Ich habe einen Brief in Mrs Cunninghams Apartment gefunden, in dem sie ihn dafür ordentlich zur Schnecke macht." Diese Info schlug unter den Anwesenden ein wie ein Klavier, das aus dem zweiten Stock auf den Gehweg fiel. „Ich nehme an ... das heißt, ich gehe davon aus ... na ja ... oder ich glaube zumindest ..."

„Alice", murrte Chelsea, gefolgt von einem genervten Stöhnen, das auch ihre Augen ins Rollen brachte.

Schon gut, schon gut!

„Die Tatsache, dass George die Mieten erhöhen will, obwohl er potenziell eine große Summe Geld von seiner Mutter erben könnte, bringt mich zu der Annahme, dass sie es gut vor ihm versteckt und er es bis dato noch nicht gefunden hat und deshalb ..."

„... ihr Apartment auseinandernimmt?", beendete Giovanni meinen Satz mit einer Frage.

Ja, und vielleicht sogar, dass er sie ermordet hat, um an das Geld zu gelangen, das sie ihm ganz offensichtlich hatte vorenthalten wollen. Diesen Gedanken behielt ich allerdings für mich und nickte. So hart das klang, im Grunde ging es jetzt nicht um Mrs Cunninghams Tod, sondern einzig und allein um uns und die aussichtslose Lage, der wir dank George entgegensahen.

„Das ergibt Sinn", bekräftigte Gloria.

„*Incredibile!*“, stieß Giovanni hervor und wischte sich imaginären Schweiß von der Stirn.

„Mag sein, dass das hinter allem steckt. Aber leider weiß ich nicht, was wir tun sollen.“ Meine Stimme spiegelte das volle Ausmaß meiner Niedergeschlagenheit wider.

In den Blicken der anderen konnte ich die gleiche Ratlosigkeit erkennen. Egal warum George tat, was er eben tat, wir steckten bis zum Hals in der Scheiße. Vermutlich Pferdescheiße.

# Grabrede und Rettungsversuch

Eigentlich war der Sonntagmorgen, vor allem wenn man am Vorabend durch die Klubs gezogen war, dafür da, um sich auszuschlafen und dann mit etwas Restalkohol im Blut und einem ausgiebigen Frühstück in den Tag zu starten. Genau das war mein Plan gewesen. Nur war George mit seinem grotesken Schreiben dahergekommen und hatte mir neben meinem Ausgehabend auch noch den Morgen danach kaputt gemacht. Anstatt also noch im Bett zu liegen, stand ich nun um sieben Uhr morgens auf dem Friedhof und starrte Mrs Cunninghams Grabstein an. Na gut, wenigstens hatte ich mir auf dem Weg hierher besagtes Frühstück besorgt. Also stand ich nicht bloß und starrte, ich biss auch in regelmäßigen Abständen von meinem Donut ab. Wäre Mrs Cunningham im Himmel und würde jetzt auf mich herabsehen können, würde sie mit unumstößlicher Bestimmtheit so etwas wie „Sieh an, sie stopft schon wieder ungesundes Zeug in sich hinein“ sagen. Da ich aber davon ausging, dass Mrs Cunningham nicht dort oben gelandet war, sondern vielmehr in einem der neun Kreise der Hölle, würde sie wohl nicht einmal von dem herabrieselnden Zucker meines Donuts Wind bekommen.

Ich schluckte den letzten Bissen Süßgebäck hinunter und spülte mit dem ebenfalls mitgebrachten Karamelllatte nach, bevor ich die leere Papiertüte zerknüllte und in meine Manteltasche steckte.

„Weißt du, Margaret, das ist alles nur deine Schuld."

Soweit ich wusste, war ich allein auf dem Friedhof, und obwohl klar war, dass Mrs Cunningham mich genauso wenig hören wie beim Essen beobachten konnte, tat es unheimlich gut, diesen Gedanken laut auszusprechen.

„Du, deine verdammten Klebezettel, dein verdammter Sohn und der verdammte Kerl", ich ging einfach mal davon aus, dass es ein Mann gewesen war, „der sich Pferderennen ausgedacht hat, ihr seid an alldem schuld!"

Mrs Cunninghams Grabstein ruhte still und widerstandslos vor mir.

„Hättest du mir wenigstens ordentliche Hinweise hinterlassen! Oder George das Geld gegeben, dann müssten wir jetzt nicht alle um unser Zuhause bangen!", schimpfte ich munter weiter und sah mich doch zwischendurch zu allen Seiten um, ob ich tatsächlich allein war. „Hast du das ernsthaft gewollt?"

Nach dieser vorwurfsvollen Frage fuhr ich mir übers Gesicht. Diese Frau schaffte es, mich fertigzumachen, obwohl sie tot und vergraben unter der Erde lag. Ich erhielt natürlich keine Antwort. Nicht mal ein Donnergrollen, einen Platzregen, Windstoß, Krähenschrei oder auch nur einen durch die Wolken stechenden Sonnenstrahl. Nichts. Trotzdem sagte mir eine Stimme in meinen Inneren, dass Mrs Cunningham das alles nicht gewollt hatte. Ihr hatten das Haus und auf eine verschrobene Weise seine Bewohner am Herzen gelegen. Und wahrscheinlich würde sie in ihrer engen Holzkiste Pirouetten drehen, wenn sie wüsste, was im Land der Lebenden gerade abging.

Ich bemerkte erst, dass ich die Luft angehalten hatte, als sie in einem tiefen Schwall aus meiner Lunge drang. Es war vollkommen sinnbefreit, hier zu stehen und mit Mrs Cunninghams Grabstein zu reden. Oder ihn anzupflaumen. Trotzdem hatte es mir geholfen. Irgendwie.

Kaum war ich von meinem dezent makabren Ausflug zu Mrs Cunninghams letzter Ruhestätte zurück, holte mich der Ernst des Lebens ein. Während ich noch in Gedanken versunken die Treppe hochstieg, öffnete sich in dem Moment, in dem ich den Absatz des zweiten Stockwerks hinter mir lassen wollte, Glorias Wohnungstür.

„Alice! Du kommst wie gerufen."

Mit diesen Worten, mit denen sie mir im Übrigen einen Beinaheherzinfarkt beschert hatte, schnappte sich Gloria meinen Ellenbogen und zog mich ohne Umschweife in ihr Apartment.

„Ruf Steve an, Gio. Alice ist da!", kommandierte Gloria und dirigierte mich gleichzeitig ins Wohnzimmer.

Dort saßen Cindy und Gio nebeneinander auf dem Sofa. Eddie lümmelte auf einem Futonsessel und starrte auf ein, vermutlich Cindys, Smartphone.

„Geheimwaffe", kommentierte sie meinen staunenden Blick. Ich glaubte, Eddie noch nie so leise und konzentriert erlebt zu haben.

„Ich werde es allerdings später büßen. Immer wenn er Handyvideos schaut, ist er nachher umso aufgedrehter", sagte sie seufzend.

Gio war ebenfalls an seinem Smartphone zugange und hob es ans Ohr, als Gloria mich neben Cindy aufs Sofa manövrierte.

„Ja, es kann losgehen", sagte er entschlossen ins Telefon und nickte, obwohl Steve – ich schätzte zumindest, dass er am anderen Ende der Leitung war – es gar nicht sehen konnte.

Falls ich richtiglag, konnte das nur bedeuten, dass er noch immer nicht mit mir im selben Raum sein wollte. Er mied mich. Na, mir sollte es recht sein. Alles war besser, als weiterhin von ihm angeschmachtet zu werden, auch wenn ein kleiner Teil in mir ein schlechtes Gewissen hatte.

„Dann eröffnen wir unsere erste offizielle Mietersitzung oder sollte ich besser sagen Mieterkrisensitzung?", scherzte Gloria so trocken wie die Wüste Gobi.

Während Gio das Telefonat mit Steve – jetzt hatte ich den Beweis, dass er es war, denn sein Name stand auf dem Display – auf Lautsprecher umstellte und sein Handy auf den Tisch legte, zückte Gloria einen handtellergroßen Gong samt Minischlägel – wo immer sie diesen hergezaubert hatte – und schlug ihn. Es ponkte überraschend laut, und Eddie schaute von seinem Video auf. Ich konnte das Glitzern in seinen Augen erkennen, als sein Blick den Minigong fixierte. Er wollte ihn, und ich hatte schon das Bild von einem lauthals grölenden, umher rennenden und in einer Tour den verflixten Gong schlagenden Eddie im Kopf. Dann aber senkte sich sein Blick wieder auf das Smartphone in seiner Hand, und ich atmete erleichtert auf. Zumindest bis Gloria mit Grabesstimme ansetzte.

„Die Lage ist ernst."

Alle am Tisch sahen äußerst verkniffen drein, und von dem Handy auf dem Tisch war ein leises Knistern zu hören.

„Also, Steve, raus mit der bitteren Wahrheit. Kann George unsere Mieten einfach so verdoppeln?"

Auf Glorias Frage hin stieg die Anspannung unter den Anwesenden noch um ein Vielfaches. Cindy war den Tränen nahe, und auch in Glorias Gesicht waren rote Flecke erschienen, wohingegen Giovanni ungewohnt bleich um die Nase war. Ich für meinen Teil bereute in diesem Moment die letzten beiden Margheritas von vergangener Nacht, weil mein Donut gefüllter Magen gerade begann sich aufzubäumen.

Steve ließ sich mit seiner Antwort Zeit und sprach erst, nachdem er einige Male gehüstelt und sich ausgiebig geräuspert hatte. „Leider kann beziehungsweise darf er das. Es gibt kein Gesetz, das ihm die neue Festlegung einer höheren Miete verbietet."

Uff. Wie eine traurige La-Ola-Welle sackten wir reihum in uns zusammen, und nun füllten sich Cindys Augen tatsächlich mit Tränen.

Scheiße noch mal! Ich hätte Mrs Cunninghams Grabstein noch eine Weile länger anschreien sollen! George drückte zwar gewiss das durchschnittliche Intelligenzniveau der Bevölkerung Englands, aber immerhin hatte er genug Grips in der Birne, um an das Geld für die Tilgung seiner Wettschulden zu kommen. Allerdings ging das Ganze auf unsere Kosten.

„*Dio mio*, was machen wir jetzt bloß?", stieß Giovanni mit belegter Stimme hervor.

Oh, ich hatte da schon die ein oder andere Idee. Die meisten davon handelten von George und dem stinkenden Eintopf auf seinem Kopf. Jedoch würde keine die brenzlige Lage entspannen.

„So wie ich das sehe, können wir uns dem neuen Mietpreis beugen, nach einer anderen Bleibe Ausschau halten oder ...", überlegte ich laut.

Ja, oder was? Mrs Cunninghams verstecktes Geld finden und George in den Rachen werfen? Abgesehen davon, dass ich ebenso wenig wie George wusste, wo der alte Drache seine Scheinchen versteckt hatte, sträubte sich allein bei dem Gedanken alles in mir. Und wie lange würde das Geld reichen? Wie lange würde es dauern, bis George die knapp hunderttausend Pfund in seine Sucht gesteckt hatte und erneut mittellos war? Was würde dann geschehen? Ich wusste die Antwort darauf. Wir würden wieder in haargenau der gleichen Situation sein.

„Steve?", hörte ich mich selbst fragen.

Es knisterte wieder aus Gios Smartphone, ehe ein verhaltenes „Ja" ertönte.

„Um herauszufinden, ob George die Mietpreise anheben darf, hast du bestimmt in Gesetzestexten recherchiert, oder?"

Es folgte ein diesmal in die Länge gezogenes „Ja".

Sofort schlug mein Buchherz höher, und das, obwohl es sich hier nur um langweilige Gesetzbücher drehte.

„Ist dir dabei irgendetwas in Richtung Mietervereinigung untergekommen?", fragte ich weiter.

Diesmal antwortete Steve mit einem gedehnten „Nein" und schob nach einigen Sekunden „Was soll das sein?" hinterher.

Ich war mit Sicherheit keine Koryphäe, wenn es um Mietrecht ging, aber ich meinte, irgendwann, irgendwo einmal irgendetwas darüber gelesen zu haben, dass sich Mieter zu einer Eigentümervereinigung zusammenschließen konnten.

„Okay", erwiderte ich gleichermaßen enttäuscht über Steves Wissenslücke und entschlossen, diesen Gedanken weiterzuverfolgen. „Wir machen einen kleinen Ausflug."

***

War es Einbruch, wenn man als Mitarbeiterin einer Bibliothek diese außerhalb der Öffnungszeiten gemeinsam mit Nichtmitarbeitern besuchte? Immerhin musste ich keine Schlösser knacken, sondern konnte die Eingangstür der Crayford Library mit meinem Schlüssel aufsperren.

„So, hereinspaziert in die gute Stube."

Verflixt! Ich hatte es schon wieder gesagt, den typischen Willkommenssatz meiner Mutter, den ich eigentlich abgrundtief verabscheute. Dass ich ihn diesmal nicht zu einem Mann, den ich in mein Apartment eingeladen, sondern zu Gloria und Giovanni gesagt hatte, machte es irgendwie auch nicht besser. Vielleicht sollte ich einen Psychologen aufsuchen, um die Prägung meiner Erziehung abzulegen. Oder wahlweise einen Exorzisten, wenn Ersteres nicht funktionierte.

Gefolgt von einem Teil meiner Mitmieter – Cindy hatte wegen Eddie nicht mitkommen können, und Steve hatte sich geweigert, weil er immer noch beleidigt war –, betrat ich die menschenleere Bibliothek.

Während ich Giovanni und Gloria an einem der Lesetische parkte, machte ich mich auf die Suche nach den Büchern, die uns alle nötigen Antworten liefern sollten.

Wir verbrachten Stunden damit, dicke Schinken zu wälzen und auf Hochtouren zu recherchieren, bis wir schließlich alle nötigen Informationen beisammen hatten. Ich wusste jetzt, wie wir es anstellen mussten, es waren also nur noch zwei entscheidende Punkte offen, die geklärt werden mussten. Erstens, war George überhaupt bereit, uns das Haus zu verkaufen? Und zweitens, konnten wir gemeinsam die Summe aufbringen, die es brauchte, um den Kauf abzuwickeln? Zwar hatten wir die aktuellen Immobilienpreise in der Gegend in Erfahrung gebracht, das hieß aber noch lange nicht, dass sich George auf unser Kaufangebot zu den üblichen Preisen einlassen würde.

„Es ist ja schon eine Herausforderung für jeden von euch, die von George verlangte höhere Miete zu bezahlen. Und da denkst du, dass ihr tatsächlich so viel Geld aufbringen könnt, um ihm das Haus abzukaufen?"

Chelsea klang durch den Telefonhörer nicht nur skeptisch, sondern ungewohnt überlegt. Dennoch hatte ich mir von meiner Freundin, die ja unbedingt auf dem Laufenden gehalten werden wollte und die ich deshalb trotz der späten Stunde angerufen hatte, Zuspruch erwartet und keine Einwände.

„Die anderen prüfen noch ihre Finanzen", erwiderte ich knapp.

Im Moment fühlte ich mich außerstande, diese Angelegenheit mit Chelsea weiter zu debattieren. Ich war hundemüde, ausgelaugt, ja regelrecht ausgebrannt und wollte nichts anderes, als den Rest meines bislang abenteuerlichen Wochenendes in Ruhe und Frieden zu verbringen. Wie aufs Stichwort setzte der mir so verhasste Lärm in Mrs Cunninghams Apartment ein. Die Bilderrahmen im Wohnzimmer schepperten im Takt der Vibrationen, die George wohl mit irgendeiner Gerätschaft auf der anderen Seite der Wand verursachte. Nein! Bitte nicht! Die Lärmbelästigung verstärkte augenblicklich meinen Wunsch, George das Haus abzunehmen. Nichts war so schlimm wie dieser andauernde Baulärm. Nicht Glorias Gesang, Giovannis Liebesspielchen, Eddies Geschrei, ja, nicht einmal Steves Avancen.

„Alice?" Chelseas eindringlicher Tonfall setzte dem Ganzen die Krone auf.

„Was?", donnerte ich ins Telefon. Ich war eindeutig überreizt.

„Meinst du, dass du die Lage realistisch genug betrachtest? Hast du es nicht langsam satt? Wäre es nicht einfacher, aufzugeben und das alles hinter dir zu lassen?"

Ob ich es satthatte? Ja! Ich hatte das alles so was von satt! Betrachtete ich die Lage realistisch? Zur Hölle noch mal! Ich hatte keine Ahnung, und allein das müsste mir eigentlich zu denken geben. Aber sollte, nein, wollte ich deswegen aufgeben? Mein Zuhause, in dem ich lebte, seit ich flügge geworden war und mein Elternhaus verlassen hatte? Meine Nachbarn und Freunde? Würde ich kapitulieren und unseren gerade erst geborenen Plan, so wackelig er sein mochte, in den Wind schießen, würde das auch bedeuten, dass ich sie aufgab, sie im Stich ließ. Sie alle. Gio, Gloria, Cindy, Eddie und sogar Steve lagen mir zu sehr am Herzen, als dass ich das über mich bringen könnte.

„Bye, Chelsea", sagte ich deshalb und beendete das Telefonat.

Nichts, was ich auf ihre Fragen erwidern konnte, würde dieses Gespräch zu einem für mich oder sie zufriedenstellenden Ergebnis führen. Wir würden uns nur in die Haare kriegen, und am Schluss hätte ich mehr Probleme, als ich ohnedies schon mit mir herumschleppte.

Kurz entschlossen, diesem vermaledeiten Lärm, der mich zermürbte und an den Rand meiner nervlichen Belastungsgrenze trieb, ebenfalls ein jähes Ende zu setzen, knallte ich mein Smartphone auf den Küchentresen und stapfte hinaus in den Hausflur. Eigentlich hatte ich vorgehabt, George aus dem Apartment seiner Mutter zu klopfen und ihm gehörig die Meinung zu geigen.

Doch vor der Tür besann ich mich eines Besseren. Ich schwenkte ab und stieg die Treppen in den Keller hinunter, wo sich die Strom-, Gas- und Wasseranschlüsse für das gesamte Haus befanden. Es roch muffig hier unten, und Staub und Spinnweben beherrschten Wände und Decken, wie sie es auf dem Dachboden taten. Und wie sie es bestimmt bald im Rest des Hauses tun würden, wenn George nicht demnächst seinen Hintern hochkriegte und seinen Pflichten als Hauseigentümer nachkam, anstatt weiterhin Löcher in das Apartment seiner Mutter zu stemmen. Ich war derart wütend, dass ich mit einer Vehemenz am Türgriff des Technikraums zog, der die in die Jahre gekommenen Beschläge nicht gewachsen waren. Zwar brachte ich die Tür einen Spaltbreit auf, hatte aber im Anschluss die herausgerissene Klinke in der Hand. Na, ganz toll!

Rasch streckte ich den Ellenbogen vor, um die leicht geöffnete Tür daran zu hindern, wieder ins Schloss zu fallen, und angelte mit einem Fuß nach dem Holzkeil, der die Zugangstür zu den Kellerabteilen der Hausparteien offen hielt. Mit meinen weichen Pantoffeln war das ein Ding der Unmöglichkeit. Es kostete mich einige Verrenkungen und von Schnaufen und Fluchen begleitete missglückte Versuche, bis ich endlich auf die herausragende Idee kam, die herausgerissene Klinke zu benutzen, um die Tür fürs Erste zu arretieren.

Murrend über meine eigene zum Himmel schreiende Begriffsstutzigkeit, klemmte ich die Klinke zwischen Türblatt und Zarge und machte mich daran, den verfluchten Holzkeil zu befreien. Nach unermüdlichem Geruckel und zig Splittern, die sich währenddessen in meine Finger bohrten, schaffte ich es endlich, den Keil unter der Tür herauszuziehen. Mit einem ohrenbetäubenden Knall fiel sie ins Schloss und wirbelte eine Staubwolke auf.

Doch meine Aufmerksamkeit lag einzig und allein auf der anderen Tür, die ich nun vollends öffnen und mit dem Holzkeil fixieren konnte. Als ich das Licht anschaltete, vergaß ich für einen Moment zu atmen und obendrein den eigentlichen Grund, weshalb ich hier hinuntergekommen war. Da waren unzählige kleine, gelbe, quadratische ...

„Klebezettel!", keuchte ich vollkommen geplättet von dem Anblick.

Langsam ging ich auf die Relikte von Mrs Cunninghams einstiger Herrschaft über dieses Haus zu. Sie klebten überall in diesem Raum. Auf Rohren, Leitungen, Verteilerkästen, der großen Gastherme, ja sogar auf dem gesprungen Fliesenboden, der flackernden Deckenlampe und auf der Innenseite der Tür. Und auf allen stand das Gleiche.

Reparieren. Erneuern. Austauschen.

Ich hatte einen Flashback und erblickte plötzlich George vor mir, der, mit dem Aufwascheimer in der einen und einem triefenden Mopp in der anderen Hand im Treppenhaus vor einer Kaskade an Klebezetteln stand, die ihn anwiesen, den jeweiligen Fleck darunter wegzuputzen.

Waren all diese Klebezettel etwa für ihn? Sehr wahrscheinlich schon. Ich fragte mich, ob er sie schlichtweg ignoriert oder vielleicht noch gar nicht gesehen hatte. Der Hauptwasseranschluss und damit die einzige Installationsanlage, die er meines Wissens nach seit dem Tod seiner Mutter aufgesucht hatte, befand sich nicht hier drin, sondern war im Hinterhof in einem Serviceschacht in die Außenmauer eingelassen. Gloria hatte zwar erzählt, dass er auch im Keller sein Unwesen getrieben hatte, das war jedoch offenbar auf die Stauraumabteile beschränkt gewesen. Hier sah es zumindest nicht so aus, als wäre jemand mit einem Vorschlaghammer hindurchmarschiert.

Während ich noch dumm aus der Wäsche guckte, löste sich wie durch Geisterhand einer der zahllosen Klebezettel von seinem Platz und segelte in einer anmutigen Spirale gen Steinboden. Wenn Mrs

Cunningham als Gespenst zurückgekehrt war und vorhatte herumzuspuken, würde ich allen Vorsätzen zum Trotz die Beine in die Hand nehmen und verschwinden. Doch nachdem der Klebezettel den Boden erreicht hatte, geschah nichts weiter. Kein gruseliges Heulen, kein rätselhaftes Klappern und sonst nichts, auf das sich der Horrorfilm liebende Teil meiner Selbst gerade innerlich vorbereitet hatte.

Also rang ich mich dazu durch, den Klebezettel aufzuheben, und verfiel bei dem Anblick des Worts, das Mrs Cunningham auf dessen Rückseite geschrieben hatte, erneut in eine Schockstarre. Das war weitaus aufwühlender, als jeder Poltergeist es gewesen wäre. Da stand

*Attic.*

Attic!
Wie auf dem Klebezettel, zu dem mich Mrs Cunningham über den Umweg ihres Nachttopfs geführt hatte.

Ich löste mich aus der Erstarrung und griff nach einem anderen Klebezettel, der mehr schlecht als recht an einem rostigen Rohr hing. Auf der Vorderseite stand *Reparieren*, und auf die Rückseite hatte Mrs Cunningham wieder *Attic* geschrieben. Während mein Herz immer schneller schlug und sich meine Fingerspitzen zunehmend taub anfühlten, zupfte ich einen Klebezettel nach dem anderen ab und drehte sie um. Auf allen stand *Attic.*

Die arme geschundenen Ermittlerin in mir machte einen Satz und wollte sich johlend auf die vielen gelben

Klebezettel stürzen. Das waren Hinweise! Hinweise, die mir entgangen waren. Hinweise, mit denen ich nicht mehr gerechnet hätte. Hinweise, die mir, wenn ich ehrlich zu mir selbst war und meine freudig erregte innerliche Ermittlerin außer Acht ließ, auch nicht helfen würden. Nein! Ich durfte mich nicht erneut auf diesen aussichtslosen Weg begeben. Nicht wieder hoffen und bangen und rätseln und mir das Hirn zermartern. Ich hatte, weiß Gott, andere Probleme, andere Dinge, auf die ich mich fokussieren sollte. Mochte sein, dass dieser Reigen an Klebezetteln nicht für George, sondern für mich bestimmt war, sie würden mich jedoch genauso wenig weiterbringen wie der Rest von Mrs Cunninghams Nachrichten, die noch immer oben in meinem Apartment auf der Pinnwand hingen und mich verhöhnten.

Verdrossen stopfte ich den ganzen Packen Klebezettel in die Hosentasche und suchte nach der Sicherung, die zu Mrs Cunninghams Apartment gehörte. Ich schraubte die Hauptsicherung heraus, und als ich mich auf den Rückweg nach oben machte, war es bedrückend still im Treppenhaus.

## Fehlzustellung und Bratpfanne

Es war aussichtslos. Egal wie überzeugt und motiviert und enthusiastisch und entschlossen ich mich vor Chelsea und sogar meiner Mutter gegeben hatte, wir würden unseren Plan, George das Haus abzukaufen, um dadurch den überzogenen Mietpreisen zu entgehen, nie und nimmer in die Tat umsetzen können. Das, was wir gemeinsam an Geld aufbringen konnten, reichte nicht einmal, um damit ein ernst zu nehmendes Angebot abzugeben.

Eigentlich hätte mir das von vorneherein klar sein müssen. Trotzdem hatte es mich ganze fünf Tage des Überlegens, Besprechens und Rechnens gekostet, um zu dieser Erkenntnis zu gelangen. Wir alle verdienten viel zu wenig für diesen Coup. Ich war Bibliothekarin, Giovanni Friseur, Gloria freischaffende Tanzlehrerin, Cindy arbeitete als Sekretärin in einem Immobilienbüro und hatte mit Eddie nicht nur lebenstechnisch, sondern auch finanziell gesehen genug um die Ohren, und Steve verdiente als Buchhalter ebenfalls nicht die Welt. Ja, objektiv betrachtet, hätte ich niemals diesen Funken Hoffnung entzünden dürfen. Aber ich hatte es getan, und jetzt waren die Verzweiflung und Enttäuschung bei allen Beteiligten noch größer und schwerer, als sie es ohnehin gewesen waren.

Soweit ich wusste, ging jeder meiner Mitmieter anders mit der Situation um. Gloria hatte sich mit Lokalzeitungen eingedeckt, sah in den Anzeigenteilen die Immobilieninserate durch und sang dazu die traurigsten Arien, die ich je von ihr gehört hatte. Giovanni kompensierte seine negativen Gefühle mit Sex. Er war in der Vergangenheit schon recht umtriebig gewesen, doch momentan gingen mehr Gentlemen bei ihm ein und aus, als die Queen Hüte in ihrem Schrank hatte. Cindy schien mit ihren Nerven am Ende zu sein. Wann immer ich sie traf, war sie weinerlich und totenblass. Sogar Eddie verhielt sich anders als sonst. Er war regelrecht ruhig im Vergleich zu dem, was man von ihm gewohnt war. Was Steve tat, wusste ich nicht, ich nahm jedoch an, dass er versuchte, mit der auf ihn zukommenden Situation umzugehen. Ich für meinen Teil war in einen undefinierbaren Trott verfallen.

Im Prinzip führte ich mein Leben weiter wie immer. Zumindest so, wie es vor Mrs Cunninghams Tod gewesen war. Ich ging zur Arbeit, ich traf mich mit Chelsea, ich telefonierte am Donnerstag mit meiner Mutter. Doch all das war irgendwie substanzlos. Ich funktionierte bloß. Wie ein seelenloser Untoter, eine leblose Hülle, ein billiger Abklatsch meiner Selbst, ein ferngesteuerter Roboter – ach, ich hätte diese Vergleiche bis in die Unendlichkeit führen können. Das würde mir allerdings rein gar nichts helfen. Wie man sah, konnte ich prima in Selbstmitleid zerfließen, ohne dafür umringt von Süßigkeiten in meinem Bett herumzulungern.

Mein Kummer vergrößerte sich, als ich an diesem Freitagabend nach Hause kam und einen erschreckend großen Haufen Kuverts auf dem Läufer hinter meiner Tür vorfand. Beim Durchsehen entpuppten sie sich als Rechnungen und noch mehr Rechnungen. Strom, Gas, Wasser, Internet, Telefonie, mein Spendenbeitrag für die Regenwaldstiftung – ein Pfändungsbescheid? Ich stutzte, und mir wurde heiß und kalt zugleich. Dieser Brief war nicht an mich gerichtet. Ich hatte ihn aufgerissen, ohne den Adressaten zu beachten. Wer hätte denn damit gerechnet, dass ich Post von jemand anders bekam?

Mr Peacock, unser Briefträger, war sehr gewissenhaft, was seine Arbeit anbelangte, und ich konnte mich nicht daran erinnern, jemals einen Brief unter meiner Post gehabt zu haben, der nicht für mich gewesen wäre. Mit zusammengekniffenen Augen las ich nun den Namen jener Person, an die das Schreiben hätte gehen sollen.

*Mister George Attic Cunningham.*

Vier Worte, aber ich hatte nur Augen für fünf ganz bestimmte Buchstaben unter ihnen. *A-t-t-i-c!*

In meinem Kopf begannen sich so viele Rädchen zu drehen, wie das Uhrwerk des Big Ben beherbergte. Gleichzeitig las ich den Brief in meinen Händen.

Heilige Scheiße zum Quadrat! George, dieser Mistkerl, hatte das Haus eingesetzt! In weniger als einem

Monat würden wir alle auf der Straße stehen. Während diese schockierende Erkenntnis in meinen Verstand sickerte, rief die kleine Ermittlerin in mir lauthals und ohne Pause: „Attic! Attic! Attic! Attic!"

Mrs Cunningham hatte gar nicht den Dachboden gemeint. Sie hatte mir mitteilen wollen, dass George … Ja, was? Sie umgebracht hatte! Oder, besser gesagt, sie umbringen würde, nein, umgebracht gehabt haben würde, sobald ich den ersten ihrer Klebezettel gefunden hatte. Ich wusste nicht, was mich mehr aufregte. Georges unfassbare Ignoranz und Unverantwortlichkeit oder die Tatsache, dass ich mit meinem Verdacht die ganze Zeit über recht gehabt hatte. Es konnte nicht anders sein. Warum sonst hätte mir Mrs Cunningham diese Klebezettel hinterlassen sollen? Ich war verrückt, ganz sicher sogar. Doch ich war noch etwas anderes. Ich war vollkommen und restlos davon überzeugt, dass George auf die ein oder andere Weise schuld am Tod seiner Mutter war. Und ich war bereit, mich dem zu stellen.

Getrieben von dem durch meine Adern pulsierenden Adrenalin und der Vorstellung, endlich hinter das Rätsel um Mrs Cunninghams plötzliches Verscheiden zu kommen, legte ich den Pfändungsbescheid beiseite und holte mein Smartphone hervor. Ich marschierte los und blieb erst in der Küche vor der Korktafel stehen, auf die ich neben allen von Mrs Cunningham verfassten Klebezetteln auch Jack Wests Visitenkarte gepinnt hatte.

Mit fliegenden Fingern tippte ich die Nummer des Detective Inspector in mein Handy ein und hielt es ans Ohr. Es klingelte zweimal, dann sprang die Mailbox an. Es war zwar ärgerlich, dass ich ihn in dem Moment, in dem ich seinen Beistand am dringendsten nötig hatte, nicht erreichen konnte, ich war jedoch zu beflügelt, als dass mich dieser Dämpfer hätte ausbremsen können. Ich wartete die Tonbandansage und das darauffolgende Piepen ab und sprudelte los.

„Detective Inspector West, gerade bin ich auf einen Hinweis gestoßen, der alles Bisherige in den Schatten stellt. Sie wissen vielleicht noch, dass auf dem zweiten Klebezettel, zu dem mich Mrs Cunninghams ausgelegte Spur geführt hat, ‚Attic‘ stand. Bislang dachte ich, dass sie damit den Dachboden meinte, aber nun habe ich einen Brief von ihrem Sohn George in die Hände bekommen ... also der Postbote hat ihn irrtümlich durch meinen Briefschlitz geschoben ... Ich habe ihn nicht geklaut oder so ...“

Was, zum Geier, faselte ich da schon wieder für unzusammenhängendes Zeug? Konzentrier dich gefälligst, Alice!

„Jedenfalls lautet Georges zweiter Vorname Attic! Detective Inspector, das kann kein Zufall sein! Mrs Cunningham wollte, dass ich ihren Tod hinterfrage. Sie wollte mir sagen, wer schuld an ihrem Ableben war. Ich weiß es einfach! Und ich werde jetzt nach unten gehen und George Cunningham zur Rede stellen, bevor wir alle auf der Straße sitzen.“

Mit ziemlicher Sicherheit würde West keine Ahnung haben, was ich mit meinem letzten Satz meinte. Kurz überlegte ich, ob ich es ihm erklären sollte, ich war allerdings zu aufgeregt, um mich damit weiter aufzuhalten. Jetzt würde George sein blaues Wunder erleben.

Ich beendete die Verbindung, schnappte mir den Minnie-Mouse-Walkman und verstaute ihn wie schon während meiner Befragungstour, die Welten entfernt schien, in der Bauchtasche, dann war ich aus der Tür und flog die Treppen hinunter ins Erdgeschoss. Ich hatte Detective Inspector West zwar versprochen, nicht mit George auf Konfrontationskurs zu gehen, doch nun hatte ich keine Angst mehr. Ich wollte nur noch eines: des Rätsels Lösung. Kaum war ich vor Georges Wohnung angelangt, polterte ich mit meiner Faust gegen die Tür, von bloßem Klopfen konnte hier nicht mehr die Rede sein. Es dauerte nur wenige Herzschläge lang, dann öffnete George die Tür und sah mich griesgrämig wie immer an.

„Was ...?"

Weiter kam er nicht, weil ich mich an ihm vorbei ins Apartment drängte. Verdattert schloss er die Tür wieder und drehte sich zu mir um.

„Was ich hier will? Ich will dich fragen, ob du völlig den Verstand verloren hast!", donnerte ich los und hörte nur auf zu sprechen, um zwischen den Worten rasch ein- oder auszuatmen, damit ich nicht umkippte, bevor ich mit diesem Dreckskerl fertig war. „Nicht genug, dass du die Mieten verdoppelst. Das Haus wird gepfändet, und du hältst es nicht für nötig, uns davon in Kenntnis zu setzen? Wir werden alle unser Zuhause verlieren!"

Ich hatte mich dermaßen in Rage geredet, dass ich keuchte und mich fühlte wie ein überschäumender Kochtopf. Auch George sah wütend aus. Er raufte sich die wenigen fettigen Haare auf seinem Kopf und funkelte mich dabei an, als wäre ich nicht nur ungebeten in seine Wohnung geplatzt, um ihn zur Schnecke zu machen, sondern obendrein schuld an seiner kläglichen Frisur.

„Hast du nichts dazu zu sagen?", fuhr ich ihn an.

Er hatte tatsächlich die Frechheit, den Kopf zu schütteln.

„Das geht dich rein gar nichts an, du durchgeknalltes Miststück. Hör auf, hinter mir herumzuschnüffeln, und kümmere dich gefälligst um deine eigenen Angelegenheiten!", spukte er mir entgegen.

„Nein!", schrie ich zurück. „Ich werde keine Ruhe geben! Und ich werde nicht dabei zusehen, wie du neben deinem Leben unsere zerstörst! Ich weiß von den Wettschulden, die du hast, weil du es nicht lassen kannst, ständig aufs falsche Pferd zu setzen. Ich weiß, dass deine Mutter dich jahrelang immer wieder aus dem Dreck gezogen und deine Schulden bezahlt hat, und ich weiß von dem Geld, nach dem du so verzweifelt suchst."

Nun war der Zeitpunkt gekommen, an dem sich zeigen würde, ob und wie viele von meinen Schlussfolgerungen der Wahrheit entsprachen.

George kniff die Augen zusammen, als hoffte er, dass allein sein Blick ausreichen würde, damit ich tot umfiel. Den Gefallen tat ich ihm nicht. Ich erwiderte ihn herausfordernd und wartete auf seinen nächsten Zug. Mein Herz machte einen stolpernden Sprung, als sich George ohne Vorwarnung nach vorne warf und meine Handgelenke packte. Seine Finger gruben sich derartig kraftvoll in meine Haut, dass sie einem Schraubstock Konkurrenz machen konnten. Ich stöhnte gequält auf, weil die Umklammerung höllisch wehtat.

„Sag mir, wo es ist! Wo ist das verdammte Geld?", brüllte er, wobei er mich kräftig durchschüttelte und mir sein stinkender Atem beinah den Verstand raubte.

Ich triumphierte, weil ich recht mit meiner Annahme gehabt zu haben schien, aber in Wahrheit beschäftigten mich seine bedrohliche Haltung, die rasende Wut in seinen Augen und der schmerzende Klammergriff seiner Hände um meine mehr.

So nicht! Die Amazone in mir ließ Kriegsgebrüll los, und ich hob blitzartig den Fuß, nur um ihn mit voller Wucht auf Georges nackte haarige Hobbitzehen niedersausen zu lassen. Jetzt war er derjenige, der schrie, vor Überraschung, Schmerz und Zorn. Der Griff um meine Handgelenke lockerte sich, und ich nutzte die Gelegenheit, um mich ihm zu entwinden. Noch bevor er aufsehen konnte, hechtete ich in die angrenzende Küche und schaute mich nach einer Waffe zur Verteidigung um. Zu meinem Leidwesen war George schnell, und in der ersten Schublade, die ich herauszog, befanden sich lediglich zwei Rollen Frischhaltefolie und Gummibänder. Weil mir nichts anderes übrig blieb, griff ich nach den Rollen und kreuzte sie in guter alter Ninjamanier vor mir, als wären sie Samuraischwerter.

„Wo ist das Geld? Sag es mir!", verlangte George erneut zu wissen und stieß den Stuhl beiseite, der als einzige Barriere zwischen ihm und mir fungiert hatte.

„Ich weiß es nicht! Und selbst wenn ich wüsste, wo deine Mutter das Geld versteckt hat, würde ich es dir ganz bestimmt nicht verraten! Sie hat nicht gewollt, dass du es findest! Sie hat ihr Leben lang genug für dich getan, und wie dankst du es ihr? Anstatt dich selbst um deine Probleme zu kümmern, zerstörst du ihr Andenken und lässt zu, dass das Haus, für das sie gelebt hat, den Bach runtergeht!"

Während ich ihm all das an den Kopf warf, hangelte ich mich rückwärts an der Küchenzeile entlang, bis meine Finger auf die nächste Schublade trafen. Ich ließ die nutzlosen Frischhaltefolienrollen fallen, zog blindlings die Schublade heraus und steckte die Hände hinein. Zwar traute ich mich nicht, den Blick von George abzuwenden, aber ich war mir sicher, dass meine Finger da Besteck ertasteten. Wagemutig griff ich nach dem erstbesten Teil und streckte es George entgegen, der sich mir seinerseits weiter näherte.

Natürlich war es kein Fleischermesser, wie ich gehofft hatte, sondern ein Suppenlöffel, bei dessen Anblick ich entrüstet fluchte und George in hysterisches Gelächter ausbrach. Ich hatte diesen Mann nie zuvor lächeln, geschweige denn lachen gesehen oder gehört. Es war grotesk, wie er dastand, schwer atmend, am Abgrund seiner Existenz, und mich auslachte, weil ich ihm mit einem Suppenlöffel in der Hand entgegentrat. Selbst mein wildestes Gefuchtel mit dem Löffel würde George nicht aufhalten können. Also warf ich das Besteckteil nach ihm und fasste sofort wieder in die Schublade, um mir weitere Munition zu beschaffen.

„Ihr seid mir vollkommen egal. Dieses Haus ist mir vollkommen egal. Meine verfluchte Mutter war mir vollkommen egal! Ich will nur das Geld!" Er war heiser vom Schreien, und so kroch mir seine raue Stimme eiskalt unter die Haut.

Ich warf einen weiteren Löffel nach George und musste mich dann von der Bestecklade verabschieden, weil er mir viel zu nahe kam. Darum huschte ich hinter den Esstisch.

„Was hast du getan, George, um an das Geld zu kommen?“ Ich sprach leiser als zuvor.

Irgendwie dämpfte diese Frage meinen Kampfgeist ein wenig. Ich hatte Bammel vor der Antwort. Es war eine Sache zu vermuten, dass jemand, mit dem man seit Jahren unter einem Dach lebte, die eigene Mutter aus Habgier ermordet hatte. Eine völlig andere, das aus dem Mund des Mörders zu hören. Vor allem, wenn man mit ihm allein in seiner Küche stand und nur angelaufenes Besteck zur Verteidigung bereit lag.

Erneut drang dieses verrückte Lachen aus seiner Kehle.

„Du willst wissen, was mit meiner Mutter passiert ist? Schön. Ich erzähle es dir. Du wirst ohnehin keine Gelegenheit mehr haben, es irgendjemandem zu verraten.“

Nicht? Verdammt, er drohte mir! Das wäre eindeutig der richtige Moment, um davonzulaufen oder laut um Hilfe zu schreien oder zu Gott zu beten oder wenigstens zu versuchen, George zu beknien, mich am Leben zu lassen. Wenn ich nur ein Fünkchen Vernunft in mir gehabt hätte, dann hätte ich jetzt so etwas gesagt wie: „Hey, George, nimm’s mir nicht krumm, dass ich gefragt habe. Komm lass uns gemeinsam das Geld für dich suchen, damit wir diese unangenehme Auseinandersetzung beilegen können.“ Oder wahlweise: „Wenn du mich umbringst, landest du bestimmt im Gefängnis. Lass mich gehen, und ich verspreche dir, kein Wort über das hier zu verlieren.“

Aber da gab es eine innere Kraft in mir, die idiotischerweise stärker war als mein Überlebensinstinkt.

Schon als Kind hatte mir meine Mutter prophezeit, dass meine Neugierde mich noch irgendwann ins Grab bringen würde, und dieser Zeitpunkt schien nun gekommen zu sein. Denn ich erwiderte nichts, das mich womöglich gerettet hätte, und ich nahm nicht Reißaus, obwohl ich mit meiner derzeitigen Position im Raum wahrscheinlich gute Chancen hätte, schneller bei der Tür zu sein als George. Ich reckte nur in einer herausfordernden Geste das Kinn vor und hielt Georges bohrendem Blick stand.

„Sie wollte mir das Geld nicht geben", begann er, seine Missetaten zu beichten.

Wobei sich das bei ihm nicht nach einem Geständnis anhörte. Er grinste und schien überaus erpicht darauf zu sein, mir alles unter die Nase zu reiben.

„Sie wollte mich im Stich lassen. Aber sie war meine Mutter, und es war ihre Pflicht, mich zu unterstützen. Es war mein Geld! Ich habe dieses Haus erhalten. Habe jeden Handgriff genauso gemacht, wie sie es mir aufgetragen hat. Ich habe mich jahrelang unterdrücken lassen. Irgendwann wollte ich nicht mehr kuschen und betteln. Ich habe versucht, mir das Geld selbst zu nehmen, weil sie sich stur geweigert hat, es mir endlich zu geben. Und da hat sie es vor mir versteckt!"

Empörung schwang in seiner Stimme. Er blinzelte mich an, als wollte er Zuspruch von mir, für die Ungerechtigkeit, die ihm durch seine Mutter widerfahren war. Ich schoss einen weiteren Suppenlöffel auf ihn ab und brachte ihn damit zum Knurren, als wäre er ein wildgewordenes Tier.

„Ich hatte genug von ihr und ihren ewigen Vorhaltungen. Von ihren Befehlen! Ich habe Gift in ihren Tee gemischt. Das Gift, das ich auf ihre Anweisung hin für die Ratten im Keller hatte besorgen müssen."

Moment mal! Im Keller gab es – Ratten? Oh no! Gut, dass ich erst jetzt davon erfuhr, sonst hätte ich nie einen Fuß in den Keller gesetzt!

„Sie war es, die mich auf diese Idee gebracht hat. Sie war selbst schuld an ihrem Tod! Immerhin hätte sie mir bloß das Geld zu geben brauchen." George wich dem letzten Löffel aus, den ich gerade nach ihm geworfen hatte.

„Und dann? Wie lange hätte es wohl gedauert, bis die Kohle weg gewesen wäre?"

Ich wusste, dass es keine gute Taktik war, ihn zu reizen, obwohl er ohnedies schon Schaum vorm Mund hatte, doch ich schaffte es nicht, die Worte zurückzuhalten. So sehr ich Mrs Cunningham für die Art, wie sie mir stets begegnet war, verabscheut hatte – und ja, ich konnte Georges Wut dahingehend verstehen –, das war noch lange kein Grund, seine eigene Mutter umzubringen!

„Sei still!", grollte er und warf sich mir entgegen. Nun hatte ich zwar meine Antworten, nur retten würde mich das nicht. George landete auf dem Küchentisch und wollte mich zwischen die Finger zu kriegen. Ich tauchte blitzartig ab und krabbelte unter dem Tisch zurück zur Anrichte. Beim Versuch, mich zu erwischen, bevor ich aus seiner Reichweite verschwand, war George kopfüber heruntergerutscht. Gerade als sein Gesicht hinter der Tischplatte zum Vorschein kam, griff ich nach dem nächstbesten Gegenstand. Erschreckend schnell kam George wieder auf die Beine, packte den Tisch mit beiden Händen und schleuderte ihn aus dem Weg.

Meine Finger zitterten, doch ich zwang sie, sich um den Griff der Bratpfanne zu schlingen, die mir als einzig brauchbare Gegenwehr zur Verfügung stand. Ranziges Fett spritzte durch die Gegend, und das einsame eingetrocknete Würstchen, das dabei gewesen war, in der Pfanne vor sich hin zu modern, flog hoch durch die Luft, als ich die Pfanne schwang. Keinen Augenblick zu spät traf sie mit einem widerwärtigen Wumm auf Georges Schädel. Seine ausgestreckten Arme rutschten haltlos an meinem Körper herab, der Schwung meines eigenen Schlags riss mich ebenfalls zu Boden. Mein Kopf prallte gegen ein in die Höhe ragendes Tischbein, und ich blieb neben George liegen. Das Letzte, das ich wahrnahm, war der ranzige Gestank des Bratöls, das überall um mich herum und auf meinen Kleidern klebte, dann verlor ich das Bewusstsein.

***

Ein wiederholtes Tuten weckte mich. War das mein Wecker? O Mann, ich will noch nicht aufstehen, dachte ich gequält und rieb mir verschlafen die Nase. Was roch hier so grauenhaft?

Flatternd hoben sich meine Lider, und ich sah ein verkümmertes Bratwürstchen vor meinem Gesicht. Igitt!

Im nächsten Moment, war ich wach genug, um zu realisieren, dass ich nicht, wie angenommen, in meinem Bett lag und einem neuen Morgen entgegenblickte, sondern in Georges Apartment, genauer gesagt, neben ihm auf dem fettverschmierten Boden seiner Küche. Und das vermeintliche Tuten war kein Wecker, sondern entferntes Sirenengeheul, das, wenn mich nicht alles täuschte, näher kam.

Die Erinnerungen holten mich ein, und ich tastete über meinen brummenden Schädel. Eine dicke, pochende Beule, das war alles, was ich fühlen konnte. George hatte es ähnlich hart erwischt. Auf seiner Stirn wuchs ein kleines Horn, das bereits blutunterlaufen war. Karma is a bitch. Dieser Spruch, den Chelsea gern zum Besten gab, traf hier leider vollauf zu. Ich hatte George eine Beule verpasst – obwohl es reine Notwehr gewesen war – und dafür selbst eine kassiert.

Ich fragte mich, wo, zum Geier, das blöde Karma gesteckt hatte, als George seine Mutter vergiftet hatte, um an ihr Geld zu gelangen, da begann Kesha aus meiner Hosentasche zu trällern. Ich stemmte mich vom Boden hoch, was dem Schwindel in meinem Kopf und der ölig rutschigen Fliesen unter mir wegen nicht gerade das Einfachste war, und kramte mein Smartphone hervor. Detective Inspector Wests Nummer, die ich vor nicht allzu langer Zeit gewählt hatte, prangte auf dem Display. Reichlich spät, mein Lieber!

Ich wollte den Anruf annehmen, doch meine Finger waren so rutschig von dem verdammten ranzigen Bratöl, dass mir das Telefon entglitt wie ein zappelnder Fisch, der dem Angler in letzter Sekunde vom Haken gesprungen war, durch die Luft flog und George auf die Nase plumpste. Zu meinem Entsetzen öffnete er die Augen, auch wenn er noch nicht in der Lage war, mich zu fixieren.

Shit! Sollte ich ihm jetzt ein weiteres Mal die Bratpfanne über den Schädel ziehen oder lieber weglaufen? Ich entschied mich für Plan B und schlitterte auf der Ölspur Richtung Tür. Okay, Eiskunstläuferin als Zweitberuf konnte ich abhaken – ich hatte meine liebe Mühe, mich auf den Beinen zu halten, während George langsam, aber sicher hochkam.

Ich musste schleunigst hier weg!

An der Wohnungstür war ich guter Dinge, dass ich rechtzeitig davonkommen würde, ehe George wieder vollends aufgestanden war, ich hatte jedoch die Rechnung ohne seine unverhofft ausgeprägte Intelligenz gemacht. George war tatsächlich so schlau gewesen, die Apartmenttür abzusperren, bevor er mir vorhin in die Küche gefolgt war. Zu meinem Leidwesen.

„Scheiße, nein!", stieß ich ungläubig hervor und rüttelte weiterhin wie eine Idiotin am Türgriff, der sich kein Stück bewegen ließ.

Als ich hinter mir ein Poltern vernahm, ging ich von minderbemitteltem Türgriffgerüttel zu nicht viel hilfreicherem Gegen-die-Tür-Schlagen über.

„Hilfe! Hört mich jemand? Hilfe!", schrie ich aus voller Kehle.

„Miss Stafford!", drang eine Stimme von der anderen Seite der Tür an meine Ohren.

Detective Inspector West! Er war gekommen, um mich zu retten!

„Gehen Sie zur Seite!"

Ich tat wie geheißen, und nur den Bruchteil einer Sekunde später knallte er von außen gegen die Wohnungstür, die ächzend unter seinem Tritt nachgab. West stürmte an mir vorbei und traf im Türrahmen zur

Küche auf George, der ihm schwankend und nach mir brüllend entgegenkam.

Während ich mich mit einer fettigen Bratpfanne hatte abmühen müssen, um George zu überwältigen, war es für den Detective Inspector ein Leichtes, ihn unter Kontrolle zu bringen. Ein, zwei routiniert gesetzte Handgriffe später lag George vor mir auf dem Boden. Jedes Winden und Aufbäumen halfen ihm nicht, denn West kniete eisern auf ihm. Handschellen klickten, und ich sah durch die offene Haustür dabei zu, wie uniformierte Polizisten ins Haus strömten. West zog George auf die Beine und übergab ihn an zwei seiner Kollegen, bevor er sich mir zuwandte.

„Miss Stafford, geht es Ihnen gut?“ Sein besorgter Blick glitt über mein Gesicht.

Na ja, mir pochte der Schädel, und ich war einem kaltblütigen Mörder nur um ein Haar entwischt, dafür hatte ich endlich Antworten.

„Ja“, bestätigte ich und folgte West.

Im Hausflur erwarteten mich Gloria und Giovanni. Cindy stand am ersten Treppenabsatz und hielt Eddie am Arm fest, der die Cops freudig beäugte.

„*Micina*, was ist passiert?“, wollte Gio wissen und machte Anstalten, mich an sich zu ziehen. Im letzten Moment überlegte er es sich anders, rückte von mir ab und rümpfte angewidert die Nase. „*Merda santa*, du stinkst, *principessa*!“

Auch Gloria beließ es bei einem mitleidsvollen Blick, und, wie es aussah, hatte ich jetzt ohnehin keine Zeit, mit ihnen zu sprechen, denn Detective Inspector West bedeutete mir, mit ihm nach draußen zu gehen. Gerade fuhr eine Ambulanz vor, und ich dachte schon, dass die

Sanitäter für George gekommen wären, aber West bestimmte, dass ich zuerst untersucht werden sollte. Auf der Straße vor dem Haus mischten sich zahlreiche blaue und rote Blinklichter unter den Schein der Straßenlaternen.

„Woher wussten Sie, dass wir ein ganzes Aufgebot an Rettungskräften brauchen würden, Detective Inspector?“, fragte ich an West gewandt, der mir während der Untersuchung nicht von der Seite wich.

Die Sanitäterin leuchtete mir mit einer stiftförmigen Lampe in die Augen und ermahnte mich, geradeaus zu schauen, weil ich immer wieder zu ihm hinüberschielte.

„Wenn ein Notruf bei uns eingeht, bei dem der Anrufer von Kampfgeschrei berichtet, und ich gleichzeitig meine Mailbox abhöre, auf der mir eine bestimmte Bibliothekarin erklärt, sie habe vor, einen potenziellen Mörder auf eigene Faust zu stellen, dann reagiere ich entsprechend darauf“, erklärte er.

Mein Kopf wurde abgetastet und vorsichtig gedreht, sodass ich einen etwas längeren Blick auf Detective Inspector Wests Gesicht erhaschen konnte. Er wirkte streng, professionell, und doch meinte ich, ein Funkeln in seinen Augen zu erkennen. Amüsierte ihn mein Auftritt? Oder war er vielleicht sogar ein wenig stolz auf mich? Und was mich in diesem Moment ebenso beschäftigte, war der Notruf, von dem er da gesprochen hatte. Ein Anrufer. War das Steve gewesen, der sich trotz seiner Kränkung für mich eingesetzt hatte?

Die Sanitäterin machte einen Schritt zur Seite und holte etwas aus dem roten Rucksack, der neben mir auf der Rettungsliege lag. Damit hatte ich freie Sicht auf

George, den man gerade unsanft in einen Streifenwagen manövrierte.

„Hier." Ich öffnete den Reißverschluss meiner Bauchtasche und kramte den Minnie-Mouse-Walkman hervor.

„Was erwartet mich auf dieser Kassette?", wollte Detective Inspector West wissen, wobei sich seine Mundwinkel kurz hoben.

„Ein Geständnis."

Mehr konnte ich ihm nicht sagen, da die Sanitäterin und der jodgetränkte Tupfer, den sie mir auf meine Beule drückte, nun meine volle Aufmerksamkeit einforderten.

Erst als meine Frisur durch die eingehende Untersuchung und Verarztung endgültig hinüber war und das letzte Einsatzfahrzeug abfuhr, konnte ich mich wieder auf West konzentrieren.

„Danke, dass Sie mir zu Hilfe gekommen sind."

Er sah mich einige Herzschläge lang nur an, und ich konnte nicht sagen, was in seinem Kopf vorging, wenngleich ich es nur allzu gern gewusst hätte.

„Mir scheint, Sie hatten die Lage voll und ganz im Griff, Miss Stafford."

Das war wohl die Übertreibung des Jahres, aber ich wusste die anerkennenden Worte zu schätzen.

„Und ich denke, dass ich Ihnen zu danken habe. Immerhin haben Sie nicht lockergelassen, obwohl alle, inklusive mir, Ihnen gesagt haben, dass es keinen Sinn macht."

Na toll, jetzt wurde ich tatsächlich rot.

„Nennen Sie mich bitte Alice", erwiderte ich, weil mir nichts Besseres einfiel.

Wieder huschte die Andeutung eines Lächelns über seine Lippen, bevor er mir die Hand entgegenstreckte. „Jack."

Ich legte meine Hand in seine und schüttelte sie. Die Wärme seiner Haut und der sanfte Druck, den seine Finger ausübten, brachten mich durcheinander. Das stand zwar vermutlich eher mit den Ereignissen der letzten Stunde in Verbindung oder wurde zumindest davon beeinflusst, doch in diesem Moment wollte ich nichts lieber, als Jack zu umarmen.

„Werde ich denn gar nicht befragt?", brachte ich rau hervor und ließ endlich seine Hand los, die ich unsittlich lang gehalten hatte.

„Später. Wir werten erst mal die anderen Beweise aus." Demonstrativ hob er den Walkman an.

„Okay, dann werde ich mal ..." Ich zeigte mit dem Daumen auf den Hauseingang, wo ich mit ziemlicher Sicherheit bereits von Gloria und den anderen erwartet wurde.

„Alice?"

„Ja?" Ich wandte mich wieder Jack zu.

„Wenn das alles vorbei ist ... das heißt, wenn die Ermittlungen abgeschlossen sind ... darf ich dich dann auf einen Kaffee einladen?"

Wow. Ich hätte ja mit vielem gerechnet. Mit einem Atomkrieg zum Beispiel. Oder dass Elfen und Trolle leibhaftig existieren und uns Menschen unterwerfen. Doch nicht damit, dass Detective Inspector West mich auf einen Kaffee einlud, nachdem ich mich mehr als einmal ernsthaft vor ihm blamiert hatte. Und nach ranzigem Öl roch und völlig zerzaust vor ihm stand.

„Als Dankeschön für die ...", setzte er an, weil ich stumm wie ein tibetanischer Mönch geblieben war, überlegte es sich dann anders und schüttelte den Kopf, bevor er weitersprach. „Nein, eigentlich nicht, weil ich dir danken will, sondern weil ich wirklich mit dir einen Kaffee trinken gehen möchte."

Jetzt grinste er verlegen und gleichzeitig so herzensbrecherisch, dass mir die Knie weich wurden. Lag das an dem Tischbein, gegen das mein Kopf geknallt war, oder warum war mir auf einmal so angenehm warm, und es kribbelte überall?

„Gern", antwortete ich einsilbig. Zu einer ausführlicheren Erwiderung war ich nicht in der Lage.

„Soll ich dich hochbegleiten?"

Ja.

„Es geht schon", sagte ich entgegen meinem ersten Impuls und trat den Rückzug an, um endlich aus den stinkenden Klamotten zu kommen und allein in meinem Apartment gehörig vor Freude auszurasten.

# Schlüssel und Schloss

Ich hatte es tatsächlich geschafft. Ich hatte nicht aufgegeben. Na ja, erst mal schon, aber das Feuer war nie gänzlich erloschen. Und nun war der Fall um Mrs Cunninghams Tod endlich aufgeklärt. Ich hatte ihn aufgeklärt und hoffte, dass meine ehemalige Vermieterin glücklich und zufrieden auf einer weißen Wolke saß und auf mich herablächelte. Okay, die Wahrscheinlichkeit war wohl nicht besonders hoch, aus den unterschiedlichsten Gründen – Mrs Cunningham und zufrieden lächeln? Eher nicht. Abgesehen davon, dass ich nicht an ein Leben nach dem Tod glaubte, doch die Vorstellung hatte etwas Befriedigendes. Ebenso wie Jacks Lob, dass die Lösung des Falls einzig meiner Beharrlichkeit und Kreativität zu verdanken war.

Allerdings gab es da eine andere Sache, die sich offenbar nicht so leicht aus der Welt schaffen ließ wie ein Mörder. Georges Wettschulden. Unabwendbar stand uns die Pfändung ins Haus, und so konnte ich mich weder richtig über meinen Erfolg freuen noch entspannt darauf ausruhen.

Das lag größtenteils daran, dass die letzten Tage ziemlich turbulent gewesen waren. Ich musste alles, das ich in Bezug auf meine Ermittlungen getan, zusammengetragen und überlegt hatte, alles, das ich in Erfahrung hatte bringen können, wieder und wieder aufrollen und von Neuem berichten. Der Polizei, Giovanni, Gloria, Cindy, ja, sogar Steve, meiner Mutter und Chelsea. Die lokale Zeitung wollte ebenfalls ein Interview mit mir, dem ich zum Glück fürs Erste ausweichen konnte, weil es erst von der Staatsanwaltschaft freigegeben werden musste.

Was ich nach diesen Anstrengungen bitter nötig hatte, war ein ruhiges Wochenende, aber wie es aussah, war mir das nicht vergönnt. Chelsea saß auf meinem Sofa und bedachte mich schon wieder mit diesem Blick, der mir verriet, dass sie etwas auf dem Herzen hatte.

„Jetzt spuck's aus", murrte ich und schaltete den Film auf Pause, den wir zusammen schauten.

„Was?" Sie blinzelte ertappt und blickte nun demonstrativ auf den eingefrorenen Bildschirm, wo Sandra Bullock gerade undercover zur Misswahl antrat. Ja, ich hatte eine Vorliebe für derlei Filme entwickelt.

„Was?", wiederholte ich mit mehr Nachdruck.

Mir konnte sie nichts vormachen. Ich war ebenso schlau und tough wie Gracie Hart, und meinem Gespür würde ich auch nie wieder das Vertrauen verweigern.

„Öh, nichts."

„Bist du dir sicher?"

Ich glaubte ihr kein Wort, es hatte jedoch keinen Sinn, Chelsea zu irgendetwas zu drängen. Sie war ebenso stur, wie ich auf roten Lippenstift stand.

„Jep."

„Na gut."

Wohl wissend, dass da doch etwas war, schaltete ich den Film wieder an, nur um gleich darauf neben mir ein tiefes Einatmen zu vernehmen. Den Finger auf der

Play- und Pausetaste, drückte ich erneut und wandte mich meiner Freundin zu.

„Ich kann nicht verstehen, wie du von Mrs Cunninghams Klebezettel auf George gekommen bist."

Nicht das schon wieder! Diesen Aspekt der Sache hatte wir zigmal diskutiert, Chelsea ließ dieser Umstand ganz offensichtlich nicht los.

„Attic", war meine einzige Antwort.

„Jaja, schon klar. Attic. Aber findest du das nicht etwas an den Haaren herbeigezogen? Ich meine, es ist *sehr*", so bedeutsam hatte sie noch nie etwas in meiner Gegenwart betont, „zweideutig."

Ich seufzte und pfefferte die Fernbedienung auf den Tisch.

„Auf dem Dachboden war ich doch. Da war nichts außer diesem Fotoalbum. Wenn, dann sind Georges Babyfotos ein weiterer Hinweis, dass ich mit meiner Attic-Logik total richtigliege", bekräftigte ich.

Chelsea biss sich auf die Unterlippe. „Und was, wenn nicht?"

Diese Frau machte mich einfach nur fertig. Stöhnend ließ ich den Kopf gegen die Rückenlehne des Sofas sinken und schloss die Lider. Das Bild des Dachbodens flackerte vor meinem inneren Auge auf. Die Erinnerung war als unbedeutsam in die letzten Winkel meines Verstands abgerutscht, trotzdem sah ich in diesem Moment den gelben Klebezettel mit dem *X* darauf vor mir. Ein X, wie es auf Schatzkarten die Kiste mit dem Piratengold markierte. Hatte Chelsea womöglich recht und es steckte mehr dahinter? Was, wenn ...?

Ich war auf den Beinen, ehe ich meine Lider wieder vollends gehoben hatte, was mir einen kräftigen

Schwindel bescherte, dank dem ich mit den Schienbeinen gegen die Tischkante stieß.

„Au!", heulte ich und war dennoch nicht mehr zu bremsen.

Ich lief ins Schlafzimmer, um Mrs Cunninghams Fotoalbum zu holen. Mit allem anderen Kram hatte ich es in eine Kiste gesteckt, weil die Polizei kein Interesse daran gehabt hatte. Lediglich die Kassette mit Georges Geständnis war mir als Beweismittel für den Prozess abgenommen worden.

„Was machst du denn jetzt? Bist du eingeschnappt? Ich halte ja schon meinen Mund, ich verspreche es", tönte Chelseas wenig reumütige Stimme zu mir, aber ich war zu fokussiert, um ihr antworten zu können.

Noch während ich in die Küche ging, schlug ich das Album auf und sah mir aufmerksam die Bilder auf der ersten Seite an. Am Küchentresen räumte ich die Reste unseres Abendessens zur Seite, um Platz zu schaffen, legte das Album vor mich hin und schob meine Fingernägel unter eines der Fotos. Es löste sich mit einem leisen Geräusch. Auf dem vergilbten Karton blieben ein helleres Rechteck und Klebespuren zurück, doch das interessierte mich nicht. Ebenso wenig, wie das Foto von Mrs Cunningham und ihrem nichtsnutzigen Ehemann, das ich achtlos beiseitelegte. Ein Foto nach dem anderen riss ich aus dem Album und arbeitete mich so von vorne nach hinten durch, bis die Seiten annähernd leer waren und sich Mrs Cunninghams auf Fotos gebanntes Leben über den Tresen verteilte.

„Was machst du da?" Chelsea war zu mir in die Küche gekommen, und ihrem Ton nach zu urteilen, meinte sie mit ihrer unschuldig anmutenden Frage eher etwas wie „Hast du vollkommen den Verstand verloren?".

Ich ignorierte sie, denn im nächsten Moment stießen meine Finger auf eine leichte Wölbung hinter einem der letzten Bilder im Fotoalbum. Mit einem Ratsch war es abgerissen, und ich befühlte mit angehaltener Luft die Erhebung. Bei genauerer Betrachtung fiel mir auf, dass die Seite, auf der sich die Wölbung befand, steifer und dicker war als die anderen. Als wären zwei Seiten zusammengeklebt worden, um etwas dazwischen zu verstecken. Ein Jauchzen entfuhr mir, bei dem Chelsea erschrocken neben mir zusammenfuhr.

„Herrgott, Alice! Manchmal bist du echt gruselig", schimpfte sie.

Ich blendete Chelseas Gezeter aus und bemühte mich, mit den Fingernägeln zwischen die verkleben Seiten zu gelangen, doch es wollte mir nicht gelingen. Der hellrosafarbene Nagellack war mittlerweile ruiniert, und ich hatte mich mehr als einmal an dem scharfkantigen Fotokarton in die Fingerkuppen geschnitten. Trotzdem schien ich weit davon entfernt zu sein, das Etwas zwischen den Seiten zutage fördern zu können.

Ungeduld, Aufregung und Neugierde verzehrten mich von innen heraus, und nur wenige Herzschläge später hielt ich es nicht mehr aus. Ich ließ von dem Album ab und holte ein Messer aus der Schublade. Dabei erhaschte ich einen Blick in Chelseas entgeistertes Gesicht. Mit ziemlicher Sicherheit zweifelte sie nun endgültig an meiner geistigen Gesundheit, aber da musste sie jetzt durch.

„Fass mal mit an“, verlangte ich und drückte ihr das Album so in die Hände, dass die verräterische Seite abstand.

Dabei wurde der Rücken des Fotoalbums völlig durchgeknickt, allerdings war es ohnedies hinüber. Ich packte die abstehende Seite und setzte das Messer an der oberen Kante an. Chelsea machte Anstalten, das Album loszulassen.

„Alice“, keuchte sie.

„Sei still und halt das Ding gefälligst ordentlich fest“, befahl ich. „Immerhin hast du mich mit deiner ewigen Nörgelei darauf gebracht. Nun hast du mich auch zu unterstützen.“

Später würde ich mich vielleicht bei ihr bedanken, jetzt wollte ich nur zwischen diese Seiten.

Mit einem kräftigen Ruck zog ich das Messer zurück und schnitt damit einen handbreiten Schlitz in den Karton. Noch ein wenig mehr, dann wäre ich bei der Wölbung angelangt. Vorsichtig setzte ich das Messer erneut an und verlängerte den Schnitt. Womöglich hätte ich meine Berufswahl überdenken sollen, denn als Chirurgin würde ich mich wohl ebenfalls ziemlich gut machen.

„So, jetzt müsste es gehen“, informierte ich Chelsea, die ausschließlich Augen für das lange Messer in meiner Hand hatte.

Ich legte es zur Seite und nahm ihr das Fotoalbum ab. Begierig steckte ich den Zeigefinger in den Spalt, der sich neben der Wölbung aufgetan hatte, und dehnte ihn so lange, bis ich auch mit dem Daumen hineinkam und den sich darin befindlichen Gegenstand herauspulen konnte. Er war hart und flach und kühl.

„Ein Schlüssel", stellte Chelsea mit weit aufgerissenen Augen fest.

„Ein Schlüssel", bestätigte ich nachdenklich und sah mir den kleinen Freund genauer an.

Der Schlüsselschaft war zu beiden Seiten mit einem Bart versehen. Wieder zuckten Erinnerungen durch meinen Kopf, Bilder, denen ich bislang keine große Beachtung beigemessen hatte. George, wie er mit einer klimpernden Kiste, die eindeutig vom Dachboden stammte, in seiner Wohnung verschwand. Und ich, wie ich nur wenige Minuten später in eben jener Kiste eine kleine Plastiktüte voller Schlüssel entdeckte.

Chelsea sagte irgendetwas zu mir, ich war jedoch vollkommen in Gedanken versunken. Mit dem Schlüssel in der Hand marschierte ich los und holte mir die Stirnlampe aus der Abstellkammer. Am Rande nahm ich wahr, wie Chelsea meinen Anblick als „äußerst sexy" kommentierte, dann war ich zur Wohnungstür hinaus und wickelte die Schnur der Dachbodenklappleiter vom Haken an der Wand.

„Ich will dich ja nicht in deinem Ermittlungswahn stören, aber darf ich vielleicht mitkommen?", fragte Chelsea, als ich die Leiter unter einem Gänsehaut verursachenden Knarzen entfaltete.

„Klar."

Diesmal nahm ich mir die Zeit, meiner Freundin ins Gesicht zu sehen. Sie lächelte, und in ihrem Blick konnte ich den gleichen Eifer erkennen, den ich empfand. So sehr sie mich manchmal nervte, Chelsea brachte mich auf die fantastischsten Ideen.

Ich stieg ihr voraus die Leiter hoch und knipste trotz Stirnlampe die Deckenbeleuchtung an.

„Was suchen wir?"

„Etwas, wo dieser Schlüssel hineinpasst. Ein kleiner Schrank oder sogar ein Safe."

Wir durchforsteten den Dachboden. Hier gab es weder Schränke noch Safes noch sonst irgendetwas in der Art. Schon wollte ich mich von meinem Frust überrollen lassen, da bemerkte ich, wie Chelsea ein staubiges Tuch anhob, das einen klapprigen Garderobenständer bedeckte. Gleich neben der Garderobe stand etwas, das verdächtig nach einem Koffer aussah. Er war alt und an allen Ecken und Seiten zerkratzt oder eingedellt, der Griff war abgerissen, doch er hatte zwei Schnappverschlüsse, unter denen jeweils ein kleines Schlüsselloch zu sehen war.

Mir stellte sich jedes einzelne Haar am Körper auf, als ich den Schlüssel in das erste der beiden Löcher schob und herumdrehte. Ein leises Klicken ertönte, und der Schnappriegel sprang hoch. Ich wiederholte die Prozedur auf der anderen Seite und klappte den Deckel des Koffers hoch.

„Heilige Scheiße, Alice!", stieß Chelsea hervor und keuchte so laut, dass man glauben konnte, sie hätte gerade den besten Orgasmus ihres Lebens gehabt.

Und sie hatte absolut recht. Heilige Scheiße, traf den Anblick, der sich uns bot, nicht einmal ansatzweise. Der Koffer war randvoll mit Geldbündeln, und ich zweifelte nicht eine Sekunde daran, dass es knapp hunderttausend Pfund waren, die sich in ihrem schäbigen Versteck aneinanderkuschelten. Mrs Cunninghams Geld. Ich hatte es gefunden.

„Sieh mal!", meinte Chelsea und deutete auf einen Zipfel Papier, der kein Geldschein zu sein schien.

Ich zog mit zittrigen Fingern daran, und ein Bogen glitt zwischen den Geldbündeln hervor. Der Lichtkegel meiner Stirnlampe fiel auf die Zeilen, die darauf standen, als ich den Kopf senkte. Das war Mrs Cunninghams Handschrift, und ganz oben stand mein Name.

„Alice, der Brief ist an dich gerichtet", stellte auch Chelsea fest.

Obwohl sie mich daraufhin mit einem gekränkten Blick strafte, stand ich auf und entfernte mich ein Stück von ihr, damit ich den Brief in Ruhe und vor allem erst einmal allein lesen konnte.

*Alice,*

*wenn Sie diesen Brief lesen, bin ich vermutlich schon einige Zeit unter der Erde. Obschon ich schwer hoffe, dass Sie ihn und das Geld rechtzeitig finden konnten, ehe mein nichtsnutziger Dummkopf von einem Sohn das Haus verloren hat.*
*Ja, ich habe die starke Vermutung, dass er vorhat, mich aus dem Weg zu räumen, damit er an das Geld kommt, aber ich bin zu müde und habe mehr als genug von der Verantwortung für ihn und seine Taten, um mich dem zu entziehen. Was soll ich sagen? Es ist wohl das Los einer Mutter.*

Mrs Cunninghams nicht zu überhörende Überdrüssigkeit schockierte mich mehr als die Bestätigung meiner Vermutung, dass sie damit gerechnet hatte zu sterben.

Das sollte also das Los einer Mutter sein? Immer und zu jeder Zeit für die hirnlosen Aktionen ihrer Kinder geradezustehen und sich schlussendlich von ihnen ermorden zu lassen? Na, herzlichen Dank! Memo an mich selbst: Keine Kinder bekommen!

*Ich gehe davon aus, dass er seine gerechte Strafe erhalten wird, und selbst wenn nicht, bin ich wenigstens in der glücklichen Lage, ihm hiermit eins auszuwischen. Zwar kann ich nicht glauben, dass ich das wirklich tue, da ich allerdings nur die Wahl zwischen George, den anderen Vögeln in diesem Haus und Ihnen habe ... Na ja, sehen Sie selbst. Nur glauben Sie nicht, dass ich sonderlich zufrieden mit meinen Möglichkeiten bin, und machen Sie mir ja keine Schande!*
*Also, genug der Worte. Im Koffer unter dem Geld finden Sie mein Testament, in dem ich verfüge, dass Sie ...*

Ich hatte ein Rauschen in den Ohren, und als ich mich an der Dachschräge zu meiner Linken abstützen wollte, um nicht umzufallen, griff ich in ein dickes, klebriges Spinnennetz.

„Scheiße!" Halbherzig schüttelte ich die Hand und wischte die Fäden des kleinen achtbeinigen Monsters an meiner Hose ab.

Jetzt war es amtlich, die Apokalypse stand bevor, denn ich war derart aus der Bahn geworfen, dass ich nicht einmal Ekel für die widerlichsten Geschöpfe auf Gottes Erde empfinden konnte. Vielleicht war ich auch gestorben, und das war meine Hölle. Oder ich war von einem schwarzen Loch in eine Parallelwelt katapultiert worden. Oder ich lag im Koma. Oder ...

„Alice? Geht's dir nicht gut? Was, verflucht noch mal, steht denn in dem Brief?" Chelsea klang besorgt, dennoch konnte sie weder ihre Neugier noch den Ärger darüber verbergen, dass ich sie nicht von Anfang an hatte mitlesen lassen.

Ich meinerseits wurde erst durch ihre Ansprache daran erinnert, dass sie überhaupt da war.

Mein Mund war trocken. Nach meiner gehauchten Antwort verabschiedete sich meine Stimme, ebenso wie meine artikulativen Fähigkeiten – der beste Beweis dafür, wie sehr mich Mrs Cunninghams Nachricht mitnahm.

„Was?" Chelsea kam langsam auf mich zu, die Hände erhoben, wie um ein verschrecktes Tier zu beruhigen.

„Sie hat mir das Haus vererbt ...", formte ich mit den Lippen, die sich anfühlten, als würden sie nicht länger zu meinem Körper gehören, und zwang meine Stimmbänder gleichzeitig, ihren Dienst wiederaufzunehmen. Trotzdem hörte ich mich wie eine Kettenraucherin mit Tracheostoma und Sprechkanüle an. „... und das Geld."

„Was?", wiederholte Chelsea, nun schriller und so laut, dass das Rauschen in meinen Ohren durch ein Klingeln abgelöst wurde.

Anstatt mich erneut mit einer Antwort abzumühen, trat ich wieder an den Koffer heran und steckte die Finger zwischen die Geldbündel. Ich musste erst einige davon ausräumen, ehe ich das Kuvert darunter hervorziehen konnte. Ich zitterte so stark, dass ich es Chelsea reichte, um es für mich zu öffnen. Sie gab mir die Papiere, die darin zum Vorschein kamen, nicht sofort, sondern las sie zuerst selbst durch. Mir sollte es nur recht sein. Ich war ohnehin kurz vorm Kollabieren.

„Sie hat dir tatsächlich das Haus vererbt", flüsterte
Chelsea, „und das Geld."



Ich hatte ganz schön an Mrs Cunninghams Entscheidung, mir ihren vollen Besitz zu vererben, zu knabbern
gehabt. Es hatte Stunden, viele Streicheleinheiten von
Chelsea und Gloria, einige Gläschen von Gios gutem
Walnusslikör und ein Kopf zurechtrückendes Telefonat mit meiner Mutter gebraucht, bis ich so weit gewesen war, um vor Freude kreischend durch mein Apartment zu laufen. Die Erleichterung, nicht nur für mich,
sondern vor allem für meine Mitmieter, war das
Schönste daran gewesen und hatte mich schließlich
dazu veranlasst, das Erbe anzunehmen. Ein Großteil
des Geldes war dafür draufgegangen, das Haus vor der
Pfändung zu bewahren, aber mit dem Rest hatte ich
Mrs Cunninghams und Georges Apartment renovieren
und die maroden Installationen reparieren lassen können, wie Mrs Cunningham es ihren zahlreichen Klebezetteln zufolge gewollt hatte. Des Weiteren hatte ich
eine Hausverwaltungsfirma für die dauerhafte Reini-
gung und Wartung des Gebäudes beauftragt. Die Kosten dafür ließen sich sogar decken, obwohl ich die Mieten etwas gesenkt hatte. Ich musste keinen Profit aus
den Mieteinnahmen schlagen. Mir war wichtiger, dass
alle glücklich und zufrieden unter diesem Dach leben
konnten.

Apropos glücklich und zufrieden. Es läutete an meiner Tür. Ich zupfte die cremefarbene Bluse mit dem
Cupcakeprint darauf zurecht – wenn man mich fragte,

das perfekte Outfit für ein Kaffeedate – und schnappte mir meine Handtasche.

„Alice!" Jack begrüßte mich mit einem strahlenden Lächeln.

Wir spazierten gemeinsam zum *Cray Side* Café, wo Jack einen Tisch für uns reserviert hatte. Passend zu meiner Bluse bestellte ich mir einen Cupcake mit rosafarbener Zuckerglasur zum Kaffee und stellte rasch fest, dass es überraschend leicht war, sich mit Jack zu unterhalten.

„Ich muss schon sagen, Alice, es ist großartig, wie sich manche Dinge im Leben fügen."

Ja, in der Tat hatte sich in den letzten Monaten einiges gefügt, wenn man das so nennen konnte. Hätte man mir am Tag von Mrs Cunninghams Tod erzählt, ich würde heute mit dem heißesten Detective Inspector von ganz England ausgehen, nachdem ich einen Mordfall aufgeklärt hatte und stolze Hausbesitzerin geworden war, hätte ich denjenigen wohl lauthals lachend für verrückt erklärt. Nun da ich mittendrin steckte in meiner neuen Realität, fühlte es sich nicht nur gut und richtig, sondern geradezu atemberaubend an.

„Dann gratulierst du mir also zu meinem Ermittlungserfolg?", zog ich Jack auf, der bereits mehrfach betont hatte, wie unerwartet präzise mein Spürsinn war.

„Absolut. Deine Methoden sind zwar etwas unkonventionell, aber ich respektiere die Resultate." Er grinste und schob sich einen Rosinenkeks in den Mund. Nachdem er den Bissen mit einem großen Schluck Mokka heruntergespült hatte, griff er über den Tisch hinweg nach meiner Hand und drückte sie leicht. „Du darfst mir ebenfalls gratulieren, Alice. Detective

Chief Inspector Peins wird Ende des Monats seinen wohlverdienten Ruhestand antreten und man hat mich zum neuen leitenden Ermittler gemacht."

„Jack, das sind ja fantastische Neuigkeiten!", rief ich viel zu laut, doch ich freute mich so sehr für ihn, dass ich meine Reaktion nicht dezenter halten konnte.

„Ich bin mir sicher, dass der Cunningham-Fall einen großen Teil zur Entscheidung des Assistant Chief Constable beigetragen hat", teilte Jack mir mit.

Er sprach zwar leiser als ich, trotzdem war deutlich, wie stolz und glücklich ihn die Beförderung machte.

„Das hast du sowas von verdient!"

„Ich glaube, das verdanke ich einer gewissen unverbesserlichen Bibliothekarin, die weder lockerlassen kann noch sich ihre Meinung ausreden lässt."

„Kann sein", gab ich zu und dankte im Stillen einer bestimmten griesgrämigen alten Lady dafür, dass sie ihr Vertrauen in mich gesetzt hatte. Nur die Sache mit dem Nachttopf würde ich ihr wohl für immer und ewig übel nehmen.